新华经典散文文库

站在云端看人生

萧乾经典散文

萧乾 著

陕西师范大学出版总社

图书代号：WX19N1983

图书在版编目（CIP）数据

站在云端看人生：萧乾经典散文 / 萧乾著．—西安：陕西师范大学出版总社有限公司，2019.12

（新华经典散文文库 / 王笑东主编）

ISBN 978-7-5695-1237-3

Ⅰ．①站…　Ⅱ．①萧…　Ⅲ．①散文集—中国—当代

Ⅳ．①I267

中国版本图书馆 CIP 数据核字（2019）第 250239 号

站在云端看人生：萧乾经典散文

ZHAN ZAI YUNDUAN KAN RENSHENG: XIAOQIAN JINGDIAN SANWEN

萧　乾　著

出 版 人	刘东风
责任编辑	陈君明　高　歌
特邀编辑	刘　钊　李　娜
责任校对	彭　燕
封面设计	吴黛君
出版发行	陕西师范大学出版总社 （西安市长安南路 199 号　邮编 710062）
网　　址	http://www.snupg.com
印　　刷	三河市嘉科万达彩色印刷有限公司
开　　本	620mm×889mm　1/16
印　　张	16
字　　数	200 千
版　　次	2019 年 12 月第 1 版
印　　次	2019 年 12 月第 1 次印刷
书　　号	ISBN 978-7-5695-1237-3
定　　价	59.00 元

江上这时静得很，几只停泊在江面上的轮船皆安详地睡着，
桅杆上的小灯和繁星比赛着光辉。

《过路人》

音乐也是一种语言，一种能直接通往人心的世界语。

《直通人心的世界语》

语言是跟着生活走的。
生活变了，有些词儿就失传了。

《往事三瞥》

每当思乡，我想的就是北京的那个角落。
我认识世界就是从那里开始的。

《老北京的小胡同》

人生最大的快乐莫如工作。

《一对老人，两个车间》

我在青年时过得热热闹闹，中年冷冷清清，晚年我只求活得充实。

《誓言》

我大概还是受了“夫天地者万物之逆旅”的影响，

总把生命看作一次旅行。

《八十自省》

我的目光孤独又忧郁，我的微笑顽皮又快乐，
而我的脚步，我的脚步呀，浪漫又执着。

《我的年轮》

目　录

Contents

第一辑／由午夜到黎明

第二辑／往事三瞥

第三辑 / 海外撷影

第四辑／我的年轮

第一辑

由午夜到黎明

殇

那是一个夏天，当北平热得快冒了烟儿的时候，我同一位在铁路上办事的朋友偷乘了他的运货车，到塞外“避暑”去了。年月虽然已很久，我还记得这事。每当我想起那番旅行的时候，心里便充满许多愉快的沁凉的记忆，但我也忘记不了一个很小但是很惨的悲剧，主人翁是一家兔子的老小。

离我住的地方约十里便是一座蒙古村庄。多少次我好奇地想去看看。遥遥望着山麓下那片土房，我怀了许多原始的梦。但朋友却劝止我莫去，说那里的蒙古人虽离铁道极近，因不与汉人杂居，始终还没有同化，只身去那样言语不通的陌生地方是不大妥当的。

我急得难挨，然而却又不敢冒险。

终于，一个雨后的下午，我有了个机会。一个相识的通蒙语的轿车夫答应带我去，而且，他还准许我跨在他的车沿上。

立在篱笆门外，第一眼我看到的是挂了许多蒙文符咒纸条的屋檐下一只个子大、模样凶的狗。尽管它的身子已为铁链锁着，也还对我们狺狺地吠着。

经过一番问询后，我们被让进去坐了。我是怀了不少担心的。招待我们的是一对中年夫妇，异于以“娇羞”为淑德的汉族女人，那个蒙古妇人是睁了大大的黑亮眼睛微笑地为我们倒茶、端奶饼。我留心到她那红润的健康肤色—— 在塞外那几乎是我仅见的不带鸦片暗影的肤色。

借了那个轿车夫的通译，我们谈了许久话。他告诉我牲畜繁殖的话，蒙人怎样打官司，和他们如何由萨拉齐东迁到这里。我们谈得算是很投契。看看天色不早，我们便起身告辞。

走下石阶，忽然一个雪白的影子由我脚前蹿过。我本能地赶忙追上去，白影子却在屋角消失了。

爱好活物的我，可兴奋了。我赶了过去，随着，同伴和蒙古主人也跟过来。

啊，一段用秫秸缠的短短围墙里，盘踞着五六只白兔子，石榴籽般红而圆的眼，瞥见我们，一瞬便钻进地上砌好的窟窿里去了。

“喜欢这个？”主人甩着长袖，笑嘻嘻地问我。

蒙古人是一个古怪的民族。当他们怀疑你的时候，戒备是森严的。但当你获得他的友谊后，他永把捧给你所喜欢的视为责任。就这样，他掀开了兔窟的木板盖。

啊，多么热闹的一个小社会呵，我简直数不过来了，只看见一片黑白光润的皮毛，一对对灯笼似的眼睛。

“喜欢哪只，你？”主人要我随便指。

自然，我挑了一只肥大雪白的。

没料到，放在蒲包里的却是十只了。他临走时嘱咐我说：白的是父亲，黑的是母亲。它们这一窝八只宝宝才落生一个月，眼睛还没睁开。他反复地叫那轿车夫叮嘱我：叫它们自己睁眼，千万掰不得。

于是，抱了那沉甸甸的一包，我带着莫大的感激向慷慨的主人告辞了。

一路上，我高兴地把搭在车沿上的腿如吊桶似的那么甩来甩去。我时刻侧耳倾听蒲包里吱吱的细锐叫声。好亲热的一团哪！

到家我把它们安插在我那木板床下面。附近天天和我玩耍的孩子们都闻风络绎跑来了。那么些颗跳动的心围着一对羞怯的夫妻，和八位阖眼酣睡的娃娃，咂咂吮着奶头。

“小兔兔，怎么不睁眼啊？”一个微麻的孩子问。

我即刻推开了他伸出来的手，厉声告诉他动不得的。为了安全，我并且即刻将蒲包藏回床底下去了。

可恶的麻皮，当我出去洗手的工夫，他又拽出蒲包来看了。我一踏进门槛，看见他正在摸着一只小兔子的眼睛。

“放手！”我大声喊着，我气得恨不吃了他。从那以后，我不敢离房了，一直守到天黑。

事情是第二天早晨才发现的。

当同住的朋友起床漱口的时候，他嚷着扑向依然蜷卧着的我。

“糟了，台阶上有一只小兔的尸首！”

我赶忙起来，一面骂着狐狸、黄鼠狼，一面心下盼着只是“一只”。

啊，何止台阶上啊，桌底下便有三四只，床脚也还有呢，血渍一直染红了我的鞋面。

我吓得快哭出声来了。是什么猛兽在我睡着的时候，干下这等残忍的事呢？我检视着那血肉狼藉的小小尸身，不再吱吱，不再咂咂，却僵寂得如一片枯树叶、一块瓦片，只是血渍弄得比那些都更难看些罢了。

我为一腔悔恨僵成了一块木头。

忽然，一个更重的拳头向我胸口打来。我急忙蹿进房里，我记起“尸亲”的老兔来了，我预料那猛兽一定也饶不了它们。

没有。它们却安然无恙地活在那蒲包里，只是，那雪白的皮毛上已染了紫红的血渍。最不忍看的，是那如同“血口”一般的嘴了。

当我收拾地上的小尸身预备埋葬的时候，那个轿车夫来了。他看见了血渍。我辜负他满腔的欢喜，我噙着泪告诉他事情的经过。

他忙跑到床下去看老兔，回过身来，摇着头说：

“你不该触它们的眼睛啊！”

我着急地抗议说：

“我没动，我没动，麻皮造的孽！”

“无论谁干的吧，反正，”轿车夫皱着眉说，“小兔子是老兔吃掉的。它们最忌讳有人用不洁的手弄它们孩子的眼睛，只要触到了，它们便宁可把孩子吃掉。”

“兔子比人还有气节啊！”他这样叹着气似的哀悼，又像是钦佩。

秋凉，当货车把我重由塞北载向关内的时候，遭了失儿之苦的母兔已因忧郁而死了，那个父亲在丧儿之后又失掉老伴，在我登车的两天前，竟将左眼急瞎。

我将这个已不活泼乱窜的残疾动物抱在怀里，抚着它那不再光闪的毛，心下有说不出的羞愧。是我害了它们一家！如今，该怎么处置它呢？

可怜这无儿无女的鳏夫，它只了无尘愿地紧闭了眼睛，鼻孔间喘着温热的气，服服帖帖地承受我那负疚的抚摸。

1934 年 3 月，海甸

（选自《落日》，上海良友图书公司 1937 年 6 月初版）

古　城

初冬的天，灰暗而且低垂，简直把人压得吁不出一口气。前天一场雪还给居民一些明朗，但雪后的景象可不堪了！峭寒的北风将屋檐瓦角的雪屑一起卷到空中，舞过一个圈子以后都极善选择地向路人脖颈里钻。街道为恶作剧的阳光弄成泥淖，残雪上面画着片片践踏的痕迹。

飞机由一个熟悉的方向飞来了，洪大的震响惊动了当地的居民。他们脸上各画着一些恐怖的回忆。爬在车辙中玩着泥球的孩子们也住了手，仰天望着这只奇怪的蜻蜓，像是意识出一些严重。及至蜻蜓为树梢掩住，他们又重新低下头去玩那肮脏的游戏了。

那是一只灰色的铁鸟。对这古城，它不是完全陌生的。大家都知道它还有伙伴们，无数的，随在背后。这只是只探子。它展着笔直的翅膀，掠过苍老的树枝，掠过寂静的瓦房，掠过皇家的御湖，环绕灿烂的琉璃瓦，飞着，飞着。古城如一个臃肿的老人，盘着不能动弹的腿，眼睁睁守着这一切。

城门低暗的洞口正熙熙攘攘地过着商贾路人，一个个直愣着呆呆的眼睛，“莫谈国事”的唯一社会教育使他们的嘴都严严封闭着。又要有变乱了。他们也不知道是谁和谁，反正腌菜说不上得多备些的。随手还不能忘记为家里的灶王请下几股高线香，为的是保佑一家老少平安。

阳光融化了城角的雪，一些残破的疤痕露出来了。那是历史的赐予！历史产生过建筑它的伟人，又差遣捣毁它的霸主。在几番变乱中，它替居民挨过刀砍，受过炮轰。面前它又面临怎样一份命运，没有人晓得。横竖居民是如潮似的向城里灌了。那是极好的晴雨表，另一个征服者又窥伺起这古城的一切。

古城自己任如一位臃肿的老人，低头微微喘息着，噙着泪守着膝下这群无辜的孩子——

1932 年冬，北平

（选自《小树叶》，商务印书馆 1937 年 6 月初版）

过路人

天刚蒙蒙亮，轮船进了港。波涛尽处不再是一片灰蓝色了：起初是渔民搭的小草棚，渐渐有瓦房了。船沿着越来越窄的江身前进着。终于，看到了一所红砖楼房。许多人捆起了行李。水手在甲板上跑动起来：松缆绳，落垫板。这个当儿，两岸的楼房便无法制止地向上叠了。立体的，哥特式，矗立，尖锐，像竞高会里的肩膀，一个个想压倒它的邻人。汽车如硬壳虫般在江滨爬行着。渐渐，我读到巍峨建筑上的字了：洋行，洋行，横滨的，纽约的，世界各地机警的商人全钻到这儿来了。

好一条爬满了虱子的炕！

小汽船、划子、舢板，全如苍蝇一般向轮船靠近了。驶过了一段漫长的水路，船沉着地呼啸了一声。于是，岸上人物越变越大了，也越真了：黄瘦的脸，尖长的下巴，眨巴着一对对滴溜儿转的眼睛，大声争吵着。

我有点害怕。我夹紧了那只仅有的小包袱，怯生生地迈上直通码头的铁梯。悬在水面多日的脚，这时算触着陆地了。然而是怎样硬的陆地！水泥的马路，水泥的楼房，水泥的人！再也看不见我那片绿油油的高粱。

我有点晕。或者说，我有点累，并且也饿。三天的航程对于一个统舱客差不多相当于坐了一次牢。躲在甲板底下那黑洞阴湿的大货舱里，人是和货堆积在一起的——当空位不敷时，货物既是固体的，伸缩就只有向活人身上找。而且，货物是多么广泛的一个分类！在烟台，一个小买办瞪着一对三角眼，硬把几个盛了鱼鳖虾蟹的“海味”席篓塞到我的身边（我左手边已堆满了五六口袋煤炭）。我不能哼一声。我还没忘记送我上船时，一个好人的嘱咐：往海里抛个一两口子算不得回事！我吝惜我这条命。于是，为了躲避腥臭的袭击，我夹了那只小包袱逃到甲板上去了。

啊，这个地方不坏！那绿的海又带我回到绿的家乡了，在那里，绿色包含着各种秋收的希望：香喷喷的玉米或熬粥的高粱。面前这片绿色也那么起着波浪，只是起得太高了些，它为什么总向我龇着白牙？是喜悦，还是咒诅？我想问那灯塔。我有点挂念那塔上的看守人了，多寂寞啊，然而又多自在啊！

当我对着海遐想的时候，突然，一片湿淋淋的东西洒到我的头上了。登时，一摊冰凉的东西沿着我的脊梁沟流进我单薄的衣服里去。我即刻反过身，仰起头来看。头等舱的一个茶房在擦地板。这个衣服白净、心地毒狠的家伙，竟把脏水淋到我头上了。我再也捺不住。我怒冲冲地质问他。正在擦着一个墙角的他，却只向我抛了个轻蔑的眼色，跟着还向船外吐了口痰。气死我了。我奔到那小楼梯口。我一直向上攀，恨不得揪住他的领口，揍他一顿。

“Hey, get out！”[1]一个水手装的白种人向我警告了。他正在窗口看风景，手里还拿了一只照相机。看见梯口冒出一个人头，他用手指清脆地打了一个榧子。

甲板上招来了许多人，终于我失败了。我又被驱回货舱时，说甲板是不让统舱客逗留的。在那个黑地方，向来不晕船的我，结果还是晕了。不是船使我晕，是周围一阵阵恶心的呕吐。如传染症似的，那气味把每个旅客肚里的积蓄全给抽了出来。本来就潮湿腥臭的地方，这时已成为一个污水坑了。

这样熬煎了三天，也就难怪我直好像害了一场大病。

如今我走进了另外一个货舱。

我夹紧了包袱，瑟缩地沿着墙根走。汽车多啊，多得像家乡池塘雨后的蜻蜓。费了老大气力提炼成的汽油全在马路上变成一阵阵臭烟了。那烟还得通过人们的五脏。

地方是真新鲜，房子高得使人感到重压，街心还伫立着络腮胡子的印度巡捕。我一壁走，一壁计算着身边还剩多少钱。我生怕那些大楼抢去我那一点点借来的钱，我随走随摸着衣袋。

在一个墙角，忽然一只多毛的大手抓住了我的衣领。那是一个面貌凶恶的洋鬼。我赶快夹紧了包袱，按住那有钱的口袋，想跑——

他掏出了手枪，我的腿开始颤抖了。那枪口对着我的胸口，一个戴尖帽的黄种人开始在我身上摸索起来。

“验验，拿出来。”

他们数清楚了我所有的钱，一共三十多块。这数目得支持我到一个很远的地方。然后，他们查验我那夹得很紧的包袱了。那个黄种人

---

[1] 英语：“喂，滚开！”

硬由我胁下抢过来，狐疑地睨视了我一眼，才把它摊到地上。

一件新浆洗的大褂，一把牙刷，一身裤褂；这以外，还有一本英文的《富兰克林自传》。书是我的课本，已经残破得不成样子了。翻了好半天，他走开了，丢下我一个人蹲在那里，又重新把那包袱系好。

我沿着便道，无目的地走。我走过许多大理石筑成的巨厦。因为是早晨，石阶上还睡着借宿的乞丐，身上盖着破报纸，下面露着生疮的烂腿。多么巍峨的建筑啊，然而又是烂得多么难看的腿！对于这个大城市，我有了许多疑窦。

已经说过，我饿了。我走进一家饭铺，用手势比画要吃些什么东西。我不是吃，我把一碗热腾腾的面硬吞下去。然后，用一张钞票换回几只银角子。

肚子填满，即刻精神抖擞起来。我的眼睛似乎发了光，感官皆如新磨的刀锋那么敏锐了。我想把这个大城走个遍，然而，过马路却不像饭前那么容易了。汽车屁股后面仿佛皆装了块磁石，一辆接着一辆，成为硬壳虫的天下了。

傍晚，我走到一家船票局，明知要重做囚奴，我还不得不买一张统舱票（付款后，那几只银角子就变成铜的了）。这只南航的船恰巧次晨起碇。为了节省一笔耗费，我决计那夜宿在船上。

大都市的夜景啊，转得比走马灯还快，我只觉眩晕。高楼已为黑暗包裹起来了，各种广告灯却成了精灵。这么变，那么变，它只想捉住路人的视线。街上挤着妖冶装束的人，扭来摆去，用那对饥饿的眼睛寻找今夜同睡的人。

一阵尖锐的汽笛，救火车朝一个不幸的方向出动了。红的火焰燃烧着天空。天空这时斜扫着几道弧光，江上停泊的外国军舰正在打着灯语。

很晚了，我才向码头那方向走。我找到了那个将与我发生四天关系的船，它泊在一个外国轮船公司前面。这时，甲板上起重机正甩动着它长大的手臂，将苦力搬近的口袋一一捏进货舱。码头上起伏着负重者近于喟叹的哼声。

我溜进舱门，想趁船没开，先找块地方睡觉。逛了一天的街，我已疲乏得成一摊泥了。

当我在寻找着安身之所的时候，一个满身油垢的洋人走近我来，扯住我的耳叶就往外拽。

摆开了他的手，我掏出才买到的船票给他看。

这时，一个华人买办也走过来了。他向我要铺保。然后，他又用英语对那个洋人说："这个人神色不正，得留神。"

他没料到我是方由一个洋学堂出来的人。我便也用英语驳斥他："胡说，我是一个学生。"

啊，感谢我小时那个英文教员，洋人翻了翻蓝眼珠，竟放过我了。他临走还喃喃解释着："不过你们中国海上强盗太多，太多——但是，哼，也不怕，我们船上也有四架英国机关枪——"

说这话，他似乎是为镇威我的。如果我是个小海贼，这时也该放弃那不安分的想头了。

那一夜，我居然找到了一条木板，就睡在上面。由于我曾经同一个洋船员说过一阵话，没有一个人驱逐我了。我想，我一定可以做个舒服的梦。在内心深处，我在怀念着家乡的原野了。

我入梦不久，忽然有一只手向我怀里探来。我猛然睁开了眼，是一张涂满了很厚脂粉的脸，眼角似乎还有一块疤痕。

"先生，两只洋——"她嘟囔了许多我听不懂的话。我茫然不知怎么回事。我怒冲冲地驱她走开。她咧开嘴，露出一排黄铜色的牙，她竟想分夺我这块木板，而且，她还牢牢地抓住了我的臂膀。

我即刻由木板上坐了起来。对付不了这个纠缠，我跳出舱门，立在甲板上，大声喊起：“茶房！”

舱门口这时坐着一个肥胖的妇人，茶房却正倚在她身旁。那个妇人竟朗声笑了起来，茶房也搭讪着说了些我不懂但是感到不好听的话。

这时，甲板上除了那个恶作剧的茶房，那个母夜叉的老鸨，和那脂粉女人以外，就只有我，对了满天星斗。

江上这时静得很，几只停泊在江面上的轮船皆安详地睡着，桅杆上的小灯和繁星比赛着光辉。江水拍着船身，轻微而富于节奏，有如催眠曲。

我扶着船栏吐出一口闷气，回过身来，又看见了那张惨白的脸。

1934 年 5 月

（原载 1936 年《作家》第 1 卷第 1 号，

收入《小树叶》，商务印书馆 1937 年 6 月初版）

苦奈树[1]

登了岸的次晨，天刚蒙蒙亮，我便悄悄爬了起来。我怀着一个神秘而有趣的打算。我最担心会惊动身边那个旅伴。然而，多么不巧呵，当我穿衬衫的时候，我的皮夹竟恶作剧地由口袋里蹦了出来，落在地板上了。这下震出不小的声音，至少，那旅伴眼皮有些松动了，而且，睫毛间随后闪出一道黑眸子。

“你—— 你去哪儿？”在这辽远地方，他还是说着家乡话，我有些觉得不该了。

“我想做一回梦去。你先睡一下。趁着露水还没给太阳烘干，我想拜访对岸那个岛。那儿我有过一个梦。”

“不成！我一个人，一句本地话也不会说，怎么成！我跟你去！”

旅伴说着，便爬起来了。像是怕我丢下他不管，他死死地拉住我的袖口。

---

[1] 该作品是作者所著长篇小说《梦之谷》的胚胎。

我多么不甘呢！我原想一个人用软软的鞋尖踏着那没膝的七星草，湿了鞋，湿了袜子，也湿了一颗浸在过去里的心。一边走，一边寻觅着那些深深埋在记忆里的脚印。

然而，我这打算多么不近人情啊！迢迢地把一个人带到这么远，海行四天，在陆地上过的第一个清早就把人家丢下，自己去寻梦！

我答应了带他去。过后，我甚而又觉得应该带他去了。有他，现实的代表人在身边，我也不至于为那七星草埋起来啊。当我触到过于沉重的悲哀的回忆时，我还可以向他那边逃跑呢！

于是，迎了晨风，我们立在海关前那个石级砌成的码头上了。

那是一个怎样动人的地方啊！请莫误会，我这里并不是在称道那些劳力朋友们紫红的脊背，岸上嘈杂的人声也不能引起我的注意。我一点也理会不到背后的一切。不错，海关那座大钟吸住了我的眼睛，然而我看的不是时刻。我的面前躺着庞大的轮船军舰，还有千百只舢板，然而我的心却越过了这些，奔到海那边一片绿的山丛去了，那是梦的岛啊。

阔别了三年的蛇江又和我重逢了，它哪里老实了一些啊。它掀腾，扑奔，白的舌头卷着我的脚面，咸的星点溅满了我的通身。

面前已有三只舢板在争抢我们做主顾了，舢板在波涛里摇摆着，撑船人的喊叫也随着震荡起来。对着面前这片，谁还有心讲价呢。我一手扶着旅伴，相偕跳上了舢板。排开参差的船只，一声招呼，一匹灰色布帆便斜斜张扬在蔚蓝的天空里了。舢板便沿了一条抛物线，朝着那翠绿的地方奔去。这时，新升起的太阳正在海上撒下金沙般的闪光。

倚着那伸进海中的码头，手攀着红漆栏杆，我是带着难以形容的心情登岸的。我不能忘记我曾轻佻地做过一个舞蹈姿势，因为我第一眼就又看见那棵油绿硕大的苦奈树了。这时候，树荫下面正坐着三两个渔夫打扮的人。

啊，还是那么粗大，那么沁凉，南国的风在它的叶隙间往来穿梭着。忘记了旅伴，忘记了坐在树脚的人，我凑近前去，脱了帽，怀着一颗微跳的心抚摸它。

—— 我不否认四下惊奇的注视。谁体会到重遇的心情呢？

恍惚间，在地下，我好像看到了两个天真孩子的影子，一本翻开着的诗集，破烂的边缘说明了它和主人交情的亲密。

一阵风，记忆里吹来古老的诗句。诗尽管不是上乘，对我却另有一番意思啊。六年前，少年流浪者的我是多么狡猾啊。这两句诗曾为我带来多少甜意！

—— 有一天，你不要我，我会躺在沙滩上，叫海水冲得没有了的。

—— 将来我们去看守灯塔好吧，孤零零地活在海中间，日夜有怒涛在窗下叫啸着，月尾有一只白色小船为我们运来干粮。

—— 你可不准偷懒，净叫我一个人爬梯子点灯！

面对着大海，我们说过多么傻的话啊！那些，只有这苦奈树曾有机会偷听。

突然，身边的旅伴拖住我的臂，他一脸的不耐烦。我只好向山谷里走去，随走，还回头看那棵硕大的树。

—— 如今，是一个肥胖家伙的姨太太了！

一路上，茫然地摸着两边的残石，我暗自叹息着。

1936 年秋，上海

（原载 1936 年《中流》第 1 卷第 4 期，

收入《落日》，上海良友图书公司 1937 年 6 月初版）

叹息的船

船靠了九江码头，我登岸发了个明信片给介绍我搭这条船的朋友说：“好一条新船，竟还不满周岁。马达响声清朗得充满了青春的脉息，通身见不到一丝锈渍。跨在江上，真是一匹不让人的健驴，简直该留来做海上结婚用！”

也许这信不该写。船过牯岭时，天际原有的灰云凝成乌黑了。那一夜，江面布满了白雾，和谐迅疾的水上进行曲戛然打断，船泊在江心。可怜鹄立船头那个敲钟手，为了避免撞船的惨剧，他当当地一直敲了两个钟头。

（尖锐的钟声也穿不透江上苍茫浓厚的雾。）

黎明驱开了雾，雨又追踪而至了。于是，江面卷起了一排排的白牙齿，挟着飓风，向船身气势汹汹地扑来。拥来的白牙齿却皆为这匹健驴的蹄子踏成泡沫。我正骄傲小高楼上那个固执的船主逆着暴力悍然前进呢，突然船搁了浅，飓风缴了舵手的械，褫夺了他驾驭的本领。又是在半夜，狂风呼呼在江面疾步，似要率领波涛趁黑造反。

今早醒来，船已如一倦兽，喘吁着瘫卧在江边了。沙粒牢牢抓住船尾。一匹健驴，不错，然而如今四蹄已为人捆起了。它尽管沙哑地嘶叫，却翻不得身，伸不成腿，同情它的只有两岸山岭原封送还的回响！

它终于放弃了翻身的挣扎抛了锚。但是飓风呢，并没有收束的打算，沉重的雨脚落在甲板上。那一排排的白牙齿也仍在不容情地咬着船身。呼呼的风声里似夹杂着狰狞的冷笑："叫你跑！这下往哪儿跑！"

适才我扶着船栏，顺着风向，想探试一下飓风的淫威。呃，这个恶霸！它哪里答应。它咆哮，它摇撼，简直非把我抓到它血口里才甘休。我隐身在船头一只黄色通气管的后面（头发早已蓬乱不堪），环顾四方，我为那孤丁形势而战栗了。不是昨天的事吗？记得船过彭泽县址时，我还对着那座蟹脚山风雅地默诵着陶渊明的诗。小孤山多么像一个大力士的臂肘啊，上面生满了蓬蓬的汗毛。那时我还悠闲地为它拍照呢，如今自由失了，这趣味当然也不存在。迎面是一个毁灭的威胁。

这时候，甲板上再见不到抽烟散步的中年绅士或披发的青年浪漫诗人了。（舱里正响着哗啦啦骨牌相碰声。怕风浪的他们却正在玩着"东风""北风"哩！）我勒紧了破外套的领口，顶着风，向船头移步。船头正有七八个水手在搬动着一盘直径足有半尺的粗绳，是为拖救时用的。暴躁的风在他们单薄的衣襟里穿梭，雨脚也乘势在他们脊梁上乱踩。他们吃力地咧着嘴（风又趁势钻进他们的口腔，直达五脏），低哼着一种悲凄得近于叹息的调子，手不停歇地操作着。风吹动着桅杆上面的旗子啪啪作响，如劈干柴。一个水手这时正爬上桅杆，挣扎着挑起一具黑饼形的求救信号。

飓风对于从事脱险工作的人自是忌恨的啊！它不惜用冰凉的笞条鞭打他们。然而这些人为了确保全船的生存，一直在爬上搬下，在狂风里蠕动着，如一簇不识寒冷的生物。

我退入舱门。黑黑过道里就拥挤地躺了一堆统舱客。因为飓风太凶，被子过于单薄，都狼狈地逃到这个角落里避风。孩子饿了就知道往妇人怀里钻，男人嘴里永远吧嗒着那袋不亮也不灭的叶子烟。他们的家当不多：一条合用的破棉被，一只塞满了陈旧炊具的木箱，这一切皆跟随了他们若干年，如今也全在身边。守着舱口外的飓风，他们只是轻微地叹息着。船走，他们也享不到大餐间的福；沉了，就算结束了这不幸的生命。船除了载运他们，另外没什么惠施，他们对船也就没有什么感情。他们蜷曲在黑魆魆的角落里，静候着命运的发落。船动时，他们也不做非分的痴梦。

穿过了这不幸的一群，我闯进了官舱的餐厅。除了洋舱外，这是最阔气的地方了。餐厅四角的电扇为布厚厚地包起，应景的是温热的暖气。靠窗的一张写字台上伸着两棵粗壮的仙人掌。四张圆桌上皆有细嫩的手往来抓摸。船上几位西装青年玩起扑克了，靠门的那桌是由沙市上来的乘客，哗啦啦地叉起麻雀。一个极懂眼色的白衣茶房规规矩矩地站在一旁，随时笑眯眯地递上一条热腾腾的毛巾。

窗口外，飓风呼呼地逡巡着。寒冷虽碰不到他们，那一排排的白牙是看得见的。看见那个，他们心烦了。记起大江那端有人怎样翘候，算算船的愆期将使他们生意受到怎样的损失，忧愁涌上他们的心头，泛滥到脸上了。乘着他们叹息，茶房有意夸大其词地说匪窝离这儿多么近，“红军”如何杀起人来不留情的话了。即刻，桌上伸抓着的手指松下了牌，恐怖扫过那些张肥胖和尖瘦的脸。

“老爷，就开开心吧，反正也没有办法！”一个时装却戴了碧玉坠子的妇人，手指又摸到麻雀牌了，杂着牌声，是莫可奈何的叹息。

甲板上有了一片嘈杂的响声，乘客们向船头蜂拥了。（热情的甚而扬起手巾，跳跃着，互相安慰着：上海是到成了。）那么些双眼睛全向远处瞭望，一只黑烟囱变得庞大了。那小高楼上即刻发出求救的灯语，一明一灭着，有如乞儿的泪珠。甲板上的人们也真的就用那心情等待这救命星。

那条船只还了一个灯语，一个我们完全不懂的暗号。然而我们却一厢情愿地认为它是在表示："等着吧，我会来救你们。"我们等。走近了，却是条美国兵舰。我们又有了新的希望了：如果拖救不力，这只有那么些炮口枪眼的船不是可以泊在附近，保护我们度过可怕的今夜吗？船开得很近了，我们便希望它停下来。

多么失望啊，它一点也没减速！它竟擦着肩，笔直向下游开去了。

到这时，搭客们才记起了寒冷。他们愤恨地骂着，又跄踉地退回舱里。

傍晚，当大家正心惊胆战的时候，江上起了一声啸叫。一条船在苍茫暮色里向我们驶来了。昏暗中，它桅杆上那盏红灯牢牢抓住大家的心，成为众望的焦点了。瞭望小高楼上又打起一明一灭的灯语了，两三个水手还爬到桅杆上挂起求救的旗子。仰起了头，大家把希望寄托给那飘在空中的符号。

船老远便连连还着灯语，由那一亮一暗中，我们直是看到了善者一对慈祥的眼睛。我们感激得说不出话，连三岁娃娃也懂得向江上招手。

终于船走近了，由烟囱判明了是条英国的商船，稳健而大方地向这方驶来。船头激越着白的泡沫，那好像是热诚的标记。甲板上穿西装的即刻卖弄起历史知识，夸奖起盎格鲁－撒克逊民族过去的仗义来。

船员这时可忙了：水手们又高高系起一面白底红道的乞救旗，两个穿洁白制服的二副，一个站在货舱顶盖上用望远镜端详起这条友船的雄姿，另一个立在船头，迎风挥着求救旗子。满船都充满了热烈的生存希望。

粗大绳缆搬到船头了。救生船也奉命准备落下，载运绳缆到援船上去。商船走近了：灿烂的灯光，甲板上立着许多人，遥遥看着我们。热情的人们啊，他们招手，挥动手绢，甚而同情地呼叫。然而船却驶得越来越远。

“它也许拣顺风的地方停吧？”

“靠太近也不妥当。”

甲板上待救的人们还这样借原谅别人来安慰自己呢。那“援”船竟径自开向下游，稳当而且大方，如一有教养的绅士。虽走却还闪着那秋波似的灯语，好像在说：“爱莫能助啊。”

这时，那光亮引起的却是愤怒了。

夜由两岸黑丛丛的莽林里扑来了，黑的水上仍龇着一排排的白牙。几只江鸥环着船身飞了一遭，拍动着它们雪白的羽翼，咦咦叫着。是安慰，还是嘲讽？

过分的失望增添了甲板上搭客的疲倦。人们垂着头，一个个走回舱门，咒诅着那“狠心的船”，抱怨着旗语打得不利。

直到天明，江边还躺着这条载满了叹息的船。

1936 年 5 月

（选自《珍珠米》，上海晨光出版公司 1948 年 7 月初版）

由午夜到黎明

朋友听说明朝我便将辞别这个古城，到一个蜂窝似的地方去，就劝我还是在这里多绕几个圈子，抚摸一下那些朱红砖瓦，也许不久它们也得挨受鞭打。

“谁知道你再来是个什么样子呢！”他这话直是一瓢凉水。我带点气恼怒视着他，他却避开我的眼光，对着窗口瞭望。

窗子对面是一根电杆，杆上糊满了红黄刺目的眼药广告。好心的邻人，他们担心中国人的眼睛皆快瞎了，方用这吓人厌人的广告把座古城糊严——但是，治什么劲呢，瞎了也许还舒服些！

那是一个阴郁的初春，天空满是沉重的灰云。日头被灰云蒙蔽得如一盏豆油灯，地上是冰碴儿和践踏得不像样的残雪。我同朋友在马路便道上走，那里，穿着哔叽西装和翻毛皮大衣的男男女女依然阔步而行。也有泥污的孩子在车辙里爬着当马玩，或堆起一尊臃肿傻笑的雪人。沿着朱红的宫墙有年迈的老人，佝偻着腰，边走边咳嗽着。缝穷的老妇人用好奇的眼看着身边跨过的大皮靴。一阵钢铁击碰石面的铿锵声，是由交民巷出来的一队骑兵，姜黄的制服，金边红底的肩章，昂首的马背上骑着昂首的人。即刻，街上行人稀少了，店伙也准备着上板。天空一阵嗡嗡声，远处有三只飞机摆着匀称的姿势飞来。爬在车辙里的孩子突然张着小胳膊哭了出来。

朋友是个学历史的，走过御河桥自然就拐了弯。巍峨的门楼，高大的门洞。我们踏在那石道上好像还能辨认得出历史上臣宰的足迹。多少忠臣揣着贤策忙匆匆地奔向午门，结局也许凌迟而死。石道两旁不是当年的朝房吗？那窄小的屋子正适于低声计议断送江山的捷径。如今，他们都死了，枯了，遗留给他们后裔的却是这样一份惨淡的命运。

看到那脱了漆，弯了腿，已成为一块朽木的宝座，我忍不住轻蔑起祖宗了。它值得什么呢，在上面坐坐，却荼毒生灵，牵累了万代子孙。

那晚，我独自穿过幼年住过的一条窄巷，窄得连星光也无法照临。两边墙壁传出粗大的鼾声，杂着婴儿尖细的哭声。远地有夜行人打着呼哨，边走还边唱着流水板。一阵咳嗽声有如砍伐枯木（树心已为野禽啄光！）的回响，空洞而响得怕人。然后是一声叫卖：“一包糖来——荷叶糕！”啊，这老头子，他还活着，他还卖这个！当我脑顶还梳着两根小辫子时他就卖这个。好个不死也不改行的人。

第二天下午，朋友和他的亲戚们一起送我上车站。卧车厢里一共有四张铺位。我关心着我的旅伴。茶役提进一只贴有“长春旅馆”纸条的皮箱。我发现上铺是一位日本青年，身穿整洁的学生装，有着一对时刻留心观察的眼睛。把铺位理好后，他便开始读起一本似乎是论华北棉花的书了。

等一下，又进来了第二个旅伴，是一位身宽体胖，穿着肥大军服的同胞。他身边有个侍从，口口声声称他“旅长”。这位旅长粗声喘着气，揉着眼睛，任那侍从替他解纽扣，解武装带，甚而替他脱下军裤。然后他就如雷峰塔一般倒在那已安排停当的铺上。不上五分钟，这旅长便大声打起呼噜来了。

上铺那个日本青年这时正在一个本子上写着什么。我猜想，他也许正写给他奈良的师友，大阪的经理，或东京的官员，告诉他们：“中国军人至为可爱，五分钟之内可以把鼾声打得极响。来吧！”

这一夜我自然不曾睡好。（枕下有那么多只轮子在心上滚！）我梦见昨天在午门上看的唐俑跳起羽裳舞来，但倏忽它又变为泥的了。我梦见那个卖荷叶糕的老人终于还是死了！

机车一声尖锐的呼啸把我唤醒。车跨过银亮浪滔滔的黄河时，太阳刚好出来。白皑皑的雪散铺在春暖的平原上如一群绵羊蠕动着。莜麦已冒出绿芽，像是在我眼前蠢蠢爬动起来。田野里有面色红润的健壮农夫，赶着坚实的公牛在松动着土地。晨曦照在牛背上，闪出细碎的金丝。铁道旁边的小路上走着日出而作的工人小贩，十来岁的孩子担了满担的白薯，边笑边抹着劳作的汗珠。

1936 年 5 月

（选自《小树叶》，商务印书馆 1937 年 6 月初版）

直通人心的世界语

我这辈子去过许多家咖啡厅，可只有一家我怎么也忘不了。这是在巴黎文人名士荟萃之地的蒙马托，由朋友带我去的。那是1945年2月。当时法国刚刚解放，我作为随军记者，一身戎装，路过巴黎，正要出发去寻找已经挺进到法德边境的美军第七军。

那家咖啡厅设在地窖里。我们黑洞洞地下了许多层台阶，好容易才摸到。可是咖啡厅里比楼梯上也亮不了许多。站在入口处朝里一望，两边都是一排排的茶座。我们就捡一张桌子坐了下来——唉，那不是桌子，形状是一具黑漆棺材。接着，侍者托着盘子过来了。抬头一望，他身穿教堂神父那种乌鸦式的黑长袍，脸绷得不见一丝笑容。再一看，墙上玻璃框里挂的尽是些各种姿态的骷髅。我初来乍到，不免有些毛骨悚然。这时，扩音器里正在低声奏着马斯奈的《悲歌》。它忽而长吁，忽而短叹：

往日欢乐，美好春光不复回。

在我心中幽暗冰凉，都已凋谢，永远消沉。

忽然间，铃声一响，厅内大放光明，壁上的骷髅都变成一幅幅的裸体女人照片了。这时，台上出现了一位盛装美女。刹那间灯熄灭了。接着一声铃响，灯光再亮时，她已脱得只剩紧身内衣了。再一灭一亮，只见她全裸了。紧跟着灯又灭了，再亮，台上却只剩下一具骷髅架子。正是一场佛教色色空空的表演。

这是快半个世纪以前的事了。可是每听到马斯奈的《悲歌》，心幕上就映出那家古怪的咖啡厅。

音乐是听觉的艺术。对它，我注定是个外行。它往往引起我的是视觉上的联想。几乎在所有我熟悉的每支曲调的后面，都有一幅我曾经历过的生活情景。对于我，音乐最大的魔力正在于它能快速地唤起某种联想：有时兴奋、愉快，有时也引起悲伤和痛苦。

音乐还常带我回到往昔的日子，回到某个时期。每逢听到（或自己哼起）苏联的歌曲如《灯光》或《小路》，以及波兰的《小杜鹃》，罗马尼亚的《照镜子》，甚至阿尔巴尼亚的《银笛》，我就总回想起50年代初的社会主义阵营。到了50年代末期开始反修了，到处又唱起亚非拉的歌曲，像墨西哥的《鸽子》或印尼的《梭罗河》和《星星索》。进入60年代，除了《地拉那—北京》，唱什么外国歌曲就都犯忌了。

去年，东欧和苏联的政局先后发生变化后，我有时倒哼起《山楂树》或《纺织姑娘》了。时局不论发生怎样的剧变，多瑙河的河水依然是蓝的，伏尔加河也依然浩浩荡荡地向前奔流。深入人心的歌曲并不随着政治变化而减少其魅力。

当然我更熟悉的还是英伦三岛的民歌。40年代，我曾在那里度过七个不平凡也很不平静的年头。其实，我早年就学过不少他们的歌曲，可是当我在罗梦湖上荡船，或亲眼看到苏格兰高原上一望无际的兰铃花时，那些歌对我就更加亲切了。我尤其喜欢带有淡淡忧思的爱尔兰民歌，像《夏天最后的一朵玫瑰》。威尔士也有许多好听的民歌。每听到英伦三岛的歌曲，我的心就立刻飞回到40年代，特别飞回到我住过的伦敦西北郊的那幢大楼。那是在一座小山脚下，旁边就是一片幽静的树林。遇到不拉警报的时候，饭后我就斜倚在壁炉旁的沙发上。顿时，房东太太那只狸花猫就跳到我膝上，呼噜噜地唱了起来。有时，房东太太的女儿披着一肩金黄的头发，站在壁炉旁，拉起我心爱的曲调——特别是《绿袖子》，多么潇洒自如的调子啊。

有人借着翻画册来旅行。我更喜欢通过音乐去世界上各个角落遨游。我仅仅随军到过意大利北部山区，没去过风光明媚的威尼斯。可是每听到《桑塔·露琪亚》或《我的太阳》，我就好像来到了欧洲的苏杭。每听到《瓦妮塔》那支情歌时，我就仿佛看到地中海西岸少男少女在互吐恋情。

1942年我住在伦敦一家公寓。一天，忽然搬进十几位刚从苏联飞来的客人。他们都是武器专家，到英国来协助指导生产为红军所制造的坦克。听说我是中国人，他们就主动来看我这位反法西斯的盟友。他们不会英语、汉语，我也不会俄语。坐下之后，我就哼起30年代上海流行的几支苏联歌曲，如《生活像泥河一样流》和《快乐的人们》。啊，他们当中的一个叫撒沙的马上就紧紧把我抱住，同时，大家一齐唱了起来，足足唱了半宿。

第二天，周围的邻居都向我抱怨起来。

那时我才懂得：

音乐也是一种语言，一种能直接通往人心的世界语。

（原载1992年6月9日《中国广播报》，

收入《关于死的反思》，台湾业强出版社1993年版）

拟 J. 玛萨里克遗书

永别了，亲爱的手足：

当你们看到这信的时候，我已经去了。到哪里去呢？我不知道，因为去了的，从来也没有过回报。我可以说的，便是明晨萨宁宫的石阶上，血肉狼藉的那条尸首并不是我。好也罢，坏也罢，我留在你们的记忆里。那记忆，我相信愈冲淡，就将愈清晰。因此，明天不用浪费你们的泪水和鲜花，正如今日你们不必浪费有失自己身份的言辞一样。时间会裁判我的，我逃不掉。

向来法官对自杀者的结论是“神精失常”，我愿意你们知道，有生以来，我没有比今日更清醒。刚才我还在汽车里和司机搭讪。晚饭我没喝一滴酒。我并且还在钢琴上奏了葛瑞克一段夜曲。就算我的葬曲吧！你们尤其不可相信鲁斯先生的话，怀疑是共产党把我从窗口推下去的。他们能蠢到那个地步，自己拆联合政府的台，供给各地黩武政客以口实？你们也可以由我尸身上找指痕呀！不。今夜，房里只有嘀嗒嘀嗒的桌钟，但它是机械的，不足以影响我；窗外是一牙新月，照耀在布拉格的屋顶上，灰而忧郁；但对月亮出神是三四十年以前的事了，我知道它辽远，我也知道它圆缺是循环的，它影响不了我。我甚而清醒到能够预料到一小时后我必然会尝到的痛苦，很短暂，但那依然是痛苦的。（我已抚起脑袋了，这为母亲洗梳过，为情人吻过，如今已微秃了的脑袋，等下便砰然与硬石相碰，即刻脑浆便溅射到路墙上。）我既不够怯弱，也不够勇敢来自杀，然而我居然这么做了。我为什么？

一个人不适于离开本土过久。随着贝总统流亡在伦敦的那些年，我虽然自信代表的是捷克人民的利益，与那七八年的捷克，我终于还是脱了节。我不知道那期间的仇恨是怎样滋长的，一直到了不共戴天的田地。那时，做着民主国家永远联盟下去的好梦的，何止我自己？多少贤达不曾往还欧洲首都奔走吗？谁不珍惜人民的血？谁不认为苦战了十年的世界需要一点休息？谁愿意把世界分为两个，让佛朗哥之流还尸复活？司徒森、戴威思和斯大林不是始终表示世界可以兼容并蓄吗？而从美国施行新政以后，人类生活的社会主义化是已成为定局的了，资本主义早就挂了白旗。及至我由旧金山开会回来，便逢到英国保守党的空前惨败，我为欧洲的进步、光明是抱了怎样的热望啊！和多少人一样，我是痴想着欧洲可以来一场不流血的革命。

终归有人会写出一部希可斯基元帅坠机殒命以后的欧洲——或者说世界外交史，然而在第三次大战以前，这本历史不见得能出现。敢写不敢写还是另一回事，多少档案根本摸不到。等能写的时候，世界上还有什么存在，那就不知道了。然而我认为欧洲的分裂，也即是盟国的破脸，是由那时候开始的。当时伦敦波兰的死硬派如果把公道看得比西方支持更重，至少一个祸根可以除去了。为了中欧命运，当时我曾坦白写过一文，还惹起波兰大使的抗议。这文章是不难找出的。

请你们参照那个去研究一下。当伦敦与鲁布林同时有了两个政府时，欧洲的和谐早已不存在了。等到原子弹及跟在后面的原子外交出现，两极化的大势便已完成。两年前的盟友，今日是敌人了；两年前神圣的“是”，今日是不可恕的“非”了。英国的贝文不必死，因为他从始便看清了这个厄运，而且已“适应”了。铁托及摩尔那也不必死，因为他们始终稳站在河的一岸。我却是个梦想者。我父亲多玛士的梦想完成了，因为那时世界是错综复杂的，而不是单纯两极化的。你们放心，有千贯家财万军人马的“第三”方面失败了的，天底下怎样白痴也不会梦想担当那蠢务。我不够聪明，但还知自量。和平需要桥梁，厮杀当儿是用不到那个的。今日是不许想，不许犹豫，是脱下外衣投入战团的时候了——无论投入哪边，生活都比我的有意义。我的死，是由于一个政治哲学的碰壁，一个和平理想的破碎，是和衷共济走不通的承认啊！

我既然委托时间来仲裁，就不必再饶舌了。我流亡前后，及在伦敦期间的演讲信札是已印行了的，我为公事投票的记录你们是有的。根据那些，裁判我。没有署着我名字的，我不能负责。我信任你们那份公平。现在整个民族是在拭目抉择中。对于“左”“右”我愿同时尽一句逆耳忠言。纵使发泄了一时的私怨，恐怖性的谣言攻势，即便成功了，还是得不偿失的，因为那顶多造成的是狰狞可怕，作用是令人存了戒心。为了不替说谎者实证，为了对自己忠实，为了争一点人的骨气，被攻击的人也不会抹头就跑的。你们代表的不是科学精神吗？你们不是站在正义那面吗？还有比那个更有力更服人的武器吗？今日在做“左翼人”或“右翼人”之外，有些做人的原则，从长远说，还值得保持。

桌钟嘀嗒嘀嗒着，时间已晏了。我还可以写很多很多，但方场的钟，沉痛地响了。夜空浮动着远地的舞乐，让青年们能享受时先享受吧！小时候，我挟了书包不知走过那座钟多少趟。它看见过奥匈殖民地的捷克，它看见过慕尼黑前后的捷克，经过八年的沦陷，它也看见了新的捷克，也看见了一个捷克人的死。然而它始终是叮当当当，当叮叮叮地敲着。愿祖国捷克和时间一样永恒。祝福捷克人民。

J. 玛萨里克

（原载 1948 年 4 月 16 日《观察》第 4 卷第 7 期，

收入《萧乾选集》第 3 卷，四川人民出版社 1984 年版）

“上”人回家

“上”人先生是鼎鼎有名的语言艺术家。他说话不但熟练，词儿现成，而且四平八稳，面面俱到。据说他的语言有两个特点：其一是概括性——可就是听起来不怎么具体，有时候还难免有些空洞啰唆；其二是民主性——他讲话素来不大问对象和场合。对于学习马克思列宁主义，他自认有一套独到的办法。他主张首先要掌握的是马克思列宁主义语言。至于马克思列宁主义语言究竟与生活里的语言有什么区别，以及他讲的是不是就是马克思列宁主义语言，这个问题他倒还没考虑过。总之，他满口离不开“原则上”“基本上”。这些本来很有内容的字眼儿，到他嘴里就成了口头禅，无论碰到什么，他都“上”它一下。于是，好事之徒就赠了他一个绰号，称他为“上”人先生。

这时天交傍晚，“上”人先生还不见回家，他的妻子一边照顾小女儿，一边烧着晚饭。忽听门外一阵脚步声，说时迟，那时快，“上”人推门走了进来。做妻子的看了好不欢喜，赶忙迎上前去。

故事叙到这里，下面转入对话。

妻：今儿个你怎么这样晚才回来？

“上”：主观上我是希望早些回来的，但是由于客观上难以预料、无法控制的原因，以致我实际上回来的时间跟正常的时间发生了距离。

妻（撇了撇嘴）：你干脆说吧，是会散晚啦，还是没挤上汽车？

“上”：从质量上说，咱们这10路公共汽车的服务水平不能算低，可惜在数量上，它还远远跟不上今天现实的需要。

妻（不耐烦）：大丫头还没回来，小妞子直嚷饿得慌。二丫头，拉小妞子过来吃饭吧！

（小妞子刚满三周岁，怀里抱着个新买的布娃娃，一扭一扭地走了过来。）

妞：爸爸，你瞧我这娃娃好看不？

“上”：从外形上说，它有一定的可取的地方。不过，嗯，（他扯了扯娃娃的胳膊）不过它的动作还嫌机械了一些。

妞（撒娇地）：爸爸，咱们这个星期天去不去公园呀？

“上”：原则上，爸爸是同意带你去的，因为公园是个公共文娱活动的场所。不过——不过近来气候变化很大，缺乏稳定性，等自然条件好转了，爸爸一定满足你这个愿望。

妻（摆好了饭菜和碗筷）：吃吧，别转文啦！

妞（推开饭碗）：爸爸，我要吃糖。

“上”：你热爱糖果，这是完全可以理解的。这种副食品要是不超过定量，对身体可以起良好的作用。不过，今天早晨妈妈不是分配两块水果糖给你了吗？

妻：我来当翻译吧。小妞子，你爸爸是说，叫你先乖乖儿地吃饭，糖吃多了长虫牙！（温柔地对“上”）今儿个合作社到了一批朝鲜的裙带菜，我称了半斤，用它烧汤试一试，你尝尝合不合口味？

"上"（舀了一调羹，喝下去）：嗯，不能不说是还有一定的滋味。

妻（茫然地）：什么？倒是合不合口味呀？

"上"（被逼得实在有些发窘）：从味觉上说——如果我的味觉还有一定的准确性的话——下次如果再烧这个汤的话，那么我倾向于再多放一点儿液体。

妻（猜着）：噢，你是说太咸啦，对不对？下回我烧淡一点儿就是喽。

（正吃着饭，一个十五六岁的姑娘推门走进来，这就是大丫头。她叫明，今年上初三。）

明：爸爸，（随说随由书包里拿出一幅印的水彩画，得意地说）这是同学送我的，听说是个青年女画家画的。你看这张画好不好？

"上"（接过画来，歪着头望了望）：这是一幅有着优美画面的画。在我看来（沉吟了一下），它具有一定的吸引力。这一点，自然跟画家在艺术上的修养是分不开的。然而在表现方式上，还不能说它完全没有缺点。

明：爸爸，它哪一点吸引了你？

"上"：从原则上说，既然是一幅画，它又是国家的美术出版社出版的，那么，它就不能不具有一定的吸引力。

明（不服气）：那不成，你得说是什么啊！（然后，眼珠子一转）这么办吧：你先说说它有什么缺点。

"上"：它有没有缺点，这一点自然是可以商榷的。不过，既然是青年画家画的，那么，从原则上说，青年总有他生气勃勃的一面，也必然有他不成熟的一面。这就叫作事物的规律性。

明：爸爸，要是你问我为什么喜欢它呀，我才不会那么吞吞吐吐呢。我就干脆告诉你：我喜欢芦苇旁边浮着的那群鸭子。瞧，老鸭子打头，后边跟着（数）一、二、三、四……七只小鸭子。我好像看见它们背上羽毛的闪光，听到它们的小翅膀拍水的声音。

"上"：孩子，评论一件完整的艺术品，你怎么能抓住一个具体的部分？而且，"喜欢"这个字眼儿太带有个人趣味的色彩了。

明（不等"上"说完就气愤地插嘴）：我喜欢，我喜欢。喜欢就是喜欢。说什么，我总归还告诉了你我喜欢它什么，你呢？你"上"了半天（鼓着嘴巴，像是上了当似的），可是你什么也没告诉我！

妻：大丫头，别跟你爸爸磨嘴皮子啦。他几时曾经告诉过谁什么！

（原载《人民日报》，1957 年 3 月 28 日）

第二辑

往事三瞥

草原即景

火车在赛汉塔拉把我们抛下，就仆仆风尘地继续朝蒙古人民共和国的方向开去了。列车开出去很远，静寂的空气里隐约还可以听到车轮在铁轨上转动的声响。尖细的汽笛声回荡着，好像在殷切地叮咛我们什么，又像是用依依不舍的心情祝福着我们这次深入草原腹地的旅行。

集二线是从锡林郭勒盟草原的西部直穿过去的。如果草原是片汪洋大海，赛汉塔拉就是浮在这片海上唯一的码头。在旱地上住惯的人们，出海以前心里多少总有些异样的感觉，望着海，又好奇，又是担心害怕。这时，车站后边一家新成立的合作社里挤满了人，有的举着胳膊，神色慌张地喊着："同志，给我两瓶清导丸！"有的往鼓鼓囊囊的口袋里塞着最后一包饼干。一个梳双辫、穿蓝制服的瘦小姑娘挤了好半天，终于买到一小盒清凉油。

坐惯了有固定座位的交通工具就像用惯了有格子的稿纸。如今，我们八个人乍上了这辆有框无格的卡车，还真有些不知道该怎样安排自己好，尤其车上挤得好像怎样安排空间也不够周转的。一个简单的办法是八个人围坐在卡车的一个角落里，把十六条腿折折叠叠堆在当中。

这样安排定了，我们才腾出闲心来望望同车的旅伴。车上有位胸脯上闪着金晃晃勋章的军人，有穿制服的男女干部，也有一位穿绛色长袍的蒙古老乡，看光景大部分都跟我们同样是初次走草地的。未来的两天，我们将同在这辆卡车上，横跨将近九百里草地。想到这个，大家不免都亲热地点了点头。

这时候，我问一个跟我背抵着背的青年说：

“你也是到锡林浩特去的吧？”

“是呀。我们这几个全是刚毕业出来，先到锡林浩特，然后等着分配到队上去。”

随说，他随指了指挤在一堆的男男女女，年纪都在十八九的光景；其中还有那个买清凉油的姑娘。她紧挨着蒙古老乡坐，头上包了一条白色的丝巾，长得白白嫩嫩，很秀气。这时候，另外一个姑娘正跟她开着玩笑，说她昨儿夜里说梦话，直妈呀妈呀地叫。那个姑娘就半嗔半笑地噘起嘴巴，从人缝里抽出小拳头，咚咚咚地捶着那个“癞皮”。

“你们是什么队呀？”

“什么队？”女孩子们咯咯咯笑起来了，笑得我怪不好意思的。但是我这个问题问得的确拙笨，背后那个青年只朝腿底下努了努嘴，那里横七竖八地塞着的正是一些钻探用的工具。

车上的旅客不耐烦起来了。有的急着在草原上奔驰，有的担心草原荒凉，开晚了车子也许会上不着村下不着店地困在半路上。

终于，矮个子的公路站长走了出来，很认真地望了望腕子上的表，吹了声哨子。一片荒芜的草原上，哨子的声音实在尖峭得可怜，然而站长那直直站立的神态却叫我们肃然起敬。他好像是说：车子虽然是辆卡车，设备差一些，这毕竟是个起点站，你们可小看不得。

司机助手开动机器了，插着“安全行车”小红旗的卡车震响得就像一匹催着主人撒开缰绳的烈马。车上人人都亢奋起来。想想看，每个人在脑子里都翻腾了许多日子，费了多少周折，终于才到达这个起点。如今，我们将要享受旅行家最大的乐趣了——那就是奔向遥远的、从来没到过的地方。而这地方，在地理环境上，在民族习惯上，又跟我们生平所经历的完全不一样。心灵整个被一种新鲜的感觉激荡起来。

草原给我的第一个印象是：它有多么像海啊！只有在海上，天和地才能像接到一起的两匹布这么完完整整，没有间隔。只有海才这么寂静，这么广漠得望不到边际，它永远像一幅没有框子的画。而只有在海上，人才会感到这么没有遮拦，自己这么渺小，以至潜意识里会莫名其妙地发生怕把自己遗失了的恐怖。

风呼啸起来，像千军万马，奔腾而至。穗头已经发黄了的草上就掀起一阵波浪，草梗闪出银白色的光亮。天边时而也会出现一根细小的像桅杆似的东西，走近了才知道原来是穿着高粱红的长袍、背了枪、骑在马上的牧民，那杆子是用来套马的。看到马背上的雄姿，心里油然兴起敬慕之感。

从赛汉塔拉到东苏尼特这段，走的正是过去被称作“瀚海”的塔木钦草原——几十万年以前，它也许就是一片道地的海。过去，这两百里没有水，也没有人烟，牧人旅客都视为畏途。在这一望无际的草原上，找不到什么可以做路标的东西，只是公路旁边偶尔出现一座土丘，那也许是汉人的坟，要不就是为了搭篝火堆起的石头。从远处看去，黑黝黝的石堆时常会引起人们的错觉，以为公路旁边伺伏着什么野兽；而那些牛群马群从远处望去，斑斑点点，却又像是什么巨石。

也许是因为这地方海拔接近一千尺的缘故，天低得好像可以用手摸到，因而，人们对云彩的变幻也特别留意。衬着青石板一般的蓝天，云彩有时候团团飞卷着，像一簇狂舞着的雄狮，可是顷刻之间又会化成黑乌乌的一片煤层。这时候，汽车声嘶力竭地跟云彩赛起跑来了，随后，煤层上吧嗒吧嗒地掉下雨点。可是把脑袋从帆布里钻出来，朝四下里一望，乌云罩不到的地方却仍然是黄澄澄的一片阳光。骤雨还没住，太阳又嬉戏地从云隙里投下一道微光，就像悬在半空的一匹薄纱。

这时候，一个奇丽的景色在我们面前呈现了：一道完整的虹，衬着天空和草原，从地面拱了起来。我说“完整”，因为我们可以清清楚楚地看到虹的两端跟地面衔接的地方。

不一会儿，风把云彩吹散了，雨自然也就停了下来。云彩又驯善地变成了白色，有的化成一棱棱，好像透视像上的肋骨；有的散成一座座岛屿，上面影影绰绰似乎还辨认得出一些苍松古柏；也有的吹成细长条，好像半透明的银鱼，在蓝空里逍遥自在地飘浮着。

蓝空下面，公路就像一条叠成无数折纹的黄色带子。每逢汽车呜呜地向上爬行的时候，我们就好像是朝着一条通天的大道开去。不过爬到顶端，仍旧是一片无边无际的草原。

“看，黄羊！”有人激动地喊了。

抬头一看，公路右边果然出现了几百只浅褐色的小动物，用细碎、疾速的脚步在草丛里窜跳着。车上一位汉族干部说：锡林郭勒草原乍走汽车的时候，黄羊不晓得汽车是什么东西，见了总是好奇地追过来，并且像农村的顽童一样，喜欢在车子前头横跑过去，有的跑一回不够，还要回过身子来再跑一回。近来它们不追车子了，也许因为吃过苦头，要不就是对汽车习惯了。那个军人插嘴说：黄羊也立过功。在抗美援朝的时候，内蒙古人民打黄羊做了几万斤肉松，支援前线。我们听了对这些野生小动物更感兴趣了。

不多时，卡车忽然缓慢下来，机器的声音嘶哑了。再过一会儿，随司机怎样扳闸，它再也不肯动弹了。

抛锚总归不是好事情，可是稍稍停一下车却是大家心里早就盼着的。

草原像海，但是在海上船长能把船停下来，叫旅客们下去欣赏一下景物吗？从疾驰的卡车眺望草原，跟踏在地上可大大地不同！在车上，我一直以为草原上干巴巴地只有一种草。其实，这里有羽状的小麦草，也有比枫叶还要红一些的蒿子；有银灰色的羊胡子，红绿间杂的狼针草，一种杏黄色的什么草，还有像芦苇般丛生的内蒙古著名的芨芨草，是造钞票纸的上好原料。如果早些来，遍地还可以看到盛开着的野百合和马兰花。我掐了几种颜色悦目的草，经行家一指点，才晓得哪种是骆驼顶爱吃的，哪种是马喜欢的。牲口原来也各有各的胃口。

很快我们就在草地上发现了宝石，大家就都弯下腰去忘情地拾。那真是宝石，形状奇巧，色泽晶莹可喜，其中有一种乳色的，迎着阳光还透明得可以看到里面的花纹。于是，草丛里不断听到“瞧，一块真玛瑙”或是“可找到水晶了”的惊呼声。

这时候，一只雄伟的苍鹰正在我们头上盘旋，它也是在寻猎。草原上没有遮挡，一切动物都靠洞窟来保护自己，所以草丛里洞洞特别多。我们看见蛇、田鼠、蜥蜴，还瞥见到北国来避暑的燕子也从洞里飞出来。苍鹰的眼睛大概就对准了草原上的那些洞洞。

远远听到一阵马达声，另一辆货车开过来了。我们放下宝石，也像黄羊般迎了上去。草地上最可贵的是人与人之间的互助，前边车子要是掉了东西，后边的一定刹住车子，给拾起来。一辆车子抛了锚，别的车子路过照例是要帮上一把的。那辆货车果然就停下来，跳下一个青年司机，随后又跳下个助手。于是，四个人—— 好像两个大夫和两个护士—— 就围着揭开汽箱罩的卡车，“会诊”起来了。

往车上一看，原来不是所有旅客都下了车。那个跟我背抵着背的青年这时候正蹲在车上，手里托着一只水壶在倒水，旁边躺了一个人。仔细一看，正是那个买清凉油的姑娘。她的头发凌乱，眉头紧皱着，脸上是一片土色。

刚好又一辆货车从后边开过来了，车上的货物垛得比司机驾驶台高出总有半头。到跟前，那辆车子戛然停住了。车门一开，跳下一个打扮完全不同的司机。她穿了一件男用的鹿皮短大衣，脖子上系了条豆绿色的绸围巾。帽子看来是太小了些，盖不住她那一头蓬蓬的黑头发。

“出啥岔儿啦？”她那张还带着不少稚气的脸笑着走过来，用纯朴的山西口音问。

“快修好啦，开你的吧！”两个会诊的大夫坚决地向她摆了摆手。

女司机还不甘心地犹豫了一阵，才又爬上驾驶台，呜呜地朝着天边开去了。

宝石可爱，然而大家毕竟更急着赶路。有人不耐烦地问起“车子究竟出了啥毛病”，司机幽默地回答说：“心脏病！”本来嘛，汽车要是发动机上出了故障，那还不就是心脏病！

对于走远路的旅客，什么是最美妙的声音呢？我说，那是汽车抛锚后，经过很长一阵检修，终于修好，汽箱罩砰的一声合上，然后，发动机发出的雄壮的响声。

我们的卡车还是一匹满有威风的健马，经过一番治疗，它又在草原上驰骋起来了。

大概是已经走出了“瀚海”，地平线上忽然出现了水，长长的一条，似乎是个面积不小的湖，在阳光底下像一顷白银那么闪亮着。随着水出现的，有牲口群，还有一簇簇灰色的蒙古包。同时，鸟儿也多了起来。三三两两的信天翁时常踞守在道旁，斜着头对着蓝天冥想。总是等车子开到跟前，它们才呼啦一声飞起来，好像故意要炫耀一下那鲜艳夺目的羽裳。另外还有一些叫不出名字来的小鸟儿，也喜欢在我们头上掠空而过，啾啾叫着，露出它们那雪白、绵软的肚皮。远处，又有人发现一棵树——而且的确是一棵树。塞外的烈风已经把它刮得佝偻了，然而它仿佛是在坚持一种崇高的气节，仍旧挺立在草原上。

天边有一排像牙齿那么整整齐齐的东西在蠕动，那长长的行列是草地上运盐的牛车队。

大概因为雨水的关系，这一段公路特别坎坷不平，有时候人颠得好像在半空停留了好几秒钟才坠落下来——紧跟着也许又是一颠，大家谁也不敢担保自己的五脏还在原来的地方了。半晌工夫风把我们一个个都刮成了泥人儿。有些一直挺过来的，也到处摸索起人丹来。

只听哇的一声，那个买清凉油的女勘探队员吐了，吐的东西随风刮到我们脸上，大家赶紧掏出手巾来擦。可是因为地势关系，大部分都吐在那位蒙古老乡身上了；他那件绛色袍子的前襟黏糊糊的沾了一大片。

在车子上，蒙古老乡面对着草原那些瑰丽景色，脸上一直没有一点点表情，一切在他看来都是很当然的。我想要是这位老乡坐在电车上，走过北京的长安街，他也许同样会纳闷我对车窗外的景物居然没有一点点表情。现在呢，他从容不迫地从长袖筒里掏出一条白手巾—— 他没去管自己身上黏糊糊的那片，却先去替可怜的姑娘擦抹。

同行的勘探队员们可忙了，这个递药，那个给倒水—— 车快，风力大，水没倒到碗里，却又溅到大家的脸上。

那位姑娘很过意不去地望着蒙古老乡（我想，这时候她心里已经没有了蒙古族、汉族的区别了，坐在她身边的就是她的亲人），试着用手里捏成一团儿的手帕去替他擦，同时，她一边喘气，一边小声地向周围那些安慰她的人说："嗯，这下儿可痛快啦！"说的时候，小脸蛋儿还坚强地使劲做出个笑容。

"前边有帐篷啦！"

有人这么喊，那真就像在海上发现了灯塔那样叫人高兴。

搭帐篷的地方是个中间站，叫东苏木，也叫二道井子。这时候，白帐篷前边已经停了一辆货车。这地方离我们当天的目的地就只有百十多里了。在这里，车子加水，司机打尖，旅客们也可以好好松动一下了。

司机下来，先扒着槽帮子慰问了大家一下。他一面擦着脸上混了沙土的汗水，一面豪迈地说：

"放心，颠不上几天啦。新的公路已经在测量着了，带篷客车已经运到了赛汉塔拉。今年冬天草地上就走带暖气的客车啦！"

本来嚷着"脊椎骨差不多脱了节"的人们，也给这个灿烂的前景说得笑逐颜开了。

这时候，停在帐篷前面的货车开动了。我们的司机像是有点儿失望似的追了上去，前边那辆车从驾驶台里探出个脑袋来，女司机挥了挥手，细声嚷道："东苏尼特见吧！"

二道井子地势很凹，四面都是丘坡，天然是个避风的地方。帐篷中间，一口铁锅正烧着开水，用白瓷缸子舀起来，那颜色是土黄的，底儿上还有一层泥沙。可是在草地上，这夹杂着泥沙的水已经是无价之宝了。离帐篷二三十米有一口井，方圆百十里的牧民和他们的牲口都靠它生存。这时候，井台上正有两个蒙古姑娘用布兜子汲着水，旁边停着一辆牛拉的水车。她们也许是从很远很远的地方赶来的，所以水车装满了，一定还要把带来的几头牛都饮个饱。

帐篷后面正有一些汉族工人在搓土坯子。司机同志端着只海碗站在帐篷门口，热腾腾的水汽润湿了他的脸。他一面很有滋味地咂吮着开水，一面指着那堆土坯子说："草原上的事儿难说，这趟是布帐篷，你瞧吧，下趟这儿就许盖起大房子来啦！"

他那副焕发着乐观情绪的笑容和他那坚定的语气使我们这些初到草地的人鼓起了勇气。车再起程的时候，草原上断断续续飘起歌声了，连那刚才呕吐过的姑娘也咧着嘴，跟大家一块儿，唱起《草原上升起不落的太阳》。

蒙古庙照例是盖在一座山的阳面，山顶用石头垒成几座石堆，上面各插些树枝，叫作敖包，大约就是祭祀山神的意思。庙的正殿梁脊上必有个尖尖的金顶。离东苏尼特旗还有二十来里地，我们就遥遥望到那座敖包了，随后，也看到那金顶在阳光里闪亮着。

像天下的小孩子一样，蒙古的红领巾也喜欢追在汽车后边，使出幼小肢体里的全部气力来跟这个古怪机器赛跑。跑在最前边的一个穿着一身藏青长褂，上襟镶着一排四个杏黄色的纽襻，脚上是鲇鱼头式的长靴，腰里系着根水绿的绸带；然后，红领巾上头托出一张红涨、顽皮到了家的笑脸。他一边追，一边用蒙古话得意地嚷着，真是个充满了生命力的小家伙。

一位同来的旅伴（这次担任翻译）下了车，发了怔。他第一句话是：“一年多没来，全认不得啦！”其实，就连我这个初来乍到的也能看出：除了那座古老的喇嘛庙，举目都是一排排新砌的房子。规模虽然只能说是雏形：三间土房也许就叫作百货公司，两间门面也会挂上新华书店的牌子，几间很原始的土房，房顶上已经架起了新式的气象观测设备，然而可以看得出现代化的经济、文化和控制大自然的科学都已经在这里扎下了根。下回再来，我也会用同样惊愕的神情脱口说出“全认不得啦”的话来。

把行李卸下来，擦了擦脸，我们就去食堂了。说来有些奇怪，怎么走了这么远，还没走出食堂制呢？在草地上，同样是先买饭票，然后在座位上等着。不同的是，这里买饭票的时候不但蒙汉服装挤成一堆（我初次闻到了浓烈的奶食味道），而且那片嘈杂的喊嚷声，已经辨不出是哪个民族的语言了。

食堂一个角落里坐着个女同志，面孔好像有点儿眼熟，她面前放着老高一碟子馅儿饼，制服帽推到后脑勺上，一只脚跷在凳子上，一边掠着垂下来的头发，一边津津有味地吃着。跟她分坐在一条凳子上的还有个蒙古族姑娘，穿着深棕色长袍，腰里系着鹅黄色绸带子，脚上蹬着长筒靴，胸部还系了个牛皮的文件袋，那东西好像个吃奶的娃娃似的，总绊住她的胳膊，叫她吃不利落。

那几个勘探队员好像在当地碰到了老同学，就一齐围着停在食堂前面的一辆大车聊开了。那个路上吐过的姑娘又洗得白白净净的了，这时候也若无其事地坐在车辕子上，指手画脚地又说又笑。他们谈的也许就是路上的事，也许是在向先到的同学了解着队里的工作。

等坐在犄角的女同志把一碟子馅儿饼吃光，我们才认出那正是路上遇到的女司机。我还暗自盘算着：晚上要是歇在同一个招待所，去访访她哩，谁料到她走出食堂，抹了抹嘴，就又爬上了货车的驾驶台。登时，马达开了，她从车窗里探出头来，按了下喇叭，一面小心翼翼地朝后望，一面倒车。

“歇在这儿吧。”一位蹲在台阶下面吸着旱烟袋锅子的老汉用怜惜的口气挽留她。

“不啦，老大爷，”她朝老汉妩媚地笑了一笑，“多走一站，汉碑子庙歇去啦！”

回过身来一看，那个背文件袋的蒙古族姑娘也跨上了马。

那辆后边垛得比驾驶台高出半个头的货车又摇摇晃晃地朝着铺满了金黄色的夕阳的草原开去了。望着车子的背影，我心里琢磨着：装的是日用百货呢，还是建筑器材？

但是朋友，重要的不是它装了些什么货，而是车里头悸跳着的那颗年轻、富有理想、热衷于征服草原、建设草原的心。

1956 年 9 月 26 日，平地泉

（原载《人民文学》，1956 年第 11 期）

雁荡行[1]

一　南海的春天

虽然嘴里解嘲着说，天在替我们的瀑布加瓢水，冒雨登船毕竟不很痛快。码头本来就是潮湿地方，在雨中，浮动着那么多负重的脚夫，在灰云下面哼唉着，喘吁着，越显得阴郁闷人了。

行李放进舱里后，我喘了口气。然后，忘记适才赶船时的狼狈，又扶了船舷，悠闲地向岸上眺望了。

这时，岸上正有一辆红绿色的电车沿着外滩向南跑着。由码头直到岸上，黑的绸伞疏疏朗朗地晃动着，如一片浮萍。一个老脚夫赤着大脚板，正扛着件行李吃力地向船上走。他也许一辈子无缘看看别处

[1]　原题为《雁荡天台探胜记》，后改题目为《雁荡山》（山水通讯），最后改为此题。

的风光，却成年在风雨里为远行人张罗！

一阵锣声，甲板上也忙乱起来了。送客的说着最后几句叮嘱，小贩落低了货价，落低了嗓音，用哀乞的面容央求客人买下他点什么。难为他想得那么周到！人丹、木梳、通俗小说，甚至针线。转转眼珠，他还有更亲切的小玩意儿。

汽笛在霉湿的天空里长啸一声，船身徐徐移动了。是晚雾呢，还是浦东的煤烟，这时浑黄的江面上正弥漫着一片苍茫的灰烟，两岸的景物因而显得模糊了不少。只觉上海如张条案，摆了高低不等的“蜜供”；每座楼都那么崇丽，有的即使不甚高，却也掩不住那种钻跃的想头。靠浦东那边泊着几只木船，桅杆直插入灰灰天际。同“蜜供”大楼对称着的，这边是高低不齐的烟囱了。衬着暮色，一片片乌黑煤烟在上空袅袅盘桓。

过炮台湾后，吴淞口的江岸不再窄得使人窒息了，但又荒凉得怕人。水面宽了，两岸是无涯的绿坪。远处，天水吻合成一片闪亮的灰色。这时，江面飘着一只红浮灯，样子酷似鸡笼，里面却有一只诡秘眼睛，忽明忽暗，似在同那只漂浮的乌黑铁锚做着什么险恶计谋。两只潜水艇浅浅地露出水面，藏灰色的舰身，睁着无数骷髅般的圆黑眼睛。靠岸，一只起重机伸起巨大胳膊，不知它究竟想捏些什么。泊在旁边的是一只修补着的商船，黑一块红一块，隐约似有工人在蠕动。

出吴淞口，雨虽敛迹了，夜却擦着洋面向我们这小船袭来。统舱间里，有患旅愁的乘客拉起二胡来。调子是那么伤感凄厉，配着浪涛声，呜呜咽咽，解了他一人的旅愁，不将勾起别人另外的忧愁吗？

次晨一睁眼，船贴靠定海了。这是舟山群岛丛中的首要大埠，还是鸦片之役后，用香港换回的呢。这地方是为三面的山丛严严环抱着，山峰这时正隐在一片灰白晨雾里。汽笛一叫，四面山坳也趁势喊嚷了一声。

码头上又熙攘了，脚夫，临时架起炉灶的馄饨担子，和提了蒲包登岸的乘客夹在一起，向着岸上拥去。因为天还早，面海的街上有灯光闪烁着，恰如惺忪的睡眼。这临海小镇遍布白色小楼，山腰还有一座尖翘屋脊的小庙。海滨泊了几条西瓜皮般的空船，这时早潮未涨，都很寂寞地躺在黄泥滩上，桅杆头上的窄长红旗迎风招展。

一阵军乐声吸引了我。码头上有三个吹鼓手，各自把手瑟缩地藏在衣袋里，很不认真地吹打着。

起初，还以为我们有什么达官贵人同船呢。及后由于不曾戒严，我又猜也许是县长出巡，然而吹鼓手也不应这般敷衍一位父母官啊！

这样疑惑着，搭板上发现了一串披麻戴孝的人，前面是一口黑漆棺材。

在这种慵懒的吹打中，棺材由几个人抬上了岸。那里，有一张摆供品的祭桌在等待着哪。随后，我听到一阵磬声，一个披绣花袍的僧人揖跪凡三次，一道黄表纸焚化了，还有一串噼啪震响的连珠鞭炮，把个小码头弄得更热闹了些。

站在船尾一簇席篓上，我才看见了南海的春天，油汪汪的水，远看平柔如细绸，近处逼视，又有碎波蠕动如满箩春蚕。天边的灰云折折叠叠，诡秘似一个魔术师的幔幕。黑的煤烟，打着旋从轮船烟囱里冒出，擦着早晨冷清的空气，唰唰作响，震得桅杆也应声颤抖起来。环着船尾，几只海鸥依依不舍地正打着盘旋。

船终于开了，立在船尾，我们有机会看见船身压过的海面，一道滚着白沫的湍流，历史的遗迹，时代的波动啊。

哦，海鸥还是追踪来了，一只只斜着雪白身子，藏起后脚，飞出诸般美妙姿势，随飞还啾啾叫着。我看着它们在天空画出美丽曲线，又看它们使用巧妙而且准确的姿势捉食海面的鱼。万物各有其生存的本领啊。

这样飞着，终于它们也疲倦了，就一一落在水上，随着浪涛起伏漂浮着。

由南海飘过，这回是第十遭了，然而我没有见过比这次再亲切的南海。现代人读《镜花缘》和《鲁滨孙漂流记》，对于帆船旅行，一定十分向往。那时的航海家遭受到海的残暴，可也更体验了海的温柔。几乎可以抚摸到海的每一根汗毛。一向所乘的大海轮，出了吴淞口，三四天工夫，永远是那片蓝色海面。偶尔也许逢到一只路线相同的船，也只互相交换一声汽笛。这回搭的是小海轮，虽然抚摸不着洋面，总算看到这段海岸的轮廓了。穿过一座座的小岛，有时觉得伸手直可摸到那龟裂的石缝和千百年来海浪在石上冲刷的痕迹。

二　浙东春景

黄昏时分，立在甲板上，我们遥遥望到了海门，一片灯火晃出一个滨海的小商埠。

今夜虽然依旧得歇在这船上，海行一昼夜，常川往来的茶房却有些沉不住气了。我们擦着电筒，净盼着天晴，好去踩踩灯火下的那片干土。

船从耸立着三座尖塔的山脚下拐过去，甲板上便噜噜噜地响起一阵铁索声。说是海关要检验，船竟在离码头几丈远的水面抛了锚。对于急性的旅客，照例这是一种磨炼。

船像一只停了脉的僵尸，不再喘吁，不再叫啸，只哑哑地泊在那里，任晚潮哗哗卷扫着。我们这群等待检验的乘客都蜂拥在甲板上，互相无助地呆望着，像是懊悔船不该这么早进了口。面海的街市这时正有细碎灯光，长长地伸入水里，把桅杆的黑影照得也抖抖擞擞如丛莽里的巨蛇。有人说东山有什么花园，然而又有好煞风景的人插嘴说，检验完了辰光，园门早闭上了。于是，那花园对我们越显得可爱，而检验员随之也越可恨了。

就在大家愤怒的眼神下，水面出现了一条黑黝黝的影子，慢悠悠地向着我们的船身移近，一只船板上载着三个穿制服的人。三支电筒像是比赛光度的强弱，如冒火的魔眼，穿过黑空，对着我们接连探照。

经过一番盘查后，船终于又还了阳，心脏微微悸跳了。然而却像个伤兵，匍匐在战壕里，喘吁着，勉强爬近码头。

我们七个夜游郎，各揣了电筒和一颗好奇的心，穿着全副雨装跳上了岸。

雨这时停了，路泥泞不堪。转过一个栈房，我们便走到了街心。

对于由上海来的游客，水月灯是多么像小家碧玉的簪饰啊，然而它却把个湿漉漉的小商埠照得那么银亮，那么繁华。灯下陈设着天台山黄澄澄的小橘子，颜色鲜艳的爱国布，木匠店里辛勤的学徒还趁着那点光亮油漆着红木马桶。

然而可偏不得头！街是银亮的，小巷却黑得怕人。我们有些生气这小商埠对于“光”的分配太不平衡了。

虽然是座全然陌生的城，由于人多，我们胆子来得也壮。终于，我们走进坐落十字路口一角的四海春酒馆。临窗，呷一杯黄酒，听窗下敲着清脆的竹梆子。

这一夜，我们是睡在一只静止的船里。

天明，我钻出舱来，立在甲板上伸个懒腰。昨夜小商埠的神秘装饰不见了，这时才看见沙滩上有一簇小船，船头晾着一面面黑色的渔网。灰色的天覆盖在小镇上面，一只悠闲的鹰，正环着那方天空打着盘旋。它像是在试着翔空的气力，翅膀扇动一下，它便很自在地滑翔起来。

捆好行李，我们又全副雨装上了岸。

再会吧，南海，想到这一去，天交晌午便能到雁荡，真是太可兴奋了。

赶汽车站还得穿过街心。街上除了卖力气的，这时没有了拥挤的闲人。我们又走到那家四海春了。这时，店前摆的净是油条、腐乳担子。许多短打扮的朋友在照顾，我们也蹲在石阶上，先吃点东西。

填饱了肚子，就沿着海滨走到汽车站。

看看地图，由海门到杭州，我们的行程弯弯曲曲的，恰似一条蚯蚓。它迤逦钻穿着山川秀美的浙东。当车由那紧贴海滨的车站开出时，那条蚯蚓的脑袋在钻动了，我们也开始向车窗外眺望。

窗外正是一片浙东农村的春景。公路旁一道小溪，它穿过竹林，穿过稻田，流向一座水磨房。磨房里隐隐传出一阵细微的呻吟。几只闲适的鸭子，这时正昂着细长脖颈，浮在小溪上散步。稻田里有戴着笠帽的农夫屈了腰身在插秧，泥浆漫过了膝盖。笨大的水牯低垂了粗壮脖颈在寻食。

车在路桥站停下了。这是一个丁字交叉点，往北去黄岩，南至雁荡、永嘉。才跑出十几里，我们便被丢在冷清清的草棚下，说是要换另外一辆车。

站得实在不耐烦了，忽然记起草棚外还有一片春天，为什么呆呆地守在这里呢？于是，就随同一位胖胖旅伴，走到公路紧旁的一座小村庄。

天阴沉沉的，一摊白茫茫的云彩罩住了隐约的远山。枫江蜿蜒地环着这小村庄爬，四面田野翠绿欲滴。这时，稻田里正有一个农夫赶着一头大水牯，泥水吞噬着笨重的牛蹄。人喘着气；水牯颈下的软皮颤动着，铁犁滑过处，泥水溅起，四下里迸溅便裂开一道深陷的沟。

这小河不但灌溉了稻田，它还绕进村里，印出一片垂柳小楼的倒影，朦朦胧胧如梦境。小楼顶上覆着一排排的黑瓦，瓦上飘着一片炊烟，尖尖楼角下晾着花花裤袄。时有蔓生植物爬过竹篱，向着小河探头。一个提着竹编鱼篓的人，耍着手里的钓竿，打着尖锐呼哨，由木板桥蹒跚踱过。忒儿一声，惊起竹林里一只野禽。它展开美丽的翅膀，拍打着清早的空气，啾啾叫着飞向别处去了。

这时，那个胖胖旅伴远远喊了。我赶紧又沿了溪畔，跑回那座草棚。

草棚下，旅客们正在抱怨着哪，有人甚而要向路局交涉，为什么坐汽油车来的，如今却换乘木炭车。行路图和气的旅客就劝解着，说交涉也没有用处，木炭车慢点也凑合了。

终于，那辆木炭车在许多只鄙夷的眼睛下，由车库里开出了。然而车门开后，那些鄙夷它的，却抢先钻了进去，用篮子，用包袱，甚而大腿，把地位占得宽宽的。

木炭车我还是在展览会里见到过，这是初次试乘。我捺不住一种好奇心，跳下车去，轻手抚摸一番车身。它笨重，比起福特、别尔克来，它还丑得很，然而想起它是我们自造的，一切它的笨重丑陋又都成为可爱的了。

车童像生炉灶那样往那大铁筒里倾倒炭块，然后，他伏下身去摇动铁筒下面那只小轮柄了。

“就要开喽！”司机一面催我上车，一面安慰着车里那些不耐烦的乘客。

我钻进车去，然而那小轮柄还是摇着，一种单调得烦人的声音继续响着。

"换车，换车。"反对木炭车的人又趁势鼓动了。

"开都开不出去，路上保你抛锚。"

另外又有个爱国心重的人主张：这既是国货，就应当给它一个试验的机会。看样子他也许是海关的什么职员，嘴里很熟稔地背诵出每年进口汽油的钱数。我记不得他说的数目了，然而大得骇人。

"国货也得有用啊，"那位国货悲观论者不服气，"看，这车是国货，它开不动——"

正说着，我们的车作了一声吼啸，很吃力地向前开动了。响声虽然大了些，却也载着二十多个忘恩负义的乘客，驶上伸入稻田的公路了。两边水汪汪的稻田里，印着绛紫的云山倒影。

那个国货悲观论者哑口无言了。他不屑地掉过头去，好像车窗外那片无垠的绿色都显得可厌了。

我心里却隐隐感到骄傲，这只笨重的可是自己生产出的丑陋家伙居然显起身手了，它的四周都荡起仲春的烟尘。

忽然，车的响声变哑了。司机的手有些忙乱。终于，车戛然停住，司机跑下了车。

"看，是不是得抛锚！"那个国货悲观论者赶忙证实起自己的预言。然而还是太快了些，因为车经过司机一番巧妙扳动又恢复了隆隆震响。

一路上，我默默分析着同车人对国货的态度：淡漠的，热情的，反对的。然而为国货本身想，它不应长久寄生在国人的同情下。一件代替洋货的东西发明出来还不够，得使这东西逐渐赶上洋货的精细坚固。它必须繁兴在国人的坚定信仰上，使人们因国货本身的价值而骄傲。看看内地公路的发达，木炭汽车实在有它远大前途，希望发明者珍视这前途，继续研究它，改善它，推广它，使它在实质上取代汽油车优越的地位和威望。

像是帮我们赌一口气，这车安然无恙地把我们载到泽国。

下了车，我再回顾这笨重家伙。它气得浑身发着抖。它丑陋，但是它倔强地、有骨气地屹立在那里。

三　雁荡序幕

临到名山脚前，是摆架子呢，还是为了使香客们肃穆下来，路已不再那么平坦了。

极目望去，没有了那齐整的地平线，却是一重重嵯峨的关山。当我们的车由小温岭的山根盘向顶巅的途中，那恍如是做了一场又惊又险的噩梦。向车窗两旁探首，等待着你的永是壁立千仞的峭崖。缩头看看前面，嶙峋的山坡上爬着一条曲折如蛇，旋转如螺的公路。汽车呜呜震响着，奔驰着，如一匹激怒了的巨兽。遇到拐角处，有的乘客时常会脱口喊嚷出来："司机，司机，慢点开哟！"

然而这嚷叫早为马达声吞没了。喊的人只好无助地向车窗外看，越是怕越想看啊！

窗外，田野阡陌尽处，是一片白茫茫的湖雾。湖心似还泊着一只帆船，细小有如一根孤生的芦苇。宁静的湖水闪烁着它那份澄静舒坦，似乎是安排来镇宁乘客们的心情的，它冲散了不少车里的恐怖。

像是结束了一口悠长的叹息，我们的车跨过了小温岭。车身的震响少了，我们的梦也醒了。然而抬头望望那始终警觉着的司机，那坚毅勇敢的背影，一种感激钦佩的心情油然而生。

可是回首看看那如蛇如螺的艰苦工程，更应感激的不还有当日筑路的民夫吗？他们用双手凿出这条险路，便是在这样阴雨连绵的季节，也还那样坚固坦平。

车到白溪，载运汽车的摆渡已在伫候着哪。

这以后，我们便投入了雁荡的怀抱。

不须指点，突然你会觉得周围变了样。一路上尽管经过十八座山，高的有，险的也有，然而一个平凡的“山”的观念你脱不掉。但到了雁荡，置身于那幽奇浑然的境界，你将不断地问着自己：这是哪里呀，这么古怪，这么怕人！

汽车停在山口，那里离我们的宿处还有五六里地。

正像一出古典剧的序幕，这五六里地沿途的布置把我们整个引入另一种庄严境地。也正像序幕，雁荡的许多重要角色都闪出个侧影。它不要你洞悉，却要你洗刷为铜锈油腻淤塞住的心灵，忘掉沿途的辛苦，准备一具容得下瀑布山影的胸膛。

首先，你得惊讶山到了这里竟全然变了色，苍黑里透着绛紫。平时看见一座不毛之山，你会嫌它植树太少，你划算一座山可以辟作几块梯田，土质适宜种荞麦还是桃杏。一句话，你盘算山，支配山，你是山的主人。到这里，山却成为你的主人了。

埋伏在四周的，哪有一个驯顺家伙呀！有的像一只由天上击下来的巨拳，握得那样牢，似有无限重力蟠结在拳心。击下来倒也罢，它偏悬在半空，叫你承受那被击的疼痛感觉。迎面，矗入天空的，是一只拱起的臂肘，上面长满了积年的疤痕。臂肘旁边，不知谁在长长伸着两个秀细指头（双侠峰），及至你一逼视，手指下面还睁了一双骷髅般深陷的黑眼（老虎洞），对你眈眈怒视。左边又出现一面悬崖绝壁（云霞嶂），上面依稀布满了斑斓的朱霞。这一切，都像伏卧着的巨兽，巉岩上垂落着这巨兽的唾涎。有的地方还是悬空散下，如檐前细雨，当地人叫作雪花天。

沿着一道小溪，我们到达了旅社。一顿异常香甜的午饭后，我们各拄了根棍子，齐向灵岩拔步。

四　永远滚流着

灵岩寺算不得一座大庙，藏在无数奇形怪状的峰峦中，摆出极其宏伟的排场。

立在寺背后的是锦屏嶂，嶂下是一片疏疏朗朗的竹林。没缘分见过海市蜃楼的我，真不知那嶂石里面究竟还存在着怎样一个幻境。在那斑驳的黑影中，你可以清晰而又恍惚地辨出亭台楼阁来，没有真的清楚，却比真的景色更能引起你的遐思。

直像哼哈二将，只是体魄更要硕大多少倍，耸立在寺前的是南天门（又名白云岗），左展旗峰，右大狮岩，岩上便是拔地而起、不着寸土的天柱峰。这座矗立云表，高可达百二十五丈的巨岩，如果仔细端详，周身还有着棱角，宛若一块顶天立地的晶石。

天阴着。我们在寺殿前品着云雾茶，僧人便挥着长长衣袖，指点给我们：那酷似一个女人剪影的是侧面观音，两峰并立的是双鸾峰，细圆直起如古墓华表的是卓笔峰，两峰连起如一本展开的书册的是卷图峰；真是重叠竞举，形成一座巍峨的山城。

在这些惊心动魄的庞大家伙之间，还夹着些以精雕细琢惹人注目的金乌、玉兔、美女梳妆，它们那奇秀的姿态，恰好调和了四周险巇逼人的气势。

灵岩这小庙，便为这些奇峰怪峦重重围起，自成一个世界；蔽日遮天，好一个荒僻、幽暗的山谷。

我们走出寺的后门，沿了竹溪僻径，访问灵岩另一奇迹了。

拐过一巨岩，我们为一种铿锵嘹亮的响声所惊骇。在幽暗的山谷里发出隆隆回声。我们低头寻找，还以为溪涧突然发了狂，可冤枉了那清澈见底的小溪，它依然冲刷着大小卵石，卷着凋落的竹叶，琤琤吟唱，缓缓向山下流着。

那响声越来越隆大了。渐渐地，深谷里的寒风竟夹着雨星向我们扑打。天阴，可还没落雨！当我们一面向前探着脚步，一面心下揣了疑惧猜测着的时候，突然一道由半山垂落下来的白光出现在我们眼前了。

“小龙湫！”有人这样喊。

啊，瀑布，梦了多少年，今天我有福气看到了。我不甘心遥遥望着它。镀满青苔的乱石是泞滑的，然而我可以爬。

终于，我爬到了小龙湫的脚前。我仰起头来，由那石缝迸出的是一股雪白怒泉，滚滚泻下，待泻到半途，怒气消解，却又散为细碎银珠，抖抖擞擞，飘落而下。纷乱的银珠击在湫下乱石上，迸得更细碎，更纷乱，终于还得落在潭溪里，凝成更闪亮的洁白颜色，随注滚下，窜过乱石隙缝，坠入涧溪了。

我是多么舍不得离开这白色奇迹啊，然而同行的朋友说：“还有更大的哪。”我随了旅行团，沿着那琤琤玐玐的涧溪，又返回灵岩寺。

说是采石斛表演还没准备好，我们又爬山去看龙鼻水。雨后的山路异常泞滑，然而仰头，那座山洞里却逼真地伏着一条细长多鳞的龙身，鼻水淋漓垂下。我们扶着那段铁缆，喘吁地爬；在牌位后面，还看见一只“龙爪”，作为头部的那块奇石，据说许多年前已为人砍掉了。

站在洞口，我们发现天柱峰的半腰晃着一个人影，岩顶还似乎有人在嚷着，山谷里发出一种细微隐约的回响。

我有些莫名其妙。当我发现峰腰那小小人影是挂在由岩上垂下的一根细绳上时，我吓得几乎嚷了出来。人影如一只困在蛛网上的小昆虫，悬在那里，踹着腿，嚷着。

“二十块钱卖一条命！”旁边有人这样叹息着。

领队招呼我们看山民的缒绳表演，并说明这不是为我们做的。我们还有更精彩的“节目”！

我们回到灵岩寺。僧人早在殿前放好躺椅，桌上盖碗里已泡好云雾茶，还有一碟碟瓜子。擦完一把滚热手巾，忽然，我发觉天柱峰和展旗峰峰顶之间系起一根绳，纤细隐约有如远天的风筝线。

我仰头张望着，正奇怪谁有这胆量爬到那“天柱”顶尖去系这绳子呢，突然，空中又起了一阵微弱的喊嚷。这时，我才看到这耸拔峭岩的崖角，蠕动着几个人影，直像是一片片为风吹动摇撼着的树叶。

于是，我们的节目开始了。

“节目”是怎样一个不符事实的名词，这是拿生命当把戏来耍啊！我几乎不愿再回想那蝙蝠般的黑影，因为那原是个人，却微小得像蝙蝠，四肢伸张挣扎得也像一只蝙蝠。

然而为了摹想那峰巅的高度，你还得记住这是只小蝙蝠。一声吆喊，这细小黑影由天柱峰顶巅滑下来了，滑到那细绳上，悬空挂起，而且，向对面山峰蠕动着了。

（这时，我才明白这“节目”的表演者是要由天柱峰沿了那细绳爬到展旗峰尖。不说那险劲，这口气力也近于不可信了！）

然而那小小黑影这时离天柱峰又远了些。天阴得那样惨灰，衬托着这在天空中挣扎的小生物，挥动在灰天里的四肢几乎连成黑黑一团，由那缓慢的蠕动，我几乎可以听到他的喘息，看到他筋骨的痉挛。也许他没心去嘀咕了，然而他的心就能不蹦跳吗？

蹦跳的却是我的心。

爬出十几丈远，那黑影还“表演”哪。他在那根细绳上翻筋斗，侧身作安卧状；更骇人的是，他踹蹬着他的脚了。我虽看不见那绳子颤动，却担心他会从半空中坠落下来摔个粉碎。

他又蜷起双腿，向细绳中腰移近。边爬着，还边顺手掷下一些碎片。那碎片依恋地陪着他在半空盘桓一阵，随后向下飘落，不知什么时候才坠到地面。

那只小小蝙蝠这时攀到细绳中腰了。像生在清癯脸庞上的一颗黑痣，灰灰天空停留了这么一个黑影。我以为他疲倦了呢，他却还向我们嚷着。僧人唯恐我们听不清，告诉我们空中那个人问：“拍照不拍？”他想得多周到啊！

他又翻起筋斗来了，并且点放爆竹。訇的一声，山谷里发出清脆的回响。他放一只，还向我们招招手。

连响几声，他又有了新主意。他悬空假装憩坐势，还用极安闲的姿势吸着烟卷。他是用装出的闲逸来陪伴安坐在地面上观者的真实闲逸啊。

过后，他又唱一阵似乎军歌一类的调子，声音细微辽远得不易听清。然而不吉利啊，我即刻想到了葬歌，甚而赴刑场途中囚犯的狂歌，也是那么硬凭胆量表现出的一种镇定。他外表做得越是安闲豪迈，旁观者的痛苦也越加深重。

摆弄了一会儿，突然，空中发出一阵连续的响声。他把一挂鞭炮系在绳上，燃放了。鞭炮越响越短，谁能想象一个“假使”呢？

为了取悦地面上嗑着瓜子的观众，他直是把生与死当成两颗石球，玩在手里，抛掷着，戏耍着，永远溜在二者的边缘上。

好容易，他滑近展旗峰了。我眼看他一把把抓到绳端，看他拽住崖角一棵松树，我才松释地喘出一口气。

三十分钟，时间像是在我神经上碾了一场磨，我头痛，眩晕，我倒直像是才由半空落下，脑际萦绕着刺骨的、摇晃的回忆。

我们在山脚等着，等着，终于看到这位英雄了。他有二十多岁，短打扮，满身是栗色的健实肌肉，一脑袋疤痕，一脸的淡漠笑容；腰间系着一个铁丝缠的围圈，肩上背着一束绳子。他告诉我们，自己叫万为才，又指指身旁一个吧嗒着烟袋、沉默不语的老人，说是他的师傅周如立。还说这两峰的高度有人测量过，都是一百二十五丈〇五尺。

归途，山道上迎头走来一个不到十岁的幼童，肩上也背了那么一束绳子。一问他，说是才拜师傅的小徒弟。采石斛原是乡民为了采这种药材而攀登悬崖，如今竟成为用来换饭吃的绝技了。

五　灵峰道上

天色近晚，谷里尘雾迷蒙，一片冥冥的白烟由地上腾起，向着峰顶凝集。且有一股狰狞的乌云，四下散开，山雨眼看将要扑来。

面着那低低压下来、诡诡谲谲的重云，不免望而生畏，然而我们人多，终于还是全副雨装，各个怀揣电筒，迈出了旅社的门槛，沿着那涧溪东进。

走过响岩，一位旅伴抱了块山石，涉着溪流，去敲一下那巨岩，直好像巨岩发了怒，小小的山石竟能击出隆隆的声响。

我们走过许多古怪山峰，将军抱印、朝天鲤、听诗叟、睡猴、卧蚕；道旁有栽好的箭头，上面指明好些奇峰的方向；但是到现在，我仍能记得起形状的，却只有那老猴披衣了。

出了净名寺，我们便踏上诸峰的夹缝。矗立在我们左右的净是盘踞起伏的层峦叠嶂：莲房、金鼎、蝙蝠、玉杵，把阴沉沉的天空遮得更晦暗、更低矮了，而且，遮得只剩那么小小一块。山坡上遍是桐树，粉色的花，衬着苍黑的岩石。

转过帽盒峰，忽然，我们头上那块灰天变得更暗了，而且成了窄长的。这是哪里啊？壁立在我们左右的是两座高入云霄的巉岩，黝黑、斩齐、耸拔，直像是一斧劈成的两道巨墙。

我们夹在这蔽天的巨墙中间，仰头望望那峥嵘的峰头，忽然忆起屠格涅夫散文诗里那篇阿尔卑斯山双峰的对话来了。同行的人发现了这巨墙的名字。还得谢谢那箭头，我们知道它叫铁城阵。

深山里的洞窟最引人缅怀原始生活。我们蹑手蹑脚地走进维摩洞，幽深，僻静，心里默默地摹想着史前时代。

中折瀑的地势有点像一只大瓮，四面为参差岩石所环抱，瓮口还有灰暗云雾蒙盖着。瀑布不算大，瓮口距瓮底却极高，下有碎石小潭。瀑布倾注而下，隆隆震出一种郁闷浑圆的响声，至为怕人。这时瀑布又为瓮口外面的风吹得忽东忽西，飘摇不定，直像是在逞着本领。

归途，山雨终于赶到。摸着黑，我们文明的手电筒权充作原始人的火炬了。

次晨，去散水岩的道上，转过玲珑岩，沿着鸣玉溪前行。横在天边的是一簇奇特剪影，嵯峨环列，直像吆喝一声截住我们的去路。有的拔地而起如幼笋（蜡烛峰），顶尖处还安着个朝天龟。在这丛起伏的冈峦上，还矗立着鸵鸟峰、宝印峰、金鸡峰、伏虎峰、犀牛望月；名称虽是当地人起的，那奇形怪状也太逼人引起实物的联想了。

由此跨过谢公岭便是去石门潭的路。这座纪念谢康乐[1]曾攀登过的名山，本身是没有什么稀罕的。但爬到山尖，下眺山脚田野阡陌，黑绿相间，真是一幅别出心裁的图案。

---

[1] 即谢灵运。南朝宋诗人，因曾袭封康乐公，故称。

越过山脊，老僧拜石的远影渐渐出现在眼前了。雁荡许多“象形的”山名我都不服气，单独老猴披衣和这老僧的形状，真酷似一尊石膏模型。谁个大手掌拿一座高山做泥团，捏得这么惟妙惟肖啊！

下了谢公岭，隐在一片茁茂竹林里的是东石梁。洞幽深而且阴冷，岩缝涔涔滴水。上面筑有三层楼阁，突出洞外。石梁便蜿蜒横在洞口，如一巨蟒。

我们一鼓作气登上最高一层楼阁。二十只脚咚咚地踩着单薄的木梯，那声音是够大的，更何况好事的旅伴又把钢罄和木鱼一齐敲打起来呢！敲得黑黑洞窟里那位菩萨的金身也像惊慌得闪了亮，善良女人型的脸上仿佛溢出笑容来了。一对陈旧的灯笼，一串罩满积年尘埃的银纸元宝在摇晃。嗅着那浓烈的檀香，承受着岩缝滴落下的沁凉水珠，幼时许多回忆夹着那恶作剧的罄声向我接连袭来了。

去石门潭要走很远的路，而且沿途净是狭窄的田塍，泥泞不堪。然而一走到大荆溪畔，便觉得这段路是值得跋涉的了。

正如我不懂得为什么有的山是一堆土，肥如一口母猪，有的却一身嶙峋怪石，崇高傲慢，我也为流水的颜色而纳闷了。不能说是天空的反映，压在我们头上的明明是万顷灰天，疏疏朗朗地嵌着些碎朵白云；然而横在我们脚前的却是那么清澈、那么碧澄澄的水，清澈到看得见溪底石卵隙缝的水藻。两岸枫枝上晒着一束束金黄的麦梗。这时，一只竹排由上游浮来。顺流的水拖着小小竹排，排上的渔人闲怡地坐在一只小板凳上补着渔网，水上印出一幅流动的鲜明图画。

我们登上靠岸的一只摆渡，那老渡户把我们载到对岸的石滩上。受过山洪冲刷的卵石在我们脚下挤出细碎笑声。

方才那道溪水绕过石滩，终于为两座壁立的悬崖夹起来了，狭窄、坚牢，果然是座石门。我们爬到左边那面崖角，下望石门潭，澄爽碧蓝如晴空，只有梦里才会有的颜色呀！蓦想在满天星斗的夜间，由崖角跃下，骤然一声，坠入这青潭，冒出一个蓝色水泡，即刻为急流卷去—— 雁荡山人蒋叔南正是这么死的。听本地人说，是因为他修桥补路，管教了山川，却没管教好膝下的儿子。

我们原路折回，赶到灵峰禅寺饱餐一顿。

听名字，灵峰禅寺照理应是座古旧的庙宇，然而这四个隐世的字却写在一座洁白整齐如一学生宿舍的门楼上，横排上下两层楼都是单间卧室，远望近观都没有庙寺的气象。同行的人戏呼它为“灵峰新村”。

观音洞是夹在两崖的掌缝里，远望细窄几乎容不下一人腰身；攀上石磴，才知道洞里依岩势赫然筑起九层楼阁。由洞缝外望，诸峰拱立，天地一览无余。

我们走过那些宿舍，登上最高一层佛堂。缝岩也滴着水，观音金身端然坐在巨龛里。积年的蜡扦淌满了烛油。我们喝着小沙弥泡的清茶，读着壁上万历年间的碑文。不知谁在佛前皮鼓上轻拍了一掌，洞里即刻震起一阵隆隆如雷的响声。

山洞之前，有人在洞口崖石上发现了一面土地岩，迎着洞外天色侧看，俨然是一尊就洞石天然雕成的土地爷。正面看去，却和别处一般凸凹，看不出一点棱角形象来。

在北斗洞里看了一些拓墨。下山时天色已近暮，立在果盒桥畔对灵峰重新回顾一眼：怪峰耸拔，清流急湍，真是壮观！

六　银白色的狂颠

沿着山谷里一片金黄麦垄西进，灵岩诸峰这时多浸在白茫茫的云雾里。山坡上开满野杜鹃，栗鼠夹着湿漉漉的尾巴，在那嫣红的小花丛中蹿跳。松塔向上翘立如朱红蜡烛，松针上垂挂着一颗颗晶莹的雨珠。山妇光着脚站在道旁涧溪里，采着溪畔山茶树上的残叶。幼竹比赛着身腰的苗条，蚕豆花向我们扮出一张鬼脸。这时，天空还有一只鹞鹰在庄重地打着盘旋，像是沉吟，又像是寻觅着遗失在天空的什么猎物。

过了灵岩村，我们对着泛滥在观音峰巅的云海出神了。

幼时我常纳闷天下云彩是不是万家炊烟凝集而成的呢？如今，立在和云彩一般高的山峰上，我的疑窦竟越发深了。我渐渐觉得烟是冒，云彩却是升腾。这区别可不是字眼上的，冒的烟是一滚一滚的，来势很凶，然而一阖上盖子，关上气阀，剩下的便是一些残余浊质了。升腾的却清澈透明，不知从哪里飘来，那么纡缓，又那么不可抗拒。顷刻之间，衬着灰色天空，它把山峰遮得朦胧斑驳，有如一幅洇湿了的墨迹；又像是在移挪这座山，越挪越远，终于悄然失了踪。你还在灰色天空里寻觅呢，不知什么时候，它又把山还给了你；先是一个隐约的远影，渐渐地，又可以辨出那苍褐色的石纹了。然而一偏首，另一座又失了踪——

隐在这幅洇湿了的水墨画里面，还有一道道银亮的涧流，沿着褐黑山石，倒挂而下。

走下竹笋遍地的山坡，含珠峰遥遥在望了。

照日程上预约的，今天有五个著名瀑布在等待我们哪。

走进巍峨的天柱门，梅雨潭闪亮在我们面前了。潭水由那么高处泻下，落地又刚好碰在一块岩石上，水星粉碎四溅，匀如花瓣。

由梅雨潭旁登山扶铁栏，跨过骆驼桥，罗带瀑以一个震怒了的绝代美人的气派出现了。她隆隆地咆哮，喷涌，抖出一缕白烟，用万斛晶珠闪出一道银白色的狂颠。然而凭她那气势怎样浩荡，狂颠中却还隐不住忸怩、娉婷，一种女性的风度。看她由那丹紫色的石口涌出时是那般凶悍暴躁，泻下不几尺便为一重岩石折叠起来。中股虽疾迅不可细辨，两边却迸成透明的大颗水晶珠子，顺着那银白色的狂颠，坠入瀑下的青潭。

立在山道上"由此往雁湖"的路牌旁，我们犹豫起来了。忆起中学时候，在教科书里读到的"雁荡绝顶有湖，水常不涸，雁之春归者留宿焉，故曰雁荡"那段话，望望隐在云里的峰尖，觉得不一访雁湖真太委屈此行了。然而领队坚持雨后路滑，天黑才能赶回，万万去不得。为了使我们断此念头，还说那湖面积虽大，却已干涸了，下午可以拿仰天窝来补偿。我试着另外约合同志，终因团体关系，只好硬对那路牌阖上眼，垂头丧气地循原路下山。

踏过一段山道，又听见猛烈响声了。这声音与另外的不同些，它对我却并不生疏。在我还不知道已到了西石梁时，便断定这是悬濑飞流的瀑布声了。

梅雨潭的瀑布坠地时声音细碎如低吟，罗带瀑则隆隆如吼啸；西石梁飞瀑落地时嘹亮似雄壮的歌声，远听深沉得像由一只巨大喉咙里喊出的。走近了时才辨出，巨瀑两旁还有晶莹水珠坠下，在半山岩石上击出琅琅配音来。

太阳虽始终不曾探头看看我们，肚子这只表此刻却咕噜噜鸣了起来。算算离晌午总差不多了，便在瀑布旁吃了午饭。一顿饭，两眼都直直望着门外悬在崖壁上的"银河"。我吃得很香，很饱，但却想不起都吃些什么了；只记得很白，很长，滑下得很快。

饭后，还坐在正对着瀑布的那小亭子里啜茶。一个白须老者臂上挎着一篮茶叶走来，说他的茶叶是用这瀑布的水培养的，饮来可吸取山川的灵气，说得至为动人。

喝完茶，我们爬上那形状酷似芭蕉叶的西石梁洞。横在洞口的石梁真像一座罗马宫殿的残迹，幽暗、僻静，充满了原始气息，一只羽毛奇异的鸟，小如燕，翅膀抖颤如野蜂，叫出一种金属的声音，夹着洞旁隆隆的瀑布声，把这洞点缀得越发诡秘了。

洞旁有一座用石块堆成的小屋。墙隙缝里伸出一根剖半的竹筒，像只胳膊直插入由洞里流出的淙淙小溪。竹心仰天，水便沿了那竹筒缓缓流入屋里，竹心扣下，水依然流下山去。

我们正惊讶这聪明的发明呢，那小屋里走出一个道姑来，微笑地为我们搬来一条板凳。

道姑的住所很简单，三间矮房，檐下一堆干柴。一个七八岁的小道姑正抱着一束干柴走过，见了我们眼皮即刻朝下，羞怯怯地忙躲了进去。准是个受气的小可怜虫！

到了大龙湫，数小时内连看四个瀑布，眼里除了“又是一片白花花”，已不大能感觉其妙处了。游山逛水原是悠闲生活，若讲起“时间经济”来，就有点像赶集的小贩了；东村没完又忙挑到西村，结果不过成为一个“某年某月余游此”式的旅行家而已。对于雁荡，我便抱愧正是这一种游客。

也许是因为水来自雁湖，论气魄，大龙湫比今天旁的瀑布都大（不幸是转到它眼前时，人已头昏眼花，麻木不仁）。而且，因为岩顶极高，壁成凹状，谷里透进不少风力。瀑布由岩顶涌出，便为风吹成半烟半水，及至再落下数丈，瀑身更显缥缈。落地时，已成为非烟非雾的一片白茫茫了；只见白烟团团，坠在潭里，却没有什么响声。

瀑布旁，褐黑岩上，刻着多少名士的题字：“千尺珠玑”，“有水从天上来”……然而最使我留意的，却是刻在“白龙飞下”旁的一句白话题字：“活泼泼地。”不说和其他题名比较，仅看看眼前的万丈白烟，再默诵那四个字，不免感到太煞风景了！

沿着大锦溪，走到能仁寺旁的燕尾瀑时，我只记得天上徘徊着一片灰云，山色发紫，瀑布挂在山麓，很小，像是燕尾，瀑布坠入了霞映潭。

来不及喘口气，我们又扑奔仰天窝去了。

虽然没缘看见雁湖，山上却有这么深一座小池也够稀罕了。然而它不止奇，还有它的险哪！

我甩下外衣，一口气由山脚领头跑上去，原想抢先看看这奇景。拄了根竹棍，我竟爬到了山顶。待将到仰天窝时，路忽然为一壁立千仞的巨岩截断了。俯身一看，啊，好一口无底的大陷阱。

池水是黄的，池畔的土绵软作朱红色。靠近崖角还放了张石桌，栽有两棵制造香烛的柏树。这天池的主人（也许是管家）是一位和善的老农，那正冒着白色炊烟的三间瓦房便是他的家。这时，他还为我们端出几碗茶来。

坐在那石桌边，仰首，周围环绕我们的净是暗褐色的山，只有玉屏峰下挂了几道银亮溪流。山谷里是一片稻田，深黄葱绿，田塍纵横，似铺在山脚的一块土耳其地毡。

虽是阴天，这却是个银亮亮的日子。躺在硬邦邦的床上，梦境挂满了长长白练。

七　一只纤细而刚硬的大手

由马家岭下眺南阁村，不过是叠铺在稻田中的一片栉比黑瓦，三面屏围高耸，一面直通远天。天空这时正有一程白云，折出灰色细纹，覆盖着这静寂的山谷。

走到山腰，渐渐可以辨出黑瓦下面乱石垒成的墙了，墙外是一片浅黄疏竹。一道白亮亮的小溪，接连着远天，蜿蜒钻来。它浸润了油绿的稻田，扶起金黄的大麦，沿途还灌溉了溪旁的桑麻，终于环村绕成一道水篱笆。

这时，黑瓦上面正飘了片片炊烟。

走进这村口，只见几个穿了花格短袄的女人正屈下腰身，在溪畔浣衣呢。身旁一个两三岁的孩子，伸出小指头向着岸上指点。迎头出现了一个男人，头上扣着一顶旧戏里丑角常戴的两牙青呢帽，背着一束熟麦，蹒跚走过来，看见那个小孩，脸上立即堆满了笑容。

隔着墙缝，我偷看这山村里农户的草垛堆了多高，我留心徘徊在道旁的水牯是肥壮还是瘦削；它摆摆那细得近于滑稽的尾巴，向我沉痛地叫了一声。我还同那赤脚在河滩上放羊的女孩坐了一阵。只听她抛着卵石，低唱着俚俗的小调。随了那懒洋洋的吟唱，落在溪里的卵石冒着泡，画起大圈套小圈的图案。

秋天，枫树一红，我们就把它比作火焰；我却不知道春天的枫叶也可以旺盛得像火焰，上浅下深，那么繁茂，那么升腾，真似谁在春色里放了把烈火。

我们走过人家，走过店铺，终于出了村庄西口。村口外，那片田野在迎迓着我们了。

和小溪平行着，这石子路也长长地伸入绿野里，接连着辽远的天空。雏燕在溪上轻佻地掠出诸般姿势，飞得疲倦了时，不定落在溪里哪块卵石上，听不见它的喘吁，却看得见那赭色小尾翅频频扇动。

流到章大经（恭毅）墓前，溪面展宽了。会仙峰由地平线上猛然跃起，隔着那棵硕大柳树看它，细长柳叶形成一个框缘。

当我们踩着溪里的乱石，奔向对岸的佛头村时，溪畔正停着一顶彩轿，周身闪出灿烂的珠饰。衬着四面素朴的山水，这华丽越显得鲜艳稀罕。一定是由老远抬来的，四个轿夫正歇在石上，擦着汗。几个短打扮的小伙子手里各摆弄着一宗粗糙乐器，两牙呢帽下面，是一张笃实的脸。

出我们意料之外，轿帘大敞着：那穿了宽松大红绣袍、胸前扎着纸花、头上顶了一具沉重冠盔的“俏人家”正大模大样地坐在轿里；前额一绺刘海儿下，滴溜着一对水汪汪的眼睛，望着隔岸的山丛呆呆出神。那里，谁为这个十八九岁的少女安排了一份命运，像那座远山一样朦胧渺茫，也一样不可挪移啊。

许多旅伴伸手向她讨喜果。她仰起小脸来茫然望着我们，机械地把那只密匝匝戴了四只黄戒指的手伸到身旁那布袋里，一把把掏出染红了的花生糖果，放到那些原想窘她的人们手里。

今夜，她将躺在一个陌生男子的身边，吃他的饭，替他接续香烟，一年，十年，从此没个散。这人是谁呢？溪水不泄露，山石不泄露，她只好端坐在彩轿里，让头上那顶沉重家伙压着，纳闷着。

大家感到了满足，于是渡过溪流，直奔佛头村而去。

走出不远，一阵竹笛和二胡交奏声由隔岸吹来。回头一看，彩轿抬起来了，轿夫们正涉水渡溪。

由佛头村沿山道前行，便到龙溜。这是湖南潭的出口。不知是千年山洪冲陷的，还是天然长成的，浩荡的潭水临到下山时却碰到这么一块古怪岩石，屈曲十数折，蜿蜒如游龙，下为石阈阻住，水不得逞，又逆流折回，飞卷起狂颠的水花，银亮汹涌如怒涛。掷下巨石，即刻便卷入湍流，看不见石块，只听得击碰如搏斗的响声。

湖南潭有三潭。据说上潭最为幽奇，只是天雨路滑，并且还得赶程去散水岩，便放弃了。

一个薄情的游客，离开雁荡可以忘记所有的瀑布，或把它们并了股，单独散水岩，它不答应。它有许多逼人惊叹的：背景那样秀美，竹林那样蓊郁，紫褐的巨崖拔地而起，瀑布悬空垂落，脚下那碧绿潭水里还映出一条修长倒影，摇摇晃晃，散水岩好像凭一道银流，贯穿了天地。

然而使人发呆的不是散水岩自身。几天来，说到瀑布，你都意识到一个“布”的观念，可是轮到散水岩，这布便为一只纤细而刚硬的大手搓揉得粉碎了。你只觉这只无名的手在一把一把往下抛银白珠屑，刚抛下时是白白一团，慢慢地又如降落伞般陡然分散，细微可辨了。半途如触着一块突出的岩石，银屑就迸得更细小了些，终于变成一种洁白氤氲，忽凝忽散，像是预知落到地上将化为一摊水的悲惨，它曳了孔雀舞裳，飘空游荡，脚步很轻盈，然而由于惊慌踌躇，又很细碎；越游越散，越下坠，终于还是坠入下面那青潭，有时触着潭边崖角，欢腾跃起，然而落到崖石上，崖石依然得把它倾入潭里。

走过佛头村一家门前，院里正挤着许多看热闹的乡民。我们好奇地探进身去，没人拦阻，于是就迈进门槛。供奉着祖宗牌位的客堂很窄小，两张方桌却围坐满了贺喜的戚友。看了我们十个人拄着棍子，一直闯进来，他们莫名其妙。

“看新娘子啊！”领头的那位在喜堂里嚷开了。大概是公公，一位颔下飘着一撮胡须的老人很恭敬又有点害怕地替我们推开东屋的房门。屋里很黑，新娘子穿了大红绣袍，直直垂立在墙角，旁边还有两个穿藕荷袄的小女孩陪伴着。

啊，新娘腼腆地抬头了，脸庞那么熟稔，不正是溪畔那乘彩轿抬来的姑娘吗？在黑黑屋角里，我依稀看见了一张泪痕斑斑的脸，喉咙里还不住哽咽着——

“新郎呢，我们也得见见！”那位不怕难为情的旅伴在门槛上敲着竹杖，又大声嚷了。幸好这时那公公已知道我们不是歹人，他很殷勤地着人招待我们了。

厨房里，这时正煮着一大锅红饭。大师傅在灶间锵唧地敲着锅边。铁勺一响，火团闪亮，他便又完成一碗丰盛适口的杰作。我们也嗅着了一股肉香。

随着伙伴，我也登上那窄小楼梯。浙东住家的房屋大抵都是两层小楼，如今才发现二楼低矮狭窄得很像轮船的统舱。走上楼口，由一堆稻草垛里闪出一个满面红光的小伙子，穿着一身崭新如纸糊的长褂，微笑地迎接我们。

“大喜，大喜！”我们齐向他拱手道贺。

然而他摇了摇头。顺着他的手指，我们又闯进另一间黑漆漆的小屋。在那里，才像捉蟋蟀般找到了那个新郎，年纪不过十四五岁，羞怯、呆板，而且生成一对残疾的斜眼！

一路上，我们都为那个姑娘抱屈，然而谁也无力挽回这刚刚拼凑起的安排。真似凭空落下块陨石，胸间觉得一阵郁闷。瑰丽的山水，晦暗的人间。

1937 年 5 月

（原载 1937 年 5 月 20 日—30 日香港《大公报》，
收入《落日》，上海良友图书公司 1937 年 6 月初版）

我爱芒市[1]

请想想看：一个美丽到使人叹息的地方，四周竟为警戒的荆棘厚厚围起，且还在远处高悬一木牌："前面危险行人止步"，害得每个过客都揣了颗悸跳的心。天下宁有这般荒唐愚蠢事？然而数世纪来，我们的西南边陲便这样笼罩在神秘的恐怖下，不要说专家学者，连卖苦力的一到清明都抹头就跑，唯恐瘴疠扯了他的后襟。边疆不开发，这个心理的障碍是一块分量不轻的绊脚石。

首先，我得为这样一个美丽地方鸣冤。它叫芒市，距缅边仅八十八公里，人口六千户，四山环抱，是一个椭圆形的盆地。一路上，我听人提到芒市的语调神情，就如同闹鼠疫的汉漠林城。直走到龙陵，芒市的邻县，遇到好心的本地人还是颤摆着头部说："去不得呀！

[1] 作者附记：此文系 1939 年 6 月 29 日我在香港《大公报》上发表的《被遗忘的人们》中之一节，系《滇缅行》的一部分。承香港中文大学卢玮銮女士代为复制下来，作为从未收入集子的一篇"佚文"重见天日，谨致谢意。文中少数民族都已改为现称。

要上芒市坝，先把老婆嫁！”

但那时我离家太远，已来不及照他说的办了。我虽然也为他们的警告吓得有些惴惴不安，但另一方面，在支蚊帐、吃沸水、食具消毒的保障下，我决定用自己试验一下这死亡的陷阱。我不但去，并且，我不想遵守“过来人”退一步的劝告：早起不得，雨后天晴出来不得，香蕉吃不得，米吃不得……吃饭莫吃饱，早晨莫起早。

我是黄昏时分走进芒市的。一路上，我向近处的蜂桶远处的稻田探望，寻觅着那传说中的蛮烟瘴雨。我看到的却是为澄紫色的夕阳染成淡浓有层的山峦，朱砂的土地上，支撑着一幢幢长腿的竹舍，硕大的榕树伤感地拖着细长须丝，慈竹有如北方的马尾连，那么一抱抱葱郁地茂长着。而飘在瘦长的金浮屠上，是边境特有的云彩，白得像雪，团团也像雪；有时如一只只逗急了的狼猫，张牙舞爪地跳将起来，不依不饶；有时又如一群驯顺的绵羊，但没有牧者，垂了头，在咀嚼那片蓝宝石的天空。道旁野生的霸王鞭多如茅草，大如小丘。合欢树下，席地坐着个傣族姑娘，忧郁俊秀的脸庞上团团盘着一束辫髻，两手无心地揉着土，像是在看云，还是在看守田丘上的大水牯，没人知道。只是一会儿，竹林丛中飘起一阵尖锐的笛声。她一把抽住合欢树的枝丫，人腾地站起来，便向那笛声的方向飞奔去了。

请不要讪笑她，因为恋爱是每个傣族青年的生命。

正因为芒市被人委屈了，它给我的喜悦也分外大。进了那低矮寨门，服饰、树木、人物，周围什么都是新鲜的，而第一眼迎纳我的便是菩提寺高耸挑起的幢幡宝盖，在晚风中摇摆。这时，寺院里随了僧乐，正起伏着一片诵经声。我瞥见一串裸着上身披了黄袈裟的背影。

第一晚住在邮政代办所，我便遇到滂沱大雨。在雨声中，我感到一种古怪的寂寞。次晨，大地放晴，一切都似为我的“实验”而安排。

我是天刚刚亮便由支着蚊帐的行军床里钻出来。这时，庭心那棵马樱树滴着雨珠，似还在喘吁着。我便提了相机跑出去。太阳出来了。大地蒸发了。我走在这亚热带的市墟，而且我吃了香蕉，也吃了米。一个月后的今晚，我可还平安地在香港写这个通讯。我依然记得芒市的米是怎样白嫩、香甜，比糯米有筋骨，比别的同类柔韧，它的委屈也正和芒市同。

芒市坝里的房屋疏朗有致，街道蜿蜒多曲。这时，雨水把砂石马路冲洗得明净可喜，街上清冷得不见行人。建筑也是那样不单调：瓦房、竹舍，面了彩金麒麟大影壁的是旧土司衙门；突尖有如哥特式建筑的是新衙门；临河是方土司的私邸裕丰园，掩在一丛密林里，河上是一座有走廊的木桥。对岸硕壮的榕树大得可以掩盖一片人家，由坡上北望，一座弓形的小桥下，弯弯流着河的一道支溪。稻田闪亮着一面面的镜子，为田垄隔成种种图案，有如大地的窗棂。

那还只是静的美。更令人神往的却是芒市的墟场。那是一条狭长的街道，两边搭着竹草棚。无墟时候，清冷幽静。墟期一到，便苏然醒来，乱糟糟充满了生命。竹棚下密密摆起摊子。空手的，负篓的，赶骡的，四乡民都麇集于此。燠热的太阳蒸起人畜的气味和老乡刻不离口的槟榔味。摊上闪动着锄犁，漆和蜂蜡，燧石和锡箔，经缅运进的廉价洋货，五色玻璃串球、赝品银玉器、棉布、瓷陶器。且时有伟男子就地陈列他新获猎的兽皮，抱了双肘，炯炯瞪着往来行人，说不清他是在兜卖，还是在耀武扬威。

芒市的场墟不但是边疆手工业品和水果菜蔬的展览，而且是民族的大汇合。你也许走过许多地方，看见各种不同的风光，但在一块空间上看到卖番瓜、牛肚子果的僳僳姑娘，在显耀着她那田字图案的五彩花衫；背负草席的德昂妇人紫红的麻衫下，腰间缠了十几箍黑圈；

山头姑娘的珠花裙已够美了，衬了她所卖的五色锦和同帕更是锦上添花。而营生更广，数目更多的是傣族人。

随便你选择一隅，所有这些民族都全副行套地由你面前缓缓走过，你可以端详他们的服饰神气，倾听他们用完全不同的语言讨价吵嘴，你可以嗅到那不同的气氛，如果机警的话，你还可以偷偷拍照。

让我来替芒市翻案吧："要去芒市坝，先把老婆带。"因为当一个好丈夫为罕世的美所激动时，他会后悔独自出门的。

（选自《关于死的反思》，台湾业强出版社 1993 年版）

初冬过三峡

一

听说船早晨10点从奉节入峡，9点多钟我揣了一份干粮爬上一道金属小梯，站到船顶层的甲板上了。从那时候起，我就跟天、水以及两岸的巉岩峭壁打成一片，一直伫立到天色昏暗，只听得见成群的水鸭子在江面上啾啾私语，看不见它们的时候，才回到舱里。在初冬的江风里吹了将近九个钟头，脸和手背都觉得有些麻木臃肿了，然而那是怎样难忘的九个钟头啊！我一直都像是在变幻无穷的梦境里，又像是在听一阕奔放浩荡的交响乐章：忽而妩媚，忽而雄壮；忽而阴森逼人，忽而灿烂夺目。

整个大江有如一环环接起来的银链，每一环四壁都是蔽天翳日的峰峦，中间各自形成一个独特天地，有的椭圆如琵琶，有的长如梭。走进一环，回首只见浮云衬着初冬的天空，自由自在地游动，下面众峰峥嵘，各不相让，实在看不出船是怎样硬从群山缝隙里钻过来的。往前看呢，山岚弥漫，重岩叠嶂，有的如笋如柱，直插云霄，有的像彩屏般森严大方地屹立在前，挡住去路。天又晓得船将怎样从这些巨汉的腋下钻出去。

那两百公里的水程用文学作品来形容，正像是一出情节惊险、故事曲折离奇的好戏，这一幕包管你猜不出下一幕的发展，文思如此之绵密，而又如此之突兀，它迫使你非一口气看完不可。

出了三峡，我只有力气说一句话：这真是自然之大手笔。晚餐桌上，我们拿它比过密西西比河，也比过从阿尔卑斯山穿过的一段多瑙河，越比越觉得祖国河山的奇瑰，也越体会到我们的诗词绘画何以那样峻拔奇伟，气势万千。

二

没到三峡以前，只把它想象成岩壁峭绝，不见天日。其实，太阳这个巧妙的照明师不但利用出峡入峡的当儿，不断跟我们玩着捉迷藏，它还会在壁立千仞的幽谷里，忽而从峰与峰之间投进一道金晃晃的光柱，忽而它又躲进云里，透过薄云垂下一匹轻纱。

早年读书时候，对三峡的云彩早就向往了，这次一见，果然是不平凡。过瞿塘峡，山巅积雪跟云絮几乎羼在一起，明明是云彩在移动，恍惚间却觉得是山头在走。过巫峡，云渐成朵，忽聚忽散，似天鹅群舞，在蓝天上织出奇妙的图案。有时候云彩又呈一束束白色的飘带，它似乎在用尽一切轻盈婀娜的姿态来衬托四周叠起的重岭。

初入峡，颇有逛东岳庙时候的森凛之感。四面八方都是些奇而丑的山神，朝自己扑奔而来。两岸斑驳的岩石如巨兽伺伏，又似正在沉眠。山峰有的作蝙蝠展翅状，有的如尖刀倒插，也有的似引颈欲鸣的雄鸡，就好像一位魄力大、手艺高的巨人曾挥动千钧巨斧，东斫西削，硬替大江斩出这道去路。岩身有的作绛紫色，有的灰白杏黄间杂。著名的三排石是浅灰带黄，像煞三煮断垣。仙女峰作杏黄色，峰形尖如手指，真是瑰丽动人。

尽管山坳里树上还累累挂着黄澄澄的广柑，峰巅却见了雪。大概只薄薄下了一层，经风一刮，远望好像棱棱可见的肋骨。巫峡某峰，半腰横挂着一道灰云，显得异常英俊。有的山上还有闪亮的瀑布，像银丝带般蜿蜒飘下。也有的虽然只不过是山缝儿里淌下的一道涧流，可是在夕阳的映照下，却也变成了金色的链子。

船刚到夔府峡，望到屹立中流的滟滪滩，就不能不领略到三峡水势的险巇了。从那以后，江面不断出现这种拦路的礁石。勇敢的人们居然还给这些暗礁起下动听的名字，如头珠石、二珠石。这以外，江心还埋伏着无数险滩，名字也都蛮漂亮。过去不晓得多少生灵都葬身在那里了。现在尽管江身狭窄如昔，却安全得像个秩序井然的城市。江面每个暗礁上面都浮起红色灯标，船每航到瓶口细颈处，山角必有个水标站，门前挂着各种标记，那大概就相当于陆地上的交通警。水浅地方，必有白色的报航船，对来往船只报告水位。傍晚，还有人驾船把江面一盏盏的红灯点着，那使我忆起老北京的路灯。

每过险滩，从船舷俯瞰，江心总像有万条蛟龙翻滚，漩涡团团，船身震撼。这时候，水面皱纹圆如铜钱，乱如海藻，恐怖如陷阱。为了避免搁浅，穿着救生衣的水手站在船头的两侧，用一根红蓝相间的长篙不停地试着水位。只听到风的呼啸，船头跟激流的冲撞，和水手报水位的喊声。这当儿，驾驶台一定紧张得很了。

船一声接一声地响着汽笛，对面要是有船，也鸣笛示意。船跟船打了招呼，于是，山跟山也对语起来了，声音辽远而深沉，像是发自大地的肺腑。

三

最令人惊心动魄的是激流里的木船。有的是出来打鱼的，有的正把川江的橘、麻往下游运。彪悍的船夫就驾着这种弱不禁风的木船，沿着嶙峋的巉岩，在江心跟汹涌的漩涡搏斗。船身给风刮得倾斜了，浪花漫过了船头，但是勇敢的桨手们还在劲风里唱着号子歌。

这当儿，一声汽笛，轮船眼看开过来了。木船赶紧朝江边划。轮船驶过，在江里翻滚的那一万条蛟龙变成十万条了，木船就像狂风中的荷叶瓣那样横过来倒过去地颠簸动荡。不管怎样，桨手们依旧唱着号子歌，逆流前进。他们征服三峡的方法虽然是古老过时的，然而他们毕竟还是征服者。

三峡的山水叫人惊服，更叫人惊服的是沿峡劳动人民征服自然，谋取生存的勇气和本领。在那耸立的峭壁上，依稀可以辨出千百层细小石级，蜿蜒交错，真是羊肠蟠道三十六回。有时候重岩绝壁上垂下一道长达十几丈的竹梯，远望宛如什么爬虫在巉岩上蠕动。上面，白色的炊烟从一排排茅舍里袅袅上升。用望远镜眺望，还可以看到屋檐下晒的柴火、腊肉或渔具，旁边的土丘大约就是他们的祖茔。峡里还时常看见田垄和牲口。在只有老鹰才飞得到的绝岩上，古代的人们建起了高塔和寺庙。

船到南津关，岸上忽然出现了一片完全不同的景象：山麓下搭起一排新的木屋和白色的帐篷。这时候，一群年轻小伙子正在篮球架子下面嘶嚷着，抢夺着。多么熟稔的声音啊！我听到了筑路工人铿然的铁锹声，也听到更洪亮的炸石声。赶紧借过望远镜来一望，镜子里出现了一张张充满青春气息的笑脸。多巧啊，电灯这当儿亮了。我看见高耸的钻探机。

原来这是个重大的勘察基地，岸上的人们正是历史奇迹的创造者。他们征服自然的规模更大，办法更高明了。他们正设计在三峡东边把口的地方修建一座世界最大的水电站，一座可以照耀半个中国的水电站。三峡将从蜀道上一道险峻的关隘，变成为幸福的源泉。

山势渐渐由奇伟而平凡了，船终于在苍茫的暮色里，安全出了峡。从此，漩涡消失了，两岸的峭岩消失了，江面温柔广阔，酷似一片湖水。轮船转弯时，衬着暮霭，船身在江面轧出千百道金色的田垄，又像有万条龙睛鱼在船尾并排追踪。

江边的渔船已经看不清楚了，天水交接处，疏疏朗朗只见几根枯苇般的桅杆。天空昏暗得像一面积满尘埃的镜子，一只苍鹰此刻正兀自在那里盘旋。它像是在寻思着什么，又像是对这片山川云物有所依恋。

1956 年 11 月 15 日

（原载《人民日报》，1956 年 12 月 16 日至 17 日）

逃难记

一　我失过业

我早年失过学，后来又失过恋。活到二十七岁，我才尝到失业的滋味。那以后，我就同“小树叶”过起流徙生活，从沿海到大西南，几乎跑了半个中国。那滋味就像原来踏着坚实的土地，忽然两脚悬了空。在写《未带地图的旅人》时，我有意无意地把这段经历略过去了，现在就来补记一下。

这是从胡霖社长的一次谈话开始的。

从打 1935 年进《大公报》编副刊起，胡霖社长对我的工作一直给以支持，不时地还加以鼓励。他的关心所体现的是他对副刊的重视。他说过报纸就是通过副刊同学术界、文艺界以及广大青年保持联系的。它比经济版或体育版的社会基础都更广泛，甚至档次也高一些。

可是 1937 年“八一三”一声炮响，报纸马上由十六版缩至四版。

当时报纸的读者唯一关心的只是仗打到哪儿了，那关系着国家的存亡，也更直接地涉及个人安危。因此，除了新闻版和报纸赖以生存的广告，其余各版都只好停了。当时报馆最活跃的是张篷洲（杨记）。他是报馆里唯一行伍出身的，打过仗。我还跟他一道去过大场、吴淞，仿佛想改改行，试着当一名战地记者，可不知自己能不能胜任。

正当我在彷徨失措时，胡社长把我叫到他那间小办公室去。他依旧是忠厚长者的神态和语气，先对我进馆后的工作讲了许多好话。我心里明白，那是为正文垫的底。果然他很快就转到战局上，说看光景上海的局面长不了，报馆的前途很难说。“我呢，只好混一天算一天，你年轻有为，应该保住自己。内地需要人才，不要陪着我们朽在这里。”接着又说报馆经济上目前如何困难，诉完苦以后，说只能给我半个月工资的遣散费，去自谋生路。

我走出他那间办公室之后，觉得眼前一片黑。半个多月前还是报馆的红人，又搞文艺奖金，派去游雁荡山后，连载了我那山水通讯。可忽然成为多余的人了。深深感到人生、命运的无常。

幸好“小树叶”刚由东京赶回上海。我们是注定不能有个家的。当时去南京的铁路已经断了，看来旱路是走不成了，只好走水路：由上海经香港去武汉。好在从 1928 年我就几番走过这条水路。当时从上海买香港的统舱票只要三四元钱，就赶快去买了两张。代售船票的旅社还叮嘱：现在黄浦江上正交着火，大船进不来，得坐小火轮去吴淞口外搭大船。

于是，我又去杨树浦打听开往吴淞的小火轮靠哪个码头。当时我唯一的一只皮箱还是燕京毕业时斯诺送的。里面装着他一并送我的一些西洋古典著作，另外是一只柳条包。就这样，我就拉着比我更加迷茫的“小树叶”上了那挤得水泄不通的小火轮。船一开出公共租界，就进入了战区。炮弹从黄浦江西岸在我们头上尖声飞过，江面上一片硝烟。这时，舱里已挤不进去了。我们两人就躲在甲板一个角落紧紧抱在一起。她浑身打着哆嗦。我为了给自己壮胆，就哼着电影歌曲“起来，不愿做奴隶的人们”。我的声音也是颤巍巍的。那可真是：“冒着敌人的炮火，前进！”后来说起这事，她笑我当时是用颤抖的声音哼那支英勇的歌子。

我们居然航出了吴淞口，靠近泊在那里的一条大船，船尾挂着花花绿绿的小旗。

我们这批惊弓之鸟就赶快抓着舷梯，攀了上去。这些统舱客中间还有七老八十的。风浪很大，快到香港的那个晚上，还死了一口子。亲属哭得死去活来，也不晓得尸首是怎么处理的。真是惨而又惨。

那是我头一遭到香港。码头上乱糟糟的同杨树浦差不多。难民是没心情看风景的。我们不但人生地疏，而且言语不通。只好跟着人流涌向开往广州的火车站。

失业又逃难，当时一心一意只想在人间捞到一根稻草。到了广州，我们就咬牙上了辆计程车，去投奔位于东山的一家中学。那里有一位我曾叫过姑的，是那里的训育主任。1928 年我就凭我的标准北京口音给汕头一家中学录用当上了一名国语教员。当时，我连中学还没毕业。如今，我不但戴上了学士帽，还曾出过几本书，并且为一家全国性大报编过两年文艺副刊。满以为凭这些谋个教职总不难吧！

谁想到，时候不同了，人的关系也不同了。那位一向和颜悦色的姑一见我们这对投奔她来的难民，立刻绷起脸来。她甚至没让我们进去，就在门房外面厉声对我们说：这里没地方安插外江佬。她唯恐我们会赖着不走，所以连口茶也没给喝。

这样的白眼，我在 1957 年之后又经历过多次。人一背时，行情立即一落千丈。这就是炎凉的世态。

偌大的广州，我们举目无亲，一路只好靠笔谈问路，居然又摸回到车站。我们又买了两张去汉口的车票，那里我认识武汉大学的凌叔华。早年我曾要当个少年漂泊者。如今，真这么茫然地漂泊起来，可真不是滋味！

到了汉口，先在一家离江边不远的小客栈落了脚，然后就过江去珞珈山看望凌叔华和在武汉大学任文学院院长的陈源。他们倒是很热情，但那样兵荒马乱的日子，大家都自顾不暇。武汉大学是挤不进去的。他们说《大公报》正在武汉出版，那是你的老家，怎么不去投奔？

这倒是一线曙光。我赶快买了张《大公报》，按地址去找。一路上在纳闷：我是在天津进的报馆，一年后虽去了上海，可还兼编着天津版的“文艺”，而且编得也还热闹，怎么没找我？

我错了。武汉的《大公报》是张季鸾主持的。副刊改名“战线”了，编者陈纪滢是张主笔从东北找来的老部下。那里的门，对我关得紧紧的。后来，我到了昆明，可能是由于读者的一再要求，报馆又要我遥编“文艺”。编了没几期，我就去香港《大公报》了。这是后话。

正当我困在小客栈里一筹莫展的当儿，忽然出现了一线曙光：从1930年一直关心我并把我引上文学道路的杨振声老师和我的另一位师父沈从文先生由敌占的北平逃出了。当时三姐兆和带着龙虎幼子暂时还留在那里，但杨老师的助手汪和宗还是一道来了。

当杨老师晓得我们的状况后，没等我开口就说，那么就加入我们这个队伍吧，反正有你们饭吃，每月只能给五十元零用。沈先生自然也深表赞同。

这样就结束了我一生唯一几个月的失业。我们就像悬在半空的一对蜘蛛，终于又找到了落脚地。

从1933年起，杨、沈二位受当时的教育部委任，一直在编一套中学语文教科书。杨正是为此而辞去青岛大学校长职的。沈先生也辞去教授职，同他一道来的北平。他们为我开启了文艺这座宫殿的大门。

（原载1994年2月5日《济南日报》，
收入《我的中国，我的岁月》，台湾皇冠出版社1994年版）

二　五福堂

1937年夏秋之交，武汉三镇形势异常紧张。敌人在攻下南京之后，已溯江西上。包括武汉在内的沿江城市已经空袭频仍，而从平津等沦陷区来的知识分子，也陆续汇集在这里。汉口的交通路就宛如北京的金鱼胡同，不时地会碰上敌人。对许多知识分子，那时的武汉成为一个大十字路口。有的从这里去了延安，有的在这里加入了国民党，就像我在上海的两位二房东：杨朔和孙陵。

我是挨到1949年才走到我的十字路口的。这是由于1937年在武汉我参加了由杨振声老师主持的中学语文教科书的编写工作，成为其一名临时雇员。其实，老同学刘德伟当时也曾在老河口为我张罗一份教职。只是没等我走马上任，那地方就沦陷了。

当时杨、沈二位以及我和“小树叶”都还分别住在小旅舍里，这总不是个办法：不但花费大，而且没法铺开纸来工作。对于成年动笔杆子的人，突然游手好闲起来，最不是滋味。况且那阵子旅舍的气氛也太恶劣：左边“七巧、八匹马”地划着拳，右边也许花姑娘在卖唱。越是国难当头，就越有人在大发其财，大享其乐。我们只有从早到晚躲到江边去游荡，木然地望着那姜黄色的江水中往返开着的轮渡，想着国家和个人渺茫的前景。

终于租到房子了，而且在武昌珞珈山下，是一所老房子。特别招我们喜欢的是它门前有一座用毛竹搭成的牌坊，横楣上用细竹编了三个“福”字。我们马上替它起名为“五福堂”。大、二堂主当然是杨、沈二位，然后是从北平和保定陆续来武汉的杨先生的大、二公子、女儿和儿媳，从苏州逃来的沈先生的五内弟，然后就是我与“小树叶”，连上汪和宗，整整十口子。

这十口子本来包括父子、父女以及公媳两代人，然而五四运动中反封建的猛将杨先生却提议打破辈数。杨先生自任大哥，沈从文先生在老家本来就排行老二，我成为三哥，杨先生的长子为四哥，兆和的小弟自然就排为小五哥。

从打上海逃难出来，我和“小树叶”就到处碰壁，成了丧家之犬。如今，有了这么个热乎乎的家，自是无限欣悦。然而心里踏实不下来的，还是武汉究竟能保住多久。为了鼓舞士气，报纸总是报喜不报忧。每天都说歼灭了敌军多少，收复了某某地方——可丢失的时候，并不见报道。武汉这华中重镇拉警报已经习以为常了。

这期间，“小树叶”却又回到了学生时代。好友刘德伟在汉口为她找了个能寄宿的中学，她想乘机把高中读完。所以她星期六下午回五福堂，星期一过江又去上学了。

她早年丧母，父亲娶了位同她年龄不相上下的后娘。她十分厌恶家庭，曾坦率告诉我，她就是为了摆脱家庭才同我结的婚。我呢，正相反。十岁丧母就再也没有了自己的家。单身汉住在上海亭子间受尽房东太太的气。我结婚是为了能有个自己的家。然而我又十分尊重并同情她对一份学历的追求——当然，她的求知欲也很强。所以婚后我就托人把她带到东京去了。当然是希望她混个“留日”的资格。如今又想按她的愿望，让她取得一张高中毕业文凭。后来她还真是这样进的西南联大。

自从杨、沈二先生于1933年来北平，我就晓得他们在编一套教科书。当时杨师住在西斜街，沈先生住在达子营。然而我们见面总谈文学写作——后来就谈刊物编辑，从不知他们那部分工作的内容。如今，我竟也成为他们这个编书班子的一名小伙计了。我的工作是每晨去坐落在珞珈山半腰的武汉大学图书馆披阅书刊选材，为所选的文章写点作者生平，并对入选的作品写点评介。记得杨师还曾夸奖过我为所选的一个契诃夫短篇所写的评论。

珞珈山麓的五福堂那段日子过得不错，尽管晚上大家横七竖八地用凳子拼拼凑凑地睡，可是既有慈祥的堂主，又有两位能干的主妇，一切都安排得井井有条。星期天我们常去叔华那间“太太的客厅”。那里很自然地成为“八骏”的集会中心。尽管四处兵荒马乱，警报频繁，教授们依然安详地叼着烟斗，甩着拐杖，边饮着咖啡红茶，边海阔天空地发着宏论，时而还传播着一些无伤大雅的笑话。记得他们背后议论起一位逻辑学教授别出心裁的防空术。说每逢听到拉警报，他们一家不是赶快钻进挖就的掩体，而是连大带小挎着一只给娃娃洗澡用的大铅盆，下山赶到湖滨。然后紧紧贴着湖边把铅盆放满了水，把盆高高举起，一家人都躲在铅盆底下。逻辑学教授的想法是：这么一来，敌人从空中俯视，他们一家就成了湖水的一部分了，就绝不会再浪费炸弹去炸湖水了。

我至今还记得在叔华的客厅里常见到一位农学教授，他有一位典雅而失明了的夫人。每次他总温柔体贴地挽着她来，扶她坐下。女主人给倒茶时，他也总是先接过来，然后稳妥地递到她手里。这样无微不至的照顾，使人看了，既敬重又感动。

一天，五福堂主杨“大哥”告诉大家，买到去长沙的火车票了。尽管在珞珈山的日子过得挺愉快，我们的目的地毕竟是昆明。那里将成立一所由清华—北大—南开三家大学合办的西南联合大学。那才是这套教科书可靠的后盾。

于是，我们就依依不舍地告别了五福堂，挤进南行的粤汉铁路的一个车厢。

（原载1994年3月4日台湾《联合报》，
收入《我的中国，我的岁月》，台湾皇冠出版社1994年版）

三　从长沙到沅陵

历来战争必然带来人口的大迁移。1937年抗日战争爆发后，沿海居民除了老弱病残，但凡走得动的，都很自然地涌向内地。随着高等院校的内迁，沿海的大批知识分子自然也纷纷朝大西南或大西北疏散。我们五福堂一行在杨振声“大哥”的率领下，也挤入粤汉铁路由汉口开往长沙的人流。在战争中，人的行止只能随着形势的推移。

长沙比武汉小多了。同我们住在一起的，多是来自北京或青岛的文化人，都是杨“大哥”的同事知交，记得有戏剧家赵太侔和他的夫人——演过莎乐美的俞珊。时常一道逛街的还有《荷塘月色》的作者朱自清教授。我们常去八角亭吃炸臭豆腐，要么就爬到岳麓山上去眺望湘江。晚上，大家总是围着一只蓝色的大瓷钵烤炭火。时常把灯熄灭了，静静地坐听木炭噼啪作响，火光闪亮着。赵先生总是握着那把火钳，把炭条堆成一座宝塔。堆到一定高度，就又塌了下来。他一边全神贯注地摆弄，一边在想着心思。

战争像一把乱斧，把生活砍得七零八落。教授学者们有的携老带小，有的只身投入逃难的洪流。最了不起的是人类学家潘光旦。他是位独腿教授，却发出要拄着拐杖徒步走到大西南的壮语豪言。

那段时间，八角亭不晓得遛了几十趟，岳麓山景物虽美，怎奈逃难者心境安顿不下来，面对白云绿树，却满腔惆怅。

当杨“大哥”在晚饭桌上又说“车票有着落”时，那就像天上奏来的美乐。但是他告诉我们，票一口气买到昆明是不可能的。这回只能买到沅陵，那里有沈“二哥”的长兄云六。反正离昆明又近了一大截。何况还可以在湘西游荡一下，看一看沅江的风情。

告别了橘子洲，告别了八角亭的长筷子，告别了文化名城长沙，我们又登上一辆拥挤不堪的长途汽车，朝朱红色土壤的湘西奔去。

沈云六大哥的家宅是坐落半山的一幢杏黄色小楼。我们这位主人非常近视，又十分风趣。战争年月，一下子接待十口子逃难者，那份慷慨豪爽实在令人难忘，沈家除了贤惠能干的大嫂，还时而见到沈家的老三——一位英俊潇洒、谈吐文雅的军人。1949 年他起义了，可镇反时他又被错杀。这一冤案在50年代初怎能不影响他二哥的情绪！

沅陵是一座美丽的山城。在这里，我同被称作三嫂的“小树叶”及小五哥寰球经常在林间或山边玩耍。我还记得山下一家客栈一晚突然失火。一对从上海来的夫妇就在那里下榻。着火时，他们正在戏院里看戏。出来才看到一切都变成废墟。我曾就此写过一篇《灰烬》。

我生平唯一的一次八成醉，仿佛就是在沅陵。那也是我第一遭吃狗肉。几杯之后，我同桌上的一位青年辩论起来。一个说吃的是狗肉，另一个说是犬肉。辩得十分认真，以致双方都面红耳赤。

还有一次险遇。我同“小树叶”在几乎没有人的枯草丛中游荡，忽然有人在我们前后点了火，而且火势异常猛烈。我们恐慌了，甚至喊起救命。好容易才踏着一片沼泽走上一道山冈。

1938 年春间的一天—— 忘记几月了，杨“大哥”又宣布买到去昆明的汽车票了。于是，我们就别了沅陵，再一次挤上长途汽车，朝着我们最后的目的地行进。

（原载 1994 年 2 月 17 日《武汉晚报》，
收入《我的中国，我的岁月》，台湾皇冠出版社 1994 年版）

往事三瞥

语言是跟着生活走的。生活变了，有些词儿就失传了。即便是土生土长的北京人，要是年纪还不到五十，又没在像东直门那样当年的贫民窟住过，他也未必说得出“倒卧”的意思。

乍看，多像陆军操典里的一种姿势。才不是呢！“倒卧”指的是在那苦难的年月里，特别是冬天，由于饥寒而倒毙北京街头的穷人。身上照例盖着半领破席头，等验尸官填个单子，就抬到城外乱葬岗子埋掉了事。

我上小学的时候，回家放下书包，有时会顺口说一声：“今儿个（北新）桥头有个倒卧。”那就像是说“我看见树上有只麻雀”那么习以为常。家里大人兴许会搭讪着问一声：“老的还是少的？”因为席头往往不够长，只盖到饿殍的胸部，下面的脚—— 甚至膝盖依然露在外面，所以不难从鞋和裤腿辨识出性别和年龄。那是我最早同死亡的接触。当时小心坎上常琢磨：要是把“倒卧”赶快抬到热炕上暖和暖和，喂上他几口什么，说不定还会活过来呢！记得曾把这个想法说给一位长者听，回答是：多那门子事，自找倒霉，活不过来得吃人命官司，活过来你养活下去呀！

难怪有的人一望到“倒卧”，就宁可绕几步走开。我一般也只是瞅上两眼，并不像有些孩子那么停下来。可是有一回我也挤在围观者中间了。因为席头里伸出的那部分从肤色到穿着（尽管破烂，而且沾着泥巴）都不同寻常。从没见过腿上有那么密而长的毛毛，他脚上那双破靴子也挺奇怪。“倒卧”四周已经围了一圈人，一个叼烟袋锅子的老大爷叹了口气说：“咳，自个儿的家不待，满世界乱撞！”

不大工夫，验尸官来了。席头一揭开，我怔住了。这不正是我在东直门大街上常碰见的那个“大鼻子”吗：枯瘦的脸，隆起的颧骨，深陷的眼眶，脖子上挂根链子，下面垂着个十字架。那件绛色破上衣的肘部磨出个大窟窿，露着肉，腰间缠着根破绳子。

验尸官边填单子边念叨着：“姓名—— 无；国籍—— 无；亲属——无。”接着，两个汉子就把尸首吊在穿心杠上，朝门脸儿抬去。

那时候我只知道“大鼻子”就是“老毛子”，对他的来由却一无所知。

后来才明白：十月革命一声炮响，沙皇的那些王公贵族挟着细软纷纷逃到巴黎或维也纳去当寓公了，他们的司阍、园丁、厨子和仆奴糊里糊涂地也逃了出来。有些穷白俄就徒步穿过白茫茫的西伯利亚流落到中国，到了北京。由于东直门城根那时有一座蒜头式的东正教堂，有一簇举着蜡烛诵经的洋和尚，它就成了这些穷白俄的麦加。刚来时，肩上还搭着块挂毯什么的向路人兜售；渐渐地坐吃山空，就乞讨起来。这个“大鼻子”就是他们中间的一个。

我最后一次见到“大鼻子”是在那两天之前的黎明，在羊管胡同的粥厂前面。像往日一样，天还漆黑我就给从热被窝里硬拽出来。屋子冷得像北极，被窝就像支在冰川上的一顶帐篷，难怪越是往外拽，我越往里钻。可是多去一口子就多打一盆子粥，终于还得爬起来，胡乱穿上衣裳。那时候胡同里没路灯。于是，就摸着黑，嚓嚓嚓地朝粥厂走去。那一带靠打粥来贴补的人家有的是。黑咕隆咚的，脚底下又滑，一路上只听见盆碗磕碰的响声。

粥厂在羊管胡同一块敞地的左端。我同家人一道各挟着个盆子站在队伍里。队伍已经很长了，可粥厂两扇大门还紧闭着，要等天亮才开。

1921 年冬天的北京，寒风冷得能把鼻涕眼泪都冻成冰。衣不蔽体的人们一个个跺着脚，搓着手，嘴里嘶嘶着；老的不住声地咳嗽，小的冷得哽咽起来。

最担心的是队伍长了。因为粥反正只那么多，放粥的一见人多，就一个劲儿往里兑水。随着天色由漆黑变成暗灰，不断有人回过头来看看后尾儿有多长。

就在两天前的拂晓，我听到后边吵嚷起来了。"'大鼻子'混进来啦！中国人还不够打的，你滚出去！"接着又听到一个声音："让老头子排着吧，我宁可少喝一勺。"

吵呀吵呀。吵可能也是一种取暖的办法。

天亮了，粥厂的大门打开了。人们热切地朝前移动。这时，我回过头来，看到"大鼻子"垂着头，挟了个食盒，依依不舍地从队伍里退出来，朝东正教堂的方向踱去。他边走边用袖子擦着鼻涕眼泪，时而朝我们望望，眼神里有妒忌，有怨愤，说不定也有悔恨——

1939 年 9 月初。

法国邮轮让·拉博德号在新加坡停泊两个小时加完水之后，就开始了它横渡印度洋六千海里的漫长航程。离赤道那么近，阳光是烫人的。海面像一匹无边无际的蓝绸子，闪着银色的光亮。时而飞鱼成群，绕着船头展翅嬉戏。

船是在欧战爆发的前一天从九龙启碇的。多一半乘客都因眼看欧洲要打大仗而退了票。阿拉米斯号开到西贡就被法国海军征用了。这条船从新埠开出后，三等乘客就只剩下我、一位在阿姆斯特丹中国餐馆当厨师的山东人和一个亚麻色头发、满脸雀斑的小伙子。餐厅为了省事，就让我们也到头等舱去用饭。

在我心目中，一艘豪华邮轮的餐厅理应充满欢乐的气氛。侍者砰砰开着香槟酒，桌面上摆满佳肴和各色果品。随着悦耳的乐声，男女乘客像蝴蝶般翩然起舞。乘客中间如有位女高音，说不定还会即席唱起她的拿手名曲。

很失望，这是一条阴沉的船，船上载的净是些愁眉苦脸的人。在餐桌上，他们有时好像不知道刀叉下面是猪肝还是牛排，因为他们全神几乎都贯注在扩音器上，竖起耳朵倾听着他们的母亲法兰西的战争部署：巴黎实行灯火管制了，征兵的条例公布了——是的，这是对大部分男乘客切肤的事，因为船一靠码头，他们就得分头去报到，然后，换上军装，进入马其诺阵线了。女乘客也有自己的苦恼：得忍受空袭，物资的短缺，守着空帷去等待那不可知的命运。他们的眼睛是直呆呆的，心神是恍惚的。一位女乘客碰了丈夫的臂肘一下，说："亲爱的，那是胡椒面！"他正要把小瓶瓶当作糖往咖啡杯里倒。

正因为大家这么忧容满面，就更显出三等舱里那个有雀斑的小伙子与众不同了。他年纪在二十岁左右，是个最合兵役标准的青年。可他成天吹着口哨，进了餐厅就抱着那瓶波尔多喝个不停。酒一喝光，他就兴奋地招呼侍者"添酒啊"！船上虽然没举办舞会，他却总是在跳着探戈。

每天早晨9点，全船要举行一次遇难演习。哨子一吹，乘客就拿着救生圈到甲板上指定的地点去排队，把救生圈套在脖颈上，做登上救生艇的准备。我笨手笨脚，小伙子常帮我一把。因为熟了一些，一天我就说："这条船上的乘客都闷闷不乐，就只有你一个这么欢蹦乱跳。"

"是啊。"他沉思了一下，朝印度洋啐了口唾沫说，"他们都怕去打仗。我可巴不得打起来。我天天盼！从希特勒一开进捷克就盼起。唉（他得意地尖笑了一声），可给我盼到了。"

我真以为是在同一个恶魔谈话哩，就带点严峻的口气责问他为什么喜欢打仗。

"你知道吗？我是个无国籍的人，"他接着又重复一遍，"无国籍。我妈妈是个白俄舞女（随说随在胸前画了个十字。她可能已不在人世了），我爸爸吗（他猴子般地耸了耸肩头，然后摊开双手）？不知道。他也许是个美国水兵，也许是个挪威商人。反正我是无国籍。现在我要变成一个有国籍的人。"

"怎么变法？"他肯于这么推心置腹，使我感动了。于是，对他也同情起来。

"平常时期？没门儿。可是如今一打仗，法国缺男人。他们得招雇佣兵。所以（他用一条腿做了个天鹅独舞的姿势），我的运气就来了。船一到马赛，我就去报名。"

我望着印度洋上的万顷波涛，摹想着他——一个无国籍的青年，戴着钢盔，蹲在潮湿的马其诺战壕里，守候着。要是征求敢死队，他准头一个去报名，争取立个功。

然而踏在他脚下的并不是他的国土，法兰西不是他的祖国。他是个没有祖国的人——

1949年初，我站在生命的一个大十字路口上，做出了决定自己和一家命运的选择。

其实，头一年这个选择早已做了。家庭破裂后，正当我急于离开上海之际，剑桥给我来了一封信：大学要成立中文系，要我去讲现代中国文学。当时我已参加了作为报纸起义前奏的学习会，政治上从一团漆黑开始瞥见了一线曙光。同时，在国外漂泊了七年，实在不想再出去了。在杨刚的鼓励下，就写信回绝了。

1949年3月的一天，我正在九龙花墟道寓所里改着《中国文摘》的稿子，忽然听到一阵叩门声。哎呀，剑桥的何伦教授气喘吁吁地来了。他握住我的手解释说，是报馆给的地址。然后坐下来，呷了一口茶，才告诉我这次到香港他负有两项使命，一个是替大学采购一批中文书籍——他是位连鲁迅这个名字也没听说过的《诗经》专家，另一项是"亲自把你同你们一家接到剑桥"。口气里像是很有把握。他认为我那封回绝的信不能算数，因为那时"中国"（他指的是白色的中国）还没陷到今天的"危境"（指的是平津战役后国民党败溃的局面）。他估计我会重新考虑整个问题。

在剑桥那几年，这位入了英籍的捷克汉学家对我一直很友好，我常去他家吃茶，还同他度过一个圣诞夜。他一边切着二十磅重的火鸡，一边谈着《诗经》里"之"字的用法。饭后，他那位曾经是柏林歌剧院名演员的夫人自己弹着钢琴就唱了起来。在她的指引下，我迷上了西洋古典音乐。

可是当时他所说的"危境"正是我以及全体中国人民所渴望着的黎明。我坦率地告诉他说，我是个土生土长的中国人，中国在重生，我不能在这样时刻走开。

两天后，这位最怕爬楼梯的老教授又来了。一坐下他就声明这回不是代表大学，而是以一个对共产党有些“了解”的老朋友来对我进行一些规劝。他讲的大都是战后中欧的一些事情：玛萨里克[1]死得“不明不白”啦，匈牙利又出了主教叛国案[2]啦。总之，他认为在西方学习过、工作过的人，在共产党政权下没有好下场。他甚至哆哆嗦嗦地伸出食指声音颤抖地说：“知识分子同共产党的蜜月长不了，长不了。”随说随戏剧性地站了起来，看了看腕上的表说：“我后天飞伦敦。明天这时候我再来——听你的回话。”对于我说的“我不会改变主意”的声明，他概不理睬。他只伸出个毛茸茸的指头逗了一个摇篮里的娃娃说：“为了他，你也不能不好好考虑一下。”

西方只有一位何伦，东方的何伦却不止一位。有的给我送来杜勒斯乃兄写的一部《斯大林传》，还特别向我推荐谈三五年肃反的那章。有的毛遂自荐当起“参谋”：“你进去容易，出来就难了。延安有老朋友了解你？等斗你的时候，越是老朋友就越得多来上几句。别看香港这些大党员眼下同你老兄长老兄短，等人家当了大官儿，你当了下属的时候再瞧吧。受了委屈不会让你像季米特洛夫[3]那么慷慨激昂地当众讲一通的，碰上了德雷福斯[4]那样的案子，也不会出来个左拉替你大声疾呼。”

于是，参谋出起主意了：“上策嘛，接下剑桥的聘书，将来尽可以回去做客。当共产党的客人可比当干部舒服。中策？当个半客人——

[1] 捷克解放后第一任外交部长，跳楼自杀。

[2] 匈牙利红衣主教敏岑蒂被控叛国，株连多人。

[3] 保加利亚共产党领袖。1933年，希特勒制造了震惊世界的“国会纵火案”，在柏林从事革命活动的季米特洛夫被诬受捕，后来他在法庭上慷慨激昂痛斥诬陷者。

[4] 法国犹太裔军官。19世纪末期被法国军事当局诬告，著名作家左拉在《震旦报》上发表《我控诉》公开信。1899年，德雷福斯被赦免。1906年才被宣判无罪。

要求暂时留在香港工作，那样你还可以保持现在的生活方式，又可以受到一定的礼遇，同时静观一下再说。反正凭你这个燕京毕业，在外国又待过七年的，不把你打成间谍特务，也得骂你一顿‘洋奴’！”

那一宿，我服过三次安眠药也不管事。上半夜是那一句句的“忠告”像几十条蛇在我心里乱钻。后半夜我只要一阖上眼，就闪出一幅图画，时而黑白，时而带朦胧彩色，反正是块破席头，下面伸出两只脚。摇篮里的娃娃似乎也在做着执着。他无缘无故地忽然抽噎起来，从他那委屈的哭声里，我仿佛听到“我要国籍”。

天亮了，青山在窗外露出一片赭色。我坐起来，头脑清醒了一些。

两小时后，我去马宝道[1]了。临走留下个短札给何伦教授：“报馆有急事，不能如约等候，十分抱歉。更抱歉的是害你白跑三趟。我仍不改变主意。”

8 月底的一天，我把行李集中到预先指定的地点，一家人就登上华安轮，随地下党经青岛来到开国前夕的北京。

三十个寒暑过去了。这的确是不平静也是不平凡的三十年。在最绝望的时刻，我从没后悔过自己在生命那个大十字路口上所迈的方向。今天，只觉得感情的基础比那时深厚了，想得积极了—— 不只是不当白华，而是要把自己投入祖国重生这一伟大事业中。

1979 年 5 月

（原载 1979 年 5 月 28 日《人民日报》，

收入《一本褪色的相册》，百花文艺出版社 1984 年版）

[1] 《中国文摘》编辑部所在地。

餐车里的哲学

天还没亮，穿青色短皮大衣的画家上厕所，顺便朝餐车里探了探头。回到车厢，他小声地，然而却像是发现了宝山那么又惊又喜地告诉穿蓝棉袄和穿西装的两位画家说：“喂，有宵夜吃。”其实，已经快五点啦，有也只能说是“早点”。三个人于是就揉着又干又涩的眼睛，走进了餐车。

这里，墙是白色的，灯光比车厢里多少总亮些，旅途的倦意登时消却了不少。

叫的汤面还没来，穿皮大衣的画家兴致特别高，提议买一瓶葡萄酒。论理说，这可不像个喝酒的时辰，可是塞外的秋夜已经够凉的了，列车又是在九月的劲风里奔驰着，蒙古的风不断嗖嗖地从四面缝隙袭来，所以谁也没反对这个突兀的提议。

随着列车的行进，窗外那片漆黑渐渐溶成灰色了。掀开窗帘，甚至可以看到卵石垒成的坡道下面一条土黄色的河滩—— 虽然只是一条细流，河床本身却不算窄。再往远处凝视，分明还可以看见一些庄稼。再过一阵，银灰色的烟雾里钻出了一个奇丽的山峦。

“米芾真不愧是位大师！”穿蓝棉袄的画家慨叹说，“晨烟就像是条白色的长带，横在山的半腰。瞧！云山衔接的地方不正是像洇了的墨迹吗？”

穿西装的画家口音是江浙的。他觉得还有些美中不足。“要是这道河不是这么泥浆子似的，再清澈一些多好呵！”

这意见马上受到批驳。反对的意见是：要是把江南那种小桥流水搬到塞外来，就不典型了。

这时候，服务员把热腾腾的汤面端上来了。可是他来的又多么不是时候！谁也没心吃面，因为窗外出现了奇迹。

云雾后面，忽然又钻出了个峰尖，这峰尖给朝阳镀得比金子还要亮，有棱有角，衬着四下的灰云和褐色的山峦，灿烂得真是只有梦境或者神话里才会有的色彩。

画家们面对这片奇景，赞叹之余，就议论开了。一位认为该用鹅黄再微微加点红，一位主张用赭黄，最后穿青色短大衣的画家很有把握地说：“我看，只有雄黄才能把它表现出来。”

“唉，你们都是白费脑筋，”穿蓝棉袄的画家带着无限感慨地说，“要是你在一片灰灰的云朵里，画上这么个山头，我管保批评家不会答应的。他们一定会说：这不是国画，这是西洋画！”

“可是齐白石这老头子真敢用色！批评家也拿他没办法！”穿西服的反驳说，听起来论据显着弱了些。

“因为大自然是敢用色的。”穿短皮衣的画家赶紧来支援说，一面仍然望着那片越来越远、越淡的奇景出着神。

“可是，我问你们，”穿蓝棉袄的画家不服气地说，“理论是理论，你们回去敢这么画吗？”

这显然是个挑战，可是并没有人马上出来应战。它像个不散的烟圈儿一般，在他们头上旋转着。

这时候，服务员彬彬有礼地走过来说：“同志们，快吃吧，我们马上就要打扫餐车交班啦！”

由窗口探头一看，远方那片灿烂的色彩大部分已经给云雾浸染成灰色了，只残剩下几小块在烟雾后面隐约闪烁着，像是昭示着光明的存在，又仿佛遥遥地向列车里的三位画家召唤着说：勇敢点儿，把我画出来吧。

1956 年 9 月 5 日，于呼和浩特

老北京的小胡同

我是在北京的小胡同里出生并长大的。由于我那个从未见过面的爸爸在世时管开关东直门，所以东北城角就成了我早年的世界。40年代我在海外漂泊时，每当思乡，我想的就是北京的那个角落。我认识世界就是从那里开始的。

还是位老姑姑告诉我说，我是在羊管（或是羊倌）胡同出生的。70年代从五七干校回北京，读完美国黑人写的那本《根》，我也去寻过一次根。大约三岁上我就搬走了，但印象中我们家门好像是坐西朝东，门前有一排垂杨柳。当然，样子全变了。90年代一位摄影记者非要拍我念过中小学的崇实（今二十一中），顺便把我拉到羊管胡同，在那牌子下面又拍了一张。

其实，我开始懂事是在褡裢坑。十岁上，我母亲死在菊儿胡同。我曾在小说《落日》中描写过她的死，又在《俘虏》中写过菊儿胡同旁边的大院——那是我的仲夏夜之梦。

母亲去世后，我寄养在堂兄家里。当时我半工半读：织地毯和送羊奶，短不了走街串巷。高中差半年毕业（1927 年冬），因“学运”被变相开除，远走广东潮汕。1929 年初我又回到北平上大学，但那时过的是校园生活了。我这辈子只有头十七年是真正生活在北京的小胡同里。那以后，我就走南闯北了。可是不论我走到哪里，在梦境里，我的灵魂总萦绕着那几条小胡同转悠。

啊，胡同里从早到晚是一阕动人的交响乐。大清早就是一阵接一阵的叫卖声。挑子两头“芹菜辣青椒，韭菜黄瓜”，碧绿的叶子上还滴着水珠。过一会儿，卖“江米小枣年糕”的车子推过来了。然后是叮叮当当的“锔盆锔碗的”。最动人心弦的是街头理发师手里那把铁玩意儿，滋啦一声就把空气荡出漾漾花纹。

北京的叫卖声最富季节性。春天是“蛤蟆骨朵儿大甜螺蛳”，夏天是莲蓬藕和凉粉儿。秋天的炒栗子炒得香喷喷、黏糊糊的，冬天“烤白薯真热火”。

我最喜欢听夜晚的叫卖声。顾客对象大概都是灯下逗纸牌的少爷小姐。夜晚叫卖的特点是徐缓、拖长，而且当中必有段间歇，有的还挺长。像“硬面—— 饽饽”，中间好像还有休止符。比较干脆的是卖熏鱼的或者“算灵卦”的。最喜欢拉长，而且加颤音的是夜乞者：“行好的—— 老爷—— 太（哎）太—— 有那剩菜—— 剩饭—— 赏我点儿吃吧。”

另外是夜行人：有戏迷，也有醉鬼。尖声唱着“一马离了”或“苏三离了洪洞县”。这么唱也不知是为了满足一下无处发挥的表演欲呢，还是走黑道发怵，在给自己壮胆。

那时我是个穷孩子，可穷孩子也有买得起的玩具。两个制钱就能买只转个不停的小风车。去隆福寺买几个模子，黄土和起泥，就刻起泥饽饽。春天，大院的天空就成了风筝世界。阔孩子放沙雁，穷孩子也能用秫秸糊个屁股帘儿。反正也能飞起，衬着蓝色的天空，大摇大摆。小心坎可乐了，好像自己也上了天。

夏天，我还常钻到东直门的芦苇塘里去捉蛤蟆，要么就在坟堆旁边逮蛐蛐—— 还有油葫芦。蛐蛐会咬架，油葫芦个头大，但不咬，它叫起来可优雅啦。当然，金钟更好听，却难得能抓到一只。这些，我都是养在泥罐子里，每天给一两颗毛豆、一点水就成了。

北京还有一种死胡同，有点像上海的弄堂。可是弄堂见不到阳光，北京胡同里的平房，多么破，也不缺乏阳光。

胡同可以说是一种中古民用建筑。我在伦敦和慕尼黑的古城都见过类似的胡同。伦敦英格兰银行旁边就有一条窄窄的针鼻巷，很像北京的胡同。在美洲新大陆就见不到。他们舍得加固，可真舍不得拆。新加坡的城市现代化就搞猛了：40 年代我两次过狮城，很有东方味道；80 年代再去，认不得了。幸而他们还保留了一条“牛车水”。我每次去新加坡，必去那里吃碗排骨茶，边吃边想着老北京的豆浆油炸果。

但愿北京能少拆几条、多留几条胡同。

1993 年 10 月 6 日

（原载 1994 年《美文》第 1 期，

收入《我的中国，我的岁月》，台湾皇冠出版社 1994 年版）

一对老人，两个车间

我的同辈人中间，有的已经四世同堂了，一般也多是儿孙满堂，逢年过节，总会热闹一番。像我和洁若这样三个子女都远走高飞的，寥寥无几。而且，从四十开外的老大到已过而立之年的老三，都还是单身，像这样的情况，恐怕就更少了。这实在有违孔孟之道。中秋也好，大年初一也好，我们家都冷清如常。没有娃娃朝我们身上扑，偶尔逛一趟百货公司，也从不去玩具柜转悠。

生活的安排只能顺其自然。我们既无意夸耀这种冷清的晚年，当然也没有丝毫怨气。我同洁若之间有一种共识：儿女应根据自己的抱负及条件，各奔前程。我们绝不伏在他们背上当包袱。另一方面，我们辛辛苦苦把他们拉扯大了，现在他们也不应再给我们添麻烦，让我们为他们的工作、住房去到处奔走。他们该自理了。

我们还有一种共识——更重要的共识：人生最大的快乐莫如工作。听起来倒蛮吓人的，好像我们两个都是苦行僧。其实不然，我们有许多乐趣。楼下一个读小学的姑娘每周上来跟我学点英语。我爱听她那娇滴滴的发音，爱看她翻翻眼皮若有所悟的憨态。我还经常听音乐和相声，种花，搜集小摆设，饲养乌龟，揣着小半导体去湖边林间散步。洁若抽不出空来散步。她帮助三姐常韦做些家务（如扫地、倒垃圾、收拾卫生间），借此活动一下筋骨，运动量足够了——连锻炼身体也是生产性的。今年我又添了个腰痛的毛病。于是洁若把为三只乌龟喂食换水的活儿也接过去了。别看它们是宠物当中最省事的，三天两头儿的也闹些花样。一次，为了抢饵食，大乌龟把小乌龟的前爪咬得鲜血直流。洁若把小乌龟隔离在一只纸匣里，为它上了几天紫药水。为了避免类似的事，她干脆分开来喂它们了。她嘟囔说："别提什么阿猫阿狗了，这乌龟算是最省事的了，每天也得为它们分不少神。"

我们都庆幸搞的是文字工作。干这行当，无所谓离退休，只要有纸笔，随处都可以出活儿。这不但矿工瓦匠办不到，就连搞科研的，也未必能如此便当。

洁若常说，退下来四年了，如今反而比在班上还忙多了。她又编，又写，又译。忽而是《小说神髓》，忽而是《万叶集》，忽而是《天人五衰》。有时电话铃响个不停——好在电话机就在她椅后。然而今后几年她的主要工作是完成那部八十万字的英语世界名著——《尤利西斯》的翻译。我最佩服她那搞"定额"的办法（据她说，是小时她父亲训练出来的）。不论多么艰巨的工作，都能用蚂蚁啃骨头的精神去完成。

相形之下，我就疏懒多了。我从来也不是个"拼命三郎"。1954年同洁若结缡后，我变得勤快点了。1955年当上了专业作家后，就碰上审干，未能下去写作。然而三年之内，我一连译了三本书（《莎士比亚戏剧故事选》《大伟人江奈生·魏尔德传》和《好兵帅克》）。

可惜好景不长，1957 年我手中的笔就被夺走了。

1978 年以还，我又连写带译了近百万字。80 年代主要是完成了关于我一生经历的《未带地图的旅人》。当然，还花了不少时间去整理旧著译。90 年代，我着手写起文学生涯的回忆录，并已开始在《新文学史料》上连载。

洁若的书桌放在卧室，挤在我们那张大床旁边。由于搞翻译，她整个被英、日文工具书包围起来了。她是能坐下来就干上几个钟头的。

我的书房兼会客室空间比她的大，设备也比她的齐全。我们两个就分头搞着各自的工作，有时她会探进头来问我要点什么。当然，我也短不了打搅她。我的“手稿”称得起是“天书”，而且经常长得像蜈蚣。我总是利用一些废纸的反面写，并且随写随接。每完成一篇，洁若不论手头有什么工作，都立即放下，替我誊成在编辑部够得上是甲级（指工整程度）的稿子。誊清时，凡她读来不顺口的地方，必然提出。有时我马上首肯，有时商榷，有时难免争执不下。

1987 年洁若在香港中文大学演讲时，那里日文系把大学所藏她历年所译的书陈列在讲坛下的长桌上：十几本（那还不到她的全部译本的半数）。但是她从来不想躺在已有的成绩上享清福。她闲不下来。为了争取空间，我替她设计的书架有的几乎挨着天花板了。每逢为了写注或弄清某个词的含义，她就爬上爬下地翻阅参考书或字典。

我和洁若都没有老迈感，因为我们的思维都还清楚，而且效率也不减当年。工作最大的报偿，是从完成了它而得到的快慰。等它变成铅字，能与广大读者见面时，所感到的幸福就更大了。

我们对眼下这种“车间生活”十分满意，不论拿什么阔绰舒适的生活来换，我们也不干。

1991年7月17日

（选自《我的医药哲学》，花城出版社1992年版）

第三辑

海外撷影

银风筝下的伦敦

照伦敦人口的密度，希特勒动用飞机的数量，这古城遭的劫还不能算严重。11 月 6 日丘吉尔首相公布的死亡人数，9 月共四千五百名，10 月三千五百名。然而这两个月里，大陆上几乎日夜派遣凶手过来，而且时常一天有十次以上的警报。是什么使伦敦的死亡减少了呢？哪个认真相信是威斯敏斯特教堂的祈祷！是那埋伏在全城各角落的高射炮手，放银风筝（气球）的，和冒了枪林弹雨、生命危险在黑暗中吹哨的纠察员，救护救火队员们。自然，主要是截击的战斗员。

我管它们叫银风筝，因为它们不但有风筝的庄严、飘逸，而且在秋风中也一样弹出铮铮响声。逢运气，黄昏时也许在什么空场上能够看到一个正徐徐下降。这些巨象偶尔也会如星球般逾出轨迹。9 月底，德国电台即说有数只英国气球被飓风刮到瑞典，毁坏了二百五十座变电站，毁坏了一座无线电广播台，害得火车误了点。在哥德堡，气球的钢丝触着了该城无轨电车的电流，黑空中画出一线闪亮。后来又刮到丹麦某城，落到一列客车上。那一次我才知道银风筝如离开地上的执线人，能惹出多么大的乱子！幸好它们不常逃学。

当它们规矩时，它保护伦敦不至于成为华沙。德机永远不敢低飞，因而也就无从瞄准。但这不是同放风筝那么容易。《新闻纪事报》一个记者说，在空袭伤亡名单中，气球管理员占很大的数目，一旦风筝断了线，他们得摸黑去找，不然那结果不堪设想。

高射炮手也在无名英雄的前列。

最初，德国也丢过数次传单。但这些传单发生的作用却正相反：它们变成了募救国捐的工具。8 月 6 号德机在英国东北部丢下希特勒劝降演讲词的全文，红十字会把它们集起，卖一便士或两便士一张，不数分钟凑了十多镑。在威尔士某地，行市每张贵到五先令。后来买者太多，幽默的英国人发起了“一便士看一眼”，这下集资更多了。一个人花两便士买上一张，竟募够买一百五十支烟卷的数目，烟卷送给了军队。这不仅表现了英国人的幽默感，同时也表现了他们对战争结局的信念。到 10 月 24 日，当局开始警告传单收藏者，说敌机近出一诡计，用小气球系传单一束投下，传单内藏炸弹一颗，拾者势必遭殃。

6 月 7 号，我在英国第一次遇上空袭。那时我住在剑桥意大利人的家里，距开战已八个月。那是我第一次欣赏剑桥的午夜，闪烁的星光，剑河的潺潺流水声，鸡叫，火车缓缓而行，花草馨香，人在篱笆下呢喃。个个抱了“未完成的杰作”的原稿，或什么纪念品，木乃伊般站在地窖里谈拖鞋，谈约翰逊博士。次早房东先生（意大利文学讲师）筑起防空壕来。每堆起沙袋若干，必跳上土堆，然后，突然跃下，把自己当作炸弹，试验洞口的安全。

但真正的空袭始自 8 月下旬，我刚由威尔士草原赶回伦敦后。德机丢弹的种类并不太多，不外乎立刻爆炸与慢性爆炸两种。立刻爆炸的有尖声号叫的，细声呼啸的，以及烧夷弹等数种。对付定时炸弹的是那英勇的敢死队，自抢救圣保罗教堂那一着，他们的功绩才彰显出来。实际上这些英雄们成天凭了机智和勇敢在同死亡开玩笑。今早我去荒原散步，湖旁草坡的树上用绳缆起了，黄牌子警告游人："危险，内有未炸之弹。"然而四五个小伙子正站在弹穴里，一锹锹地往外扬土。我们互招了下手。圣保罗那一弹，震惊了大西洋两岸。这拱顶教堂是伦敦有名的古建筑。那天定时炸弹丢了一大片。我不是兜了个圈子吗？圣保罗门前再也不罗鸽了。一道绳子后，是个阴森森的大坑。"未炸的"比什么都可怕。但三天后，9 月 17 日，德威思中尉亲自驾车，把那些炸弹运到郊区草地，炸了个百英尺深的大坑。从此，敢死队在伦敦成为人所共知的赫赫英雄，竟致有人在货车后写上那三个字来冒充，吃了一场官司！德威思中尉荣获了奖章，圣保罗教堂为他们举行了一次礼拜，并许下战后为他们立座石碑，和威灵顿、纳尔逊的灵寝并卧。一个受惠的电影院无以报答，赠之以"永远免票入座券"数张。

定时炸弹扰乱秩序的作用大于实际的危害，更头痛的是现丢现炸的家伙。究竟丢了几百几千吨，没人敢确言，说德国曾有过一分吝啬，那是扯谎。人的伤亡数目以外，建筑呢，丘吉尔说以眼前这比例，毁灭半个伦敦还需十年工夫。军火工业呢，军需部长莫理逊说，损失仅百分之一的四分之一。但市民遭遇的惨痛，却无法估计了，这方面，最凄惨莫如工人聚居的东伦敦。

越是工业国家，这越是注定的：穷人是战争的祭羊，因为他们的住处不是在铁道附近，便靠码头货栈，要不就挨着工厂。东伦敦便是这样个地方。平时拥挤肮脏，战时遭殃。这一带除了英国工人家庭外，还是穷犹太人及中国水手工人麇集的地方。炸死了的还不太惨，惨的是那些遗孤。一个妇人由坍塌的房屋底下被拖出来了，她一直等到得悉自己那四岁的孩子安然无恙才断的气，把悲哀托给了从军队赶回的丈夫。在同一天，他没有了妻子，也没有了爹娘同兄弟，怀抱着那咧嘴哭的孩子。一个刚结婚三周的新娘，一手抓了只老鼠，直直在她被炸的家宅旁站了一天一夜，半疯癫地对那老鼠说："你一定是他派来的。他埋在哪儿？啊，你会说话有多好！"她的新郎刨出时，样子已吓人了。她也是活埋了四十八小时后才被刨出的。但她丈夫刨出时，已没气儿了。记得1940年春间肯特郡第一个被炸死的平民，画报上把他自幼的相片全登出，报纸当作头条新闻。东伦敦开始西移，中国餐馆大东楼听说还逞强开着，中国水手公寓也没移动，但华侨洗衣坊却大多关了张，至少十二个华侨已葬身在这场闪电战中了。

轰炸时，也有许多趣事。一个十四岁的女孩在乱砖中埋了四昼夜。刨掘队发现她后，问她痛吗，仰卧在重梁下的她，还照平时礼教说："谢谢先生，我很好。"大家把砖石清理出点路子来，才问她要什么。他们喂了她五杯热茶，六小时后，横在她胸上的梁木才移开了。她被抬上担架后还说："瞧，我手表打破了，是过生日奶奶送的呢！"还有一对夫妇，带子女两人躲在防空壕里。一个炸弹刚好命中，后面的钢板都已震掉，所幸老少安全。那七岁的儿子是埋在土下五尺深。他父亲把他抱上来，他揉揉眼说："爹爹，你这个玩笑开得过分了。"他还以为是在闹着玩呢！还有一座教堂正举行婚礼，周围连落了三颗呼啸弹。新娘戴完戒指，得由客人扶出教堂。一看，停在教堂门口的汽车不见了。他们双双走回家去招待客人，汽车是由旁边砖堆中刨出来的。那天，听说一个烧夷弹落在皇家战争博物馆，几乎把张伯伦与希特勒合签的《慕尼黑协定》烧毁。还有一对老夫妇的尸首掘出后，老太婆手中还握着一封信，日子是1882年7月某日，是一个教士道歉不能来赴她的婚礼。战争使老年人尤其感伤。

但炸后的伦敦难题太多了。活着的得吃，炊饭的煤气没了；得喝，自来水流成河；得住，房子成了瓦砾。那时伦敦乱成一团，而舆论界却并不放松政府。《新政治家》上有一长文描述难民之无助，和官府办事之迟缓。譬如派来疏散的大汽车走错了地方，妇孺白白地候了一天还不算，又挨了敌机的扫射。一位八十岁的老太婆，由市政府推到救济会，又走了三里到另一慈善机关。她缺的只是一笔路费，乡下有戚友答应收容她。舆论界攻击的是难民不应靠慈善款维持，政府应负责任。到 10 月底，难民救济金分配办法规定了：一个四十岁以下的妇人如丧失丈夫，每周领十五个先令六便士；年满四十岁以后，每周领二十二先令六便士。孩子的补助金，老大领八先令六便士，老二六先令三便士，余每名五先令。男子因空袭残废者，住院期间每周领二十五先令六便士，出院后为三十三个先令。据说随报随领，绝不迟延。难童的安插也有了办法。这些孩儿由戚友收养，由官家补助至十六岁为止。收养一名难童，每周可领十先令，余每名八先令六便士。在原则上，这里平民因空袭所遭损失，均由政府照数赔偿。不过除非赤贫的，余多展缓至战后赔。譬如我住处的玻璃窗、烟囱就全震碎。房东太太报完区议所才动工的。她希望不久就能收到公家一张支票。伦敦某区还倡议因空袭而丧命的市民，殡葬途中，应准许用国旗裹尸。总之，9 月初的紊乱迟误，已在尽力挽救了。且有保险公司举办“一先令保一百镑”的空袭险。年入四百镑以下的中产阶级，政府也给了损失赔偿的保障。

在最漆黑的日子，伦敦还能笑。破屋栋、送奶车、举重机上全悬着饱经风霜的国旗，颓壁上写着种种谐句。

街道下面埋有煤气、自来水种种设备，平时提供便利，遇到战争，也有麻烦的一面。一个未伤人的炸弹很可以使一可观的面积停了水电，断了电话，没了地道车。当伦敦上空在交战时，伦敦地面上，千百名机管子工把身子半插在地下，耐心细致地修整地下那些复杂的管道。兵士们把枪架起来，跳进被炸的房舍帮忙拆卸清除——一个需要胆智的活儿。三个月来，伦敦不知扫出几千吨碎玻璃。有巨厦的贵重厚玻璃，有教堂的古老彩色玻璃，也有平民住屋的廉价普通玻璃，真是个大汇合。这些据说如清理重炼，人工需耗甚巨，所以大部分都抛弃了。而且眼前玻璃的需求并不太大。许多不需橱窗的店铺（如银行）多用木板搪起。牛津街的大百货店，浅黄木板中嵌以一方小小玻璃，像煞我们的宫灯。破房拆下的钢骨是有用的——铸成炸弹还敬柏林，也可制成防空壕里用的双层床。

警报的放送也经过几度周折。最初，很少人理会警报的重要，而且，似乎越放警报，街上仰首观望的人越多。直到俯冲机到来，人民又开始怪政府放得迟。一个记者说，威尔士某酒馆有个穷酒徒，善学飞机丢弹声。说谁请他一杯威士忌，即学一次。学完人问他，警报声呢，他说，没放警报。《新闻纪事报》上读者来函栏登了许多质问的信。一个说："昨夜3点，我在床上足足听了二十分钟轰炸声，为什么一声警报也没放？"一个说："依常例，我们的警报总比炸弹迟二十分钟。这是否也得经过一番等因奉此才放？"又有人抱怨放解除警报时敌机正丢着弹。还有人嫌警报拉得太长，太难听。丘吉尔首相有同感，在下院说，得缩短这种鬼号。不久，当局又发现勤放警报对于生产——尤其军火制造损失太大。8月23日，安德生部长在下院宣布"屋顶巡风"办法。先拉预备警报，俟敌机临上空时，始由巡风人摇铃通知，作为紧急警报。如此，军火工人既不误工，又可保证安全。这些巡风人又是一批英雄。风吹雨打，他们得站在屋顶，眼睛不能离开天空。看着弹落，看着火烧，他们得负责下面数百名同胞的安全。某工厂便有这么个挡前阵的巡风人，不幸在一个阳光灿烂的下午殉了难。厂家通知死者妻子的信是这样写的："你的丈夫是一位杰出人物，他事事跑在前面。他什么都先干事后讲话。在工厂中，在运动场上，他都是第一。当本厂征求屋顶巡风人时，他自然又是第一个自告奋勇。终于，当一颗炸弹投下时，也是他第一个看到。"

另外还有戴钢盔的纠察员，对他们的功绩报纸也是歌颂不尽，而且他们当之无愧。年在六七十的老头老媪也时常干这一行。当警报放了时，我们往地下室走，他们得在街头吹哨，促路人找掩护。"一个空袭纠察员必须勇如狮，强如阉牛，机警如枭鸟，耐烦如毛驴，辛勤如蜜蜂。"这是人们理想的"更夫"。他必须随时准备"挨炸，挨跌，活埋，粉身，压扁。他随时得当干奶妈，产婆，郎中，抬埋的，募捐的。他得活泼而驯顺，当人们抱怨时，甚至得学会装聋作哑。"想想冬夜的黑、冷，这些年迈市民的义勇实可佩服。自然，中年的纠察员占大半。譬如我们这条街上一位罗伯逊先生，他年纪是五十三，与老伴跟前有两男孩。早上 7 点半，他就到邮局上班，战前 4 点半即可下公事房，如今要做到 5 点。下了那个班，就值这个班。闪电战开始后，好些日子罗伯逊先生二十四小时内，仅睡上二三小时的觉。他巡街，扶老弱进防空壕。但有一天，他巡街回来，自己的房子炸完了，妻同一个孩子受伤，另一个孩子丧了命。悲痛自是当然，但第二天罗伯逊先生又去值班了，吹着哨，催人们掩蔽。

还有浇灭伦敦大火的英雄们。六万救火员中，截至上月底，殉职的已逾百名。这是既苦又危险的差使，烧死，砸死，种种意外都可能发生。伦敦市民对他们感激至深。

专职的纠察员，每周领三镑。因公受伤者，准许照支前二周薪，出院后，已婚周领一镑十三先令，单身汉周领一镑。这总算是份保障，但舆论界认为太菲薄。尤其有些地方遇纠察员受伤，薪金立即停付。

而且供职还须自备救火唧筒等，出差自备车费。至 11 月初，政府动手改善了。殉职的每名准领葬费七镑半。受伤的准续领十三周薪金。政府并立即发给钢盔、雨衣等必需品。而且开始训练一批后备员，随时补充。

但开仗以来，英国空袭方面最棘手的莫如防空壕问题，把这问题视作一个中心的社会问题，也不为过火。因为它涉及安全、健康、纪律、道德。

9 月中旬安德生当内务部长时，大批伦敦市民携妻抱子，夹了被卷，佯买一站票往地铁里挤，而部长在警告着：地道车系交通工具，绝不容许人民当防空壕使用。两个月，全市地铁每日 4 点后就成为合法的避难所了。再不需买票，有几条线还停了车专为避难用。这是人民的一大胜利。自 10 月 19 号起，地道车站上自 10 月 19 号，有夜宵早点卖了。次日，第一批两千只双层床架起了。于是，玩起纸牌来，难民带来种种乐器，地狱变成了天堂。10 月底，威斯敏斯特教堂的地下室设起简易图书馆，放映起科教片。北伦敦一个地下室还有了一种报纸，名叫《瑞士茅屋人》，距我的住处仅隔一站，第一期社论是《论打鼾》。文中写道："本站睡有一千五百位难友，打鼾者至少有一千六百五十人。"某通讯员谓："昨晚一美丽女郎距我仅六英尺。我正欣赏这朵睡莲时，她忽然鼾声大作，使我深为幻灭。"编者末尾加按语云："汝应称幸知足。普通男子欲尝此幻灭，尚须先入教堂行礼。"

美国耶鲁大学图书馆听说这么一种别致的报纸问世，还特意从大西洋彼岸来函索取呢。

防空壕是怎样一个奇怪的生活场所！一个醉徒跑进某处防空壕，嚷道："呔，我乃希特勒遣来的伞兵是也。尔等已全在我掌握中，谁敢动一动，小心吃我的子弹！"并在口袋中比画，把避难的妇孺吓得乱叫。还是一个熟识的妇人认出他来，打了他一巴掌。这人醒后被罚两镑，另付诉讼费十五先令。有一地发现成帮的流氓。还有一个难免的现象：小小窃案也是习见的，尤其每人手提包里必有点宝贝。这里躺着打大呼的男子。也难怪，他们白天开着货车或造着军火，晚上一伸腿，身子下面是硬邦邦的水泥地。但有三百难友，十个打呼的即可搅得全睡不成。所以难友们自动轮流派一个人负责摇打呼者，一闻呼声立即跑过去推他一把。这里也睡着国难不忘美容的女秘书、女店员。睡前照常用发夹把头发卷成乱蛇一般，用玉容油润了她们的粉颜，早晨上班前，还先染染手指甲。

纽约一位哲学家立在大西洋彼岸赞叹说："汪洋那方是欧洲，也即是地狱。海水爬着涌着，填补着掘蛤者留下的足印。月亮由海面上升了。我确知地狱过后，宇宙的空间潮汐将梳平时间的沙滩。新的掘蛤者还将来到—— 也许还是更好的。"

1940 年 11 月 16 日于伦敦

负笈剑桥

40年代，除了短期去度假，我同剑桥先后有过两段因缘。1939年至1940年，我是作为伦敦大学东方学院的讲师被疏散到剑桥去的，身份也可以说是个难民。1939年9月欧洲战事爆发后，英国教育当局曾有计划地把首都的学术单位疏散到地方上去。那时，剑桥的二十几个学院凡腾得出地方的，都收容了伦敦的客人。我们当时寄身在安德鲁街上的基督学院——《失乐园》的作者弥尔顿的母校。那一年，我只是剑大英文系的旁听生。1942年至1944年，我才进了剑大的王家学院，正式成为它的研究生。我一直想写篇回忆那段日子的文字，也许有一天会把它写出来。这里，除了交代一下我同剑桥的关系，主要想谈的是这所大学本身以及大学城里的生活。当然，我写的只是40年代的剑桥，有些情况和规章制度现在变了。例如，学院的数目增加了，男女合校了。然而有些更本质的东西，却不是那么容易改变的。

一

1939年10月6日，当福克斯通港务局的官员在从法国入境的旅客中间发现我这个中国人时，他们惊奇得简直有点不知所措。当时那簇等待入境的旅客几乎都是从大陆度假或游历归来的英国人。战事一爆发，他们很自然地要赶回老家。然而我这个旅客却是来自遥远的东方。仗打起来了，靠商船来供应的英国岛民自己还不知道以后的日子怎么过呢，所以也就难怪其中的一个大胡子官员要皱着眉头朝我的护照来回端详了（护照里夹着伦敦大学给我的为期一年的聘书）。可能还是在请示了上级之后，他才勉强在我的护照上盖了颗大印，批上“暂准停留两月”。

没想到，我一待就是整整七个年头。

照朋友于道泉在信里指点的，我先乘火车到伦敦。法国的战时灯光管制比较松，夜晚的巴黎，满城是一片蓝色的幽光，走在街上恍如置身幻境。可是出了伦敦维多利亚车站，我就走进一个漆黑的世界了。好容易才摸到路西一家旅馆，歇了一宵。次晨，我走到广场上瞻望了一下国会大厦，又钻进威斯敏斯特教堂的“诗人角落”去凭吊一番。然后赶到利物浦车站，搭上开往剑桥的列车。两小时后，就来到这座闻名已久的大学城。

初到时，我同道泉老友合住在郊外弥尔顿村的一幢小楼里。我始终也没闹清那个村子同17世纪的英国诗人弥尔顿究竟有什么联系。门前是一片秀丽的田园风光，左边还有可供散步的小树林。骑上半小时车，就有座古罗马城堡的废墟。只是离市区太远了些。后来我又搬进当年未名湖畔的同窗罗孝建住的公寓里。那是一个意大利家庭，就是我在《珍珠米》中写的那家。男主人在大学里任意大利文讲师，是个保守党；太太如果不是共产党员，也必然是位激进派。他们膝下有位披了两肩金发的独女，叫洛拉。夫妇俩每顿饭都必定展开一场激烈的辩论。出于礼貌，他们总是先用英语交锋。待情绪达到高峰，就控制不住了。于是，他们——特别是那位夫人，脸红了，眼睛瞪大了，冒起火来。她边捣咖啡豆，边指了丈夫的鼻子用意大利语大声叫嚷。我总是怕她把手中那个硬邦邦朝她先生的脑瓜掼去。喝完咖啡，就各归各屋。随后，洛拉就练起琴来了。唉，再美的旋律，倘若同样一段音调朝夕反复听上几十遍，耳朵也会抗议的。

除了礼节性场合，大学城一般不讲究穿着。教授和学生几乎每人都拥有一辆自行车，车把前边横挂一只篮子，里面放着书和讲义夹子。我是从九岁就学会骑车的，在海淀读书时就靠自行车同城里保持联系。到剑桥不上几天，我就也置了一辆自行车，挂上一只篮子，满城驰骋了。

剑桥（有如民国初年的北大）有个好传统，对来旁听的学生总是敞开大门。对那时由伦敦疏散来的兄弟大学成员，更是竭诚欢迎。东方学院只向剑大英文系打了个招呼，不需什么旁听证，我就自由地挑选起课目了。

在欧洲战事开头几个月，英国人的日子过得异常平静。食品（后来又加上衣服）实行了配给。为了防空，灯火管制了。除此而外，英国人的生活同平时几乎没什么两样。1939 年圣诞节前，有些报纸甚至还散布着节前就将停火的谣诼。战争当然没有停，可一点点硝烟味儿也闻不到。

转年 5 月，纳粹的装甲师突破了法比防线，战争才真正打响。6

月初的一个早晨，剑桥街上满是东倒西歪的士兵，一个个浑身泥泞，疲惫不堪，但脸上仍带着笑容，有的甚至还倚着枪柄低唱着。这就是敦刻尔克大撤退后，由东岸逃回来的残兵败将。剑桥市民争相端来热腾腾的饮料，慰问这些从纳粹虎口中逃出来的子弟兵。

学年结束时，伦敦大学宣布各学院下学年一律迁回伦敦。这个决定准是在战局沉寂时做出的。总之，当“西线无战事”时，我们疏散到剑桥去了；及至战火纷飞，我们却迁回了全欧反法西斯阵营的政治心脏—— 伦敦。1940 年 7 月，我向寄居了将近十个月的剑桥告别，迁到伦敦西北近郊区的汉普斯特德。8 月，大轰炸就开始了。每晚都有成千架漆了“卐”字的纳粹飞机来狂轰滥炸。

1942 年夏天，我辞去了东方学院的教职，在小说家 E.M. 福斯特和汉学家阿瑟·魏理（他们都是剑桥王家学院出身的）举荐下，成为剑大英文系的研究生。当时由政府部门保送来培训的，都只能住在校外。我是正式学员，所以入学后立即住进这所 15 世纪兴建的学院。在 D 字“楼梯”二楼我的书房门楣上，事先就已漆上了我的名字。书房里，家具一应俱全，宽敞舒适；壁炉两边是书架，沿着三面墙是可以坐上十来位客人的沙发和软椅。最使我兴奋的是，窗户外面隔着草坪，正与教堂遥遥相对。在英国古建筑当中，王家学院教堂是赫赫有名的，每年从远地来瞻仰它的旅游者络绎不绝。整整两年，我都望着大草坪上被晨曦拖长了的教堂身影，黄昏时分聆听在大风琴伴奏下唱诗班那清脆嘹亮的歌声。唱诗班由二十来名十岁出头的娃娃组成。他们身穿白色罩衣，系了红领带，每天早晨列队从我窗下走过。1979 年秋，在纽约逛音乐店，我还偶然买到一盘磁带，正是王家学院唱诗班童声唱的 17 世纪英国民歌。

我的导师乔治·瑞兰兹是剑桥有名的才子，不但学识渊博，而且还长于演剧，特别是希腊悲剧。1946 年经济学家凯因斯去世后，近四十载来他一直兼任剑桥艺术剧院的院长。

导师制是剑桥、牛津的一种特殊教学方法。课堂通常是不点名的。学生上不上课，无关紧要。但每个学生都必有一位导师，每位导师也只带有限的几个学生。每星期我至少去看他一次。去之前，往往先交一篇短的论文。见面时，两人就衔着烟斗，边喷云吐雾边谈话。导师从不把自己的观点强加于学生。相反，他总是希望能展开些争辩。有一次，我们就福斯特一部小说的某一观点辩论得颇为激烈。我辞出时，他拍了拍我的肩头说："今天谈得特别好，使我明白了东方人看问题的角度。"

1944 年，我是怀着依依不舍的心情向剑桥、向王家学院告别的。当时，我已经动手写论文了，还差一年就可以考取学位。然而联军在诺曼底登陆的反攻战终于打响了。新闻记者的本能驱使我舍弃剑桥那恬静幽雅的书院生活，奔赴现实的前哨。

于是，我就脱掉僧侣式的黑袍，摘下方帽，走进了报社林立的伦敦舰队街，从一个埋首书斋的读书人，成为戎装上阵的战地记者。

二

世界上究竟有几个剑桥？我说不准。光美国就有三个。一个在俄亥俄州，另一个在马里兰；最有名的是哈佛大学所在的那座城——为了便于区别，我们通常译作坎布里奇。这里谈的当然是真正老牌的英国剑桥——20 年代诗人徐志摩曾译作康桥。这是与牛津并驾齐驱的英国最高学府。同海淀的燕京一样，它在我个人学历上也是一座里程碑。

剑桥在伦敦东北部，相距只有五十六英里，位于从伦敦到爱丁堡、贯通岛国南北的铁路干线上。一次冬天下雪，我特意改乘长途汽车去伦敦。行车时间略长，票价稍低，可一路好像都在狄更斯小说的世界里转，墓地、茅舍、磨坊和教堂历历可见。经过艾平森林时，又恰似回到了远古的盎格鲁－撒克逊时代。

剑桥和牛津，同是欧洲最古老的两座大学。最早的文字记载要算英王亨利三世在1230年所颁布的剑桥大学校规了。40年代我在那里求学时，剑桥只有二十二个学院，最古老的是彼得书舍，建于1280年。我所在的王家学院，是亨利第六世于1411年兴建的。少数几所学院是19世纪兴建的，大多数则是14、15世纪的建筑。第二次世界大战后，剑桥又增设了九所学院。1960年创建的丘吉尔学院，是为纪念第二次世界大战期间那位雪茄不离口的首相的。最年轻的罗宾学院建于1978年。沿着剑桥一所所学院走过，就宛如在参观欧洲建筑史博物馆：从古希腊罗马式的圆柱巨厦，文艺复兴时期的“叹息桥”，17、18世纪巴洛克式的雕墙峻宇，到维多利亚女王时期四四方方的实用主义建筑，都一览无余。

事实上，剑桥原是专为贵族子弟而设的，像王家学院，直到本世纪（20世纪）30年代，还只收伊顿公学出身的学员。第二次世界大战期间，它的门槛被冲破了。我的同学中，就有英国北部中下层家庭的子弟。当然，大多数还是出身于豪门的。外国学生中也不乏贵胄，如阿拉伯酋长的子弟或当时东欧一些国家的王储——他们料想不到二次大战后，他们会为人民所废黜，王子也只好流落异邦了。

剑桥最古老的建筑是圣玛丽教堂，建于1120年。它的晚钟音色美极了。这个大学的底子是中古僧院。早在12世纪，一批圣方济会的修士就开始把剑桥发展成为英国的一个学术中心。至少40年代我在那里读书时，剑桥还带有浓厚的僧院色彩。

首先，在校师生都要披黑袍，戴方帽，并且在服装上标志着本人的学历。作为研究生，我就比尚未毕业的同学多根飘带。教授们的袍子上还有一根红绸带子。每晚，斋务长派出一批稽查员（学生们称他们为“斗犬”）去大街小巷巡逻，遇到未穿黑袍或衣冠不整的，就像交通警察那样掏出小本本，记下姓名、学院，可能会记过的。晚 10 点以后，学院就上了大门。来访的女客一律必须在那之前送出去，不然，有关的男生就要受到处罚。饭厅分高桌（教授和贵宾席）和低桌。饭前大家起立，由高桌上一位德高望重的教授朗声诵读拉丁祷文，然后才呼啦一声坐下来进餐。

听说现在这套繁文缛节已经废除了。剑桥也像美国大学那样，改用快餐，黑袍方帽也取消了，而且大部分学院都改为男女合校。不知这些改革是不是 60 年代剑桥、牛津闹的那场学生运动的结果。

剑桥另一僧院遗迹是每学年三个学期的叫法。大学通常在 10 月 1 日开学，全年分三个学期。第一个学期不叫秋季，而叫圣米迦勒节学期。这本是历史上遗留下的一个节日。1588 年，伊丽莎白女王赴一位贵族的鹅宴。那时英国正同西班牙争夺海上霸权，女王举杯咒诅西班牙舰队全军覆没。这时，刚好传来捷报，说西班牙舰队被风暴所摧毁。于是，女王双手举杯向圣米迦勒和诸天使谢恩，遂定为节日。第二学期（3 月中旬至 4 月下旬）不叫春季，而叫四旬斋学期，第三学期叫复活节学期，都带有宗教意味。剑大每年只上四十二周的课，其余全是假期。学期中间，课堂不点名，但每学期在饭厅吃饭的顿数必须足三分之二，否则就勒令退学。九个学期中间，平时稀松，到了最后的毕业考试，可十分严格。成绩分甲、乙、丙三等，这个成绩要跟本人一辈子，连传记或名人辞典里都要注明，例如“曾获剑桥大学

××系学位，考试×等”。不知这一不合理的办法，如今改变了没有。

剑大的组织有点像我国旧式的大家庭，它有个总的机构，叫大学评议会，但实权却分别掌握在各学院手中。除了大政方针，财务和一些规章制度基本上是各自为政。它的校长向来不驻校，是挂名的，副校长则每年由各学院院长轮流担任。大学评议会是大学的枢纽，因为它拥有立法权。评议会位于大学城中心，是一座古典风格的建筑，建于1730年。每个学院都有院长（叫法也不统一），有的学院接受的赠款多，就阔气些，有的则较穷。在这一点上，也许还近似抗战时期我们的西南联大。

剑大图书馆位于剑河北岸，是一座不那么和谐的现代式红砖建筑。它的藏书底子很雄厚，而按照英国版权法规定，全国所有出版物都必须送这里一册，所以新书很齐全。40年代西方图书馆还没有用电子来防雅贼的设备，但剑大的藏书一直是开架的。当时我在研究英国小说，记得书号头两个字母是PS，在三楼。每次我都是坐自动电梯直奔书库。那里临窗相隔不远就是一张张书桌，两面还有木档，以防互相干扰。我选定一张，走时还可以把没看完的书放在上面，下午或次晨可以接着看。此外，各学院都有自家的图书馆，里面大都是历年私人捐赠的藏书。数量虽比不上大学图书馆，但多属善本、孤本和手稿。

1984年是剑桥大学出版社创办四百周年纪念。这家出版社出了不少大部头的、具有权威性的著作。它同牛津大学出版社虽处于竞争地位，但看来却有分工。如牛津大学出版社出了十二卷的《牛津英文辞典》，剑大的出版社并不去唱对台戏。同样，剑大出版社出了十四卷的《英国文学史》，牛津也不去抢生意。（相形之下，我们社会主义国家的出版社有时倒出现重复现象。）近年来剑桥大学出版社陆续在出由美国汉学家费正清主编的《剑桥版中国史》，已经看到第十一卷的广告了。最近费正清来信说，这部书到第十三卷就告结束了。

剑桥的费兹威廉博物馆是一座古希腊式的建筑，系一位同名贵族在 1816 年捐赠的。可惜我在校时，收藏品大多疏散到山洞里去了。从它的目录看，艺术珍品确实很可观。有文艺复兴时期大师的巨制、17 世纪荷兰名画家伦勃朗及 18 世纪英国版画家贺加斯的杰作，还有不少中古的彩绘手抄本。剑大动物博物馆里，收藏着 19 世纪 30 年代达尔文乘猎兔犬号船去南美及太平洋搜集到的鱼类标本。

三

尽管那是战争时期，剑大的课外生活仍是丰富多彩的。

最重要的当然是学生会。那既是俱乐部性质（可以请人去吃饭），也是英国训练统治阶层的场所。它最主要的活动是每星期六晚上在会议厅举行的辩论会。会议厅的构造基本上仿照议会的布局。坐在台上的主席相当于议长。下面座位呈马蹄形，坐着辩论的正反两方面的辩士。题目事先公布，双方主辩及助辩人之外，都各自从伦敦请闻人来支援。记得 1939 年初到剑桥，我第一次旁听的辩论是：英国应援助中国抵抗日本。正面请来的客座是《新政治家》主编、援华会理事金斯莱·马丁。正面主辩人是马来亚华侨林骅。反面有一个日本学生。辩得十分激烈，但秩序始终井然。那晚，反面有一人居然大谈第一次世界大战后英日缔结的盟约，似乎嫌张伯伦对日本帮的忙还不够。林骅自然也不示弱，积极应战。当时听他在反驳之际口口声声是“尊敬的对方”，很觉刺耳。心想，何必来这种虚伪的绅士客套。及至旁听几次议会辩论之后，才领会到这种形式上的约束，一方面在体现着对持相反意见者的尊重，同时也可以避免像民国初年北京国会里飞墨盒、挥手杖那样的场面。

剑大的学会真是五花八门。为了看廉价电影，我参加过一个电影学会。那阵子，我确实看了不少不经见的片子。他们有时是按照电影发展史的顺序来安排的，因而我看到了十月革命初期苏联拍的一些片子，如《生活之路》和《表》。有时放映的是很有特色的影片，包括那些拍了而未能公开放映的，例如苏联名导演艾森斯坦所拍的一部反映墨西哥农村生活的故事片。那是30年代初期美国左翼作家们募款请他拍的，言明不超过一小时四十五分钟。不想这位艾森斯坦迷上了墨西哥天空那草莽鱼鳞般的云彩和地上高可数丈的仙人掌。于是，他拍了足够放两个小时的自然背景，故事还没开始呢，只好请他草草结束。后来不知什么人来个狗尾续貂。故事是交代了，但摄影呆板粗陋，导演手法拙劣，简直令人无法看下去。

有个团体我参加得冒失了些，叫读剧会。

那时我每去英国人家度周末，晚饭后在客厅里往往有个节目：朗读。大多是由家中擅长此道者来读的，一般是19世纪的小说，如狄更斯、乔治·艾略特或盖斯凯尔夫人的长篇。读时绘声绘色，听时顿觉对原作加深了不少理解。我本以为参加读剧会就可以听听他们朗读英国戏剧名作呢，谁知入会后，每次聚会事先都由秘书分配个角色，没有例外。他们选的又大多是复辟时期的喜剧，剧中人多是些贵族少男少女，打情骂俏，语多文绉绉，要么就字里行间夹杂着种种隐晦的双关。尽管我被分派的总是些次要而又次要的角色，每次我还是感觉十分吃力。英国人上来就“进入角色”，声调姿态都活灵活现，我则由于紧张，常结结巴巴，十分狼狈。但回顾起来，那番骑虎难下的经验着实帮助我学会读剧本：怎样从台词中不仅去了解剧情，并且领会剧中人物的性格、神态和相互间的微妙关系。

剑大生活的高潮是一年一度的五月周。其实，它并不是在五月，而是在六月上旬，即复活节后。这一周是男女同学的狂欢节，举行盛大舞会、隆重的音乐会，市内两家剧院要上演一些好戏。在这一周里，牛津、剑桥两校还要在泰晤士河上举行一年一度的赛船。但给我印象最深的却是河畔音乐会。穿白色罩衣、系红领带的唱诗班，站在著名的剑桥"后身"（我常把它想作颐和园后山）柳荫下，用四部和声唱17 世纪的英国牧歌。成百支蜡烛浮在剑河上，随着温煦的风和悠扬的歌声，缓缓朝下游漂去。一刹那，忘记了战争，忘记了现实生活，整个地沉浸在伊丽莎白时代的英国了。

剑大也有各种体育设施。我自己比较喜欢一种叫"斯夸士"的墙球，用的是一只比元宵大不多少的实心胶皮球。球场不大，用球拍把它往墙上一抽，球就在两壁碰撞起来，及至落地，再抽第二下。玩这种球需要眼疾手快，它很像意大利的回力球。我所以选择这种运动，一来是可以同人对打，也可以一个人玩；二来是用不多时间就能浑身湿透，比较"实惠"。

真正具有剑桥特色的运动是在河上。剑河原名葛兰塔河。它是大学生活的纽带。在租船的码头，用双桨划的船有的是，但要一显身手，就得会划一种类似非洲独木舟的坎诺，或用长篙在剑河上撑一种方头平底船（盆特）。二者都是细长的，平衡极不易掌握。剑河水不算深，但也要没顶。我一向不会游泳，各试过一回，船身摇摆得难以控制，几乎跌下去，就再也不敢来了。

我常在野外散步，更多的时候是骑着慢车去溜达。我特别喜欢去大教堂所在地的夷利那条大道，途经一座罗马古堡的废墟。划船则总是划到拜伦潭为止。那里，穿过一片灌木林，就可看到一泓清水。它不知曾启发那位浪漫主义诗人写出过多少美丽的篇章，也不知倾听过多少剑大的痴男痴女信誓旦旦的诺言。

剑桥有一种魅力，使曾经在那里生活过的人们一有机会就想回去看看它。我认识一个学习古希腊罗马文学的青年，开战后，他应征入伍，不久就成为熟练的轰炸机驾驶员。他一直保留着在剑桥的住房。每周两度去执行任务，不值勤的日子，就仍回到剑桥来。他屡次对我说，去轰炸德国鲁尔的工业设施，他不心疼。他最怕的是被派去轰炸意大利。他说，两次欧战都是欧洲人的自杀。他含着一腔热泪对我说，人类的希望在东方。但愿你们将来搞机械化的时候，千万别把固有的文明都丢掉。可惜一次执行任务后，他再也没回来。也许他空降被俘了，也许他已死于墨索里尼的高射炮下。

剑桥大学有些做法不尽合乎我国国情。首先，它太奢侈了，因为它原是为少数贵族子弟而设的。而且它很保守，1919 年才不再把古希腊文作为必修课，1923 年才承认女生为大学的正式成员。从剑桥近年来的改革，特别是向广大英国人民开放一点来看，这座古老的学府也在努力去适应新的不可阻挡的潮流。我常想，剑大那样优越的环境，既能训练杰出的人才，也可以成为懒汉的天堂。我就见到过一些纨儿，成天喝得醉醺醺的，挽着姑娘鬼混，或者通宵打桥牌。进校后，我还看到过一份可能是 18 世纪订下的规章，其中有“学生不得在校内燃放烟火”以及“不得把卖唱女叫入宿舍”的条款。可见严峻的僧侣制度之外，剑桥还有个花花公子的底子。这两种传统与我们都是格格不入的。我还看过几本专门描述历年剑桥学生如何别出心裁地搞恶作剧的书。

然而剑桥还有另外一面，而且是它主要的一面，值得我们学习，那就是它们对真理（从天文、生物、物理到原子）的那种刻苦追求。

卡温迪什试验室的灯光时常通宵达旦在亮着，剑桥天文台的望远镜和医学研究所的显微镜，在宇宙和人体里不断深入地探索着。僧侣的传统并没有捆住它在学术方面的手脚。

一次，在哲学家罗素的小型茶会上，我遇到一位怪人—— 正在十分认真地研究鬼学的心理系教授。席间他大谈人鬼之间传递信息的可能性。当时我纳闷他怎么没被大学评议会除名，也没遭到同僚们的孤立、歧视或鄙夷。后来另一位剑桥朋友听我提起此事，说他本人并不信鬼，偌大个剑桥，除了此公，谁也不信鬼。也不是没人背后对他有所非议，然而让这位鬼学家安然无恙地存在着，既无伤大雅，又足以保持住剑桥在学术方面自由探讨的空气。大家都想在真理方面有所突破，而不是墨守成规。牛顿的万有引力定律和达尔文的进化论就正是在那种气氛中探索出的。

1984 年 3 月

（原载 1984 年《文汇月刊》第 5 期，

收入《负笈剑桥》，三联书店 1987 年 10 月版）

美国点滴

差　距

在美国，即便是中等城市，给自己的汽车找个合法栖所也不是容易事。好几次，汽车明明已经开到要去的剧院或旅馆门前，只是由于车场没有空位，朋友只好眼睁睁地开过去，然后焦灼地围着这地方转，直到为汽车寻着一席之地，才好下车。

可是那天开进德梅因市中心时，情景大不一般，足有半个足球场那么长一块空地，却一辆汽车也没有。

朋友像中了头彩那么高兴。他灭了火，正要打开车门，交通警过来了。他挥了挥手，蹙着眉头说："这儿停不得呀！"朋友问："为什么？"交通警指了指空场尽头一座二十来层的灰色建筑物说，再过两个小时它就不存在了——那时是十一点半。

我们只好另外找地方停了车，才去赴宴。

多巧，宴会厅正对着那座灰楼。

1点钟左右，我们吃完甜食，只见空场两边人行道上已经聚拢了一簇簇路人，都驻足望着那幢即将消失的建筑物。一时，空地俨然成了刑场，高楼宛如一名待上绞架的犯人。骑了摩托卡的交通警开始沿着白色安全线巡逻起来，特别约束着好奇的娃娃们。

灰楼两边的市廛还在若无其事地照常营业着。

我边呷着咖啡，边盯着腕上的表针。同来赴宴的宾客们议论开了。有的追溯那座楼的历史，有的讲起“定向内爆”的科学原理，何以一块砖头也飞不出圈去。这时，灰楼里边自然早已空无一物了，全座楼的窗玻璃却都整整齐齐。围观的人们在那里指东画西。我们个个则在庆幸着：多巧，宴会厅坐落在奇景的正前方，相当于电影院中央的前七八排。

1点15，摩托卡巡逻得更加紧了。灰楼前面一片沉寂。电子表的秒针在人们手腕上有节奏地跳跃着：1点20……1点25……1点29。当指针指到1点30时，只见——因为并没有我所预料的一声震天巨响，只有一声深沉的震响——那座灰楼的每块砖好像同时都裂了缝，驯顺地、有条不紊地在我们面前酥了，散了，瘫了下来。紧跟着一团蘑菇云就遮天蔽日地朝半空滚滚升起，活像银幕上的世界末日。十来分钟后，尘埃落尽，躺在那里只剩高高一堆废墟。

据说那废墟不要几天就会消失，因为从拆旧楼到建成新楼，期限都是严格规定的，迟误要按日罚款。

8月底过广州时，住所旁边正在拆一座三层楼房。1月上旬回来时，已经拆到基础部分了。一位叼了烟斗的老师傅带领五六个小伙子在拆，工具是两把十字镐。

抡十字镐确实是把力气活儿。地基是砖石同混凝土的结合体，顽强极了。看那穿蓝色运动衣的小伙子双手把镐举到半空，然后使出吃奶的力气朝下猛砸。一镐下去凿不多深，迸起的渣屑兴许还会擦破同伴的眼皮呢……

联想到在美国机场、公寓、街上所见过、使用过的一些用电子或激光控制的自动化设备，我不禁出了一身冷汗。

枣　核

动身之前，旧时一位同窗写来封航空信，再三托付我为他带几颗生枣核。东西倒不占分量，可是用途却很蹊跷。

从费城出发前，我们就通了电话。一下车，他已经在站上等了。掐指一算，分手快有半个世纪了，现在都已是风烛残年。

拥抱之后，他就殷切地问我："带来了吗？"我赶快从手提包里掏出那几颗枣核。他托在掌心，像比珍珠玛瑙还贵重。

他当年那股调皮劲显然还没改。当我问起枣核的用途时，他一面往衣兜里揣，一面故弄玄虚地说："等会儿你就明白啦。"

那真是座美丽的山城，汽车开去，一路坡上坡下满是一片嫣红。倘若在中国，这里一定会有枫城之称。过了几个山坳，他朝枫树丛中一座三层小楼指了指说："喏，到了。"汽车拐进草坪，离车库还有三四米，车门就像认识主人似的自动掀起。

朋友有点不好意思地解释说，买这座大房子时，孩子们还上着学，如今都成家立业了。学生物化学的老伴儿在一家研究所里搞营养试验。

把我安顿在二楼临湖的一个房间后，他就领我去踏访他的后花园。地方不大，布置得却精致匀称。我们在靠篱笆的一张白色长凳上坐下，他劈头就问我：觉不觉得这花园有点家乡味道？经他指点，我留意到台阶两旁是他手栽的两株垂杨柳，草坪中央有个睡莲池。他感慨良深地对我说：

“栽垂柳的时候，我那个小子才五岁。如今在一条核潜艇上当总机械长了。姑娘在哈佛教书。家庭和事业都如意，各种新式设备也都有了，可我心上总像是缺点什么。也许是没出息，怎么年纪越大，思乡越切。我现在可充分体会出游子的心境了。我想厂甸，想隆福寺。这里一过圣诞，我就想旧历年。近来，我老是想总布胡同院里那棵枣树，所以才托你带几颗种子，试种一下。”

接着，他又指着花园一角堆起的一座假山石说：“你相信吗？那是我开车到几十里以外，一块块亲手挑选，论公斤买下，然后用汽车拉回来的。那是我们家的‘北海’。”

说到这里，我们两人都不约而同地站了起来。穿过草坪旁用卵石铺成的小径，走到“北海”跟前。真是个细心人呢，他在上面还嵌了一所泥制的小凉亭，一座红庙，顶上还有尊白塔。朋友解释说，都是从旧金山唐人街买来的。

他告诉我，时常在月夜，他同老伴儿并肩坐在这长凳上，追忆起当年在北海泛舟的日子。睡莲的清香迎风扑来，眼前仿佛就闪出一片荷塘佳色。

改了国籍，不等于就改了民族感情；而且没有一个民族像我们这么依恋故土的。

疑　窦

倘若把这个农业州的衣阿华[1]城比作人的话，应该说它是一位正

---

[1] 也译作艾奥瓦。

襟危坐的“老古板”——也就是说，它一点也不轻佻。这里几乎处于半禁酒状态。超级市场上只有度数很低的啤酒供应，休想买到一滴烈性酒。星期天打开电视，从早到晚，随便哪个频道都在虔诚地传着福音。犯罪率很高的芝加哥虽然近在咫尺，这里却像是清教徒的故乡。

我是个惯于迷路的人。住进衣阿华城的五月花公寓之后，我总想看到一张标明这座小城里纵横交错街道的地图。一天走出电梯，看到大厅布告牌上赫然贴出一张这样的地图，上面还密密麻麻画了许多黑点，远看酷似围棋谱。

仔细端详，这张地图原来是本城强奸受害者协会绘制的，上面标志着一年来市区发生过强奸事件的地点：大黑点中央有五角白星的，代表已遂案件；没有白星的，代表种种猥亵行为。地图旁边有十几点受害者须知，如为了便于进行法律诉讼，如何保留证据，等等。

这个居民自动组织起来的协会日夜均有义务人员负责接待，并保证接到电话立即派人前往救援。协会除备有电影及录像供学校及团体借用外，还开设了自卫训练班，专门向妇女们传授护身拳术。

在另一栏里，是受害者来信（当然略去姓名）的摘录。一个十四岁的女孩谈到一个男人夜晚怎样假装护送她回家，“中途他忽然变成了恶魔”。一个三十一岁的妇女叙述她工作地点的上司对她的秽行。一个六十五岁的老太婆在信里这么写道：“我一辈子先是为我的女儿担心，后来为我的孙女担心。但是我万万也没料到这种事会落到我自己的头上……”

望着那招贴牌，我一方面钦佩美国妇女急公好义的精神和周密的组织能力，钦佩她们对这种伤天害理的暴行所做的坚决斗争，另一方面心里又不禁产生一种疑窦：几乎所有较大城市都有一条像旧金山百老汇那样的大街，那里兜售着淫书、淫画和淫器，昼夜不停地放映着色情电影；中等城市还有用“丹麦图书馆”那样文雅字号开的春宫电影院（美其名曰成人电影院），可以说是在不遗余力地宣扬、纵容，甚至教唆色情狂。一方面听任洪水泛滥，可另一方面，又让几只瘦弱拳头去堵口子，这是何苦来？

这样的“自由”，我实在不羡慕。

面向顾客

从旧金山动身回国之前，朋友劝我说，倘若你拿不准行期，倒不妨先向公司预订两个日子。我问，那岂不多花一笔预订费？他说，预订不收费。预订了，公司就有义务给你准备座位，但乘客并不是非搭乘不可。

顾客同售货员之间的矛盾，往往发生在一个“挑”字上：一方希望拣自己合适的挑，另一方则怕挑，讨厌挑，因为一挑就增添劳动，甚至造成管理上的困难。

比起 1945 年我所见到的美国，这个国家的变化真不小，其中之一是超级市场的出现。它消除了顾客与售货员之间的矛盾。

一进市场大门，拉过一辆铝制的轻便小货车，你就开始了在三四个篮球场那么大的商品世界里的旅行。要是食品市场，堆积如山的水果蔬菜任你挑选，瓜随你拍，苹果桃李任你拣。走到肉类部，一盒盒用塑料薄膜裹着、标明价码的鸡鸭牛羊肉，切成块块，任凭精细的主妇们去挑肥拣瘦。要是百货，鞋袜衣帽随你试穿，领带牙刷任你挑选。你尽可以在里边漫步半日，一件不买，也不会有人责怪一声。更难得的是，买回家去，只要收款单在，随时可以退掉。朋友的女儿告诉我，有一回她买了一汽车的东西；过几天家庭计划有了变化，又整车拉了回去。售货员照收照退，毫无难色。

尤其令我羡慕的是图书馆。在美国，我参观了东西岸及中部十几家大学的图书馆；在费城，还在市立公共图书馆盘桓了大半天。相形之下，咱们有些图书馆理应改名为藏书楼，一因为在管理上，它主要立足于安全保管，至于使用者的便利，那就在其次了。

那里，读者可以自由进出书库。试想，一个主妇上街买菜，尚且要挑那肥嫩的吃；书的内容就更有可讲究的了。有时乍看书名，觉得很合用；及至借到手，却同自己所要的南辕北辙。谁不曾有过这种不愉快的经验：查卡片，填表格，花了大半天时间，借到的书却用不上。退回去？那是自找训斥。即便出纳员有那种雅量，不又得花半天时间，而且依然毫无把握！

其次是编目。编目工作可粗可细。粗的，一书两卡（书名、作者），那实际上是登记。当我在一家美国大学图书馆的分类卡片里翻看关于亨利·菲尔丁的著作时，不但各种语种有关菲尔丁的专著一览无余，而且还包括了所有涉及菲尔丁的文学史以至文人札记的“交叉卡”，并一一标出页码。这样，卡片箱就成了读者耐心而渊博的向导。

“可是也不能听任书籍丢失呀！”对。但也绝不能为了防止个别雅贼，就捆起大多数读者的手脚。

美国图书馆不因噎废食。有的在出口检查书包，有的根本不用检查：谁要偷一本书，跨过铁十字的时候，红灯就会亮起来，要么警铃就响了。这可要靠电子的本事了。

至于还书，那里根本不用排队，甚至不用进馆。还者只消把书放进大厅里一个洞口，借书的记录就自会注销了。

上与下

朋友说，她妹妹听说是北京来的客人，诚心诚意要请我们去吃顿饭，不去她会难过的。于是，就由她开车陪我们去了。

一路上举目都是熟透了的玉米，迎风摆动，等待收割。穿过一段幽林，就来到一座座围成马蹄形的两层楼房，颇像英国贵族在温泉胜地巴茨修建的那种雅静住宅。原来每幢楼都分成各自独立的公寓房，朋友领我们进了其中的一套。

把衣帽挂在门道的衣架上后，就走进一个长方形的宽大房间，一端是客厅，圆桌三面都是沙发，靠墙有一架钢琴。另一端是餐厅，隔着一段短墙就是厨房。卧室两间，贮藏室一间，浴室里，澡盆上头装有淋浴设备。

饭后喝咖啡时，不知怎么就扯到房租上了。女主人告诉我，这么宽绰一套住宅，租金却同我在五月花公寓的不相上下。我正在纳闷，朋友用羡慕的口气向我解释说，这种便宜事可轮不到她。这是政府出钱盖的房，只有收入低于 ×× 元（具体数字记不清了）的家庭才能申请呢。她妹妹嘴也不饶人，说福利本来应该从底层开始嘛。

接着又谈起子女教育问题。女主人指着初中生的儿子和还在上小学的女儿说，中小学是义务教育，家里基本上只管吃住，不交学费。将来上不上大学，那就看他们的本事啦。考上奖学金，或者找到工读的机会，就去深造；不然，就工作去吧。大学可供不起。好家伙！名牌大学一年一万块也下不来。

随着，她问起我家的情况。我告诉她，幼儿园以至中小学，都得交保育费、学费。一上大学倒省了。老三念师大本科，不但不收学费，还供膳宿。老大带着工资念研究院。

孩子们听了拍起手来，说还是中国的办法好。那个做妈妈的噘嘴说，中小学交学费，我可吃不消！

我笑了笑说，国情不同，办法只好各异了。

美国社会生活是够乱的。吸毒，乱婚，等等，人们好像可以为所欲为。然而从政者看来却没那么自在，报纸揭起老底儿总是从上头开刀，而且没完没了。那里，每四年必打一次“派仗”。平时，力求轰动的舆论界对于不见经传的彼得、约翰并不那么感兴趣。可是水门事件至今余波未已。离 1980 年大选还差一年呢，揭老底儿就已开始了。10 月间，卡特总统任命哈米尔顿·卓顿为白宫总管。还没上任，就有人出来弹劾了，说 1978 年某月某日有人亲眼看见卓顿吸过一次毒品。还有人要求调查卡特之兄经营花生的账目。关于同卡特竞选的爱德华·肯尼迪，报上则揭出一件丑闻：几年前他驾车不慎，坠入河中，淹死了车里他的女秘书。又有人检举他在大学考试时作过弊，还有人控告他有逃税行为，等等。

当然，这些的背后动机不外乎职位的角逐，报纸的积极性也不过是来自销路的追求，然而对于从政者却也不期然而然地起了些警戒作用。

制　约

安眠药和心得宁眼看快用光了，想请朋友托位熟医生给开个方子买点。他说：“哦，那可不行。没经过门诊，谁敢开！好家伙，查出来就会吊销他的医生执照。懂吗？破坏点规章制度，这儿可罚得凶哩。”

可不，从旧金山通往蒂尔伯恩[1]的公路上有个吓人的招贴：扔垃圾者罚款五百元。我心里一核计，够二级工一年挣的了。

衣阿华州每年冬天必下大雪，往往达数尺之厚。扫雪可是件浩大工程。然而靠推雪机的帮助，家家户户门前都扫个精光，还铺了沙子；而且随下随扫，绝不积存。原来这个中西部的农业州有一条法律：任何人（例如邮差或送奶的）要是在谁家门前滑个跟头，摔伤了，医药费全部由那个户主负担。

最容易挨罚的算是交通问题了。

同 1945 年相比，美国的另一显著变化是：火车不再是交通命脉了，铁路大部分都已拆掉。无论从能源危机还是从环境污染来说，看来这都是失策。现在全国汽车成亿。公路设计师用高架或隧道，尽量让汽车单线行驶。从空中看，纵横交错的公路像蛛网。在美国不需成年，十六岁就可以考驾驶执照。

那一百二十天里，我们坐了不止一千英里的汽车，然而不但自己没遇过一次事故，也没看见一桩—— 只见过一辆汽车在高速公路上停下来，但那也许是机器出了故障。

据说，关于汽车驾驶和停车等规章制度，订得可周密具体了。在什么条件下才可以超车，什么地点才可以停车，以及违章的罚金，全有明文规定。考执照不仅仅考驾驶技术，还得把规章制度背得滚瓜烂熟。高速公路上不仅对最快车速做了限制，也有个最慢的限度。公路上不大看见交通警的摩托卡，监视工作主要靠电视。那里的汽车不论是什么牌子的，都不显示车主的地位身份。触犯规章，掏名片是不管

[1] 也译作迪尔伯恩。

用的。

制约主要来自立法，但是还有个无形的制约力量，那就是社会风尚。以吐痰为例。这么做在美国究竟罚多少钱，不清楚—— 在香港是每口两元。走在华盛顿的宾夕法尼亚街上，我忽然给自己来了个心理测验，自问敢不敢吐上它一口。我鼓不起那勇气。一是因为街道光洁明净，吐上去太显眼；二是周围有这么一股气氛，仿佛这就是文明与野蛮的界限。

看来立点“法”还容易，培养这种风尚却不是一朝一夕之功。“四人帮”干得彻底，他们把两种制约力量都给毁掉了。

大课堂

走进博物馆，不是看最新发明，就是看老古董。芝加哥的科学工业馆却巧妙地把过去、现在同未来的远景结合了起来。

这里，同最先进的登月艇和气垫船并列的，是1917年的双翼飞机、19世纪的汽船，以至1893年创过世界纪录的火车头。观众忽然走进一条芝加哥古老的街道：用砖铺成的坎坷不平的窄巷旁边，竖着昏暗的瓦斯灯。一排单间门面、小本经营的店铺就是本世纪初（20世纪）的繁华中心。街旁还停了两辆福特早期的那种笨重的敞篷汽车。对照起今天摩天楼林立的芝加哥，观众心目中就呈现出历史的进程，激发了对明天的信心。

博物馆里最习见的布告是“请勿动手”，而这里，有些模型允许观众走进去，有的还可以用手操纵。当我直着腰跨进那十六英尺高的心脏模型时，两个娃娃正在左右心房玩着捉迷藏。抚摸着那隆起的红色冠状动脉，我对心脏的“唧筒”作用有了更清楚的认识。在水利部分，一批小观众正在拉着把手开启堤坝的闸门。更具吸引力的是那台巨大的孵卵箱。孩子们屏息凝神地望着大玻璃罩下，从鸡蛋里面先后破壳蹦出的一只只小雏鸡儿。展览馆就是用这些引人入胜的方式，把观众带到声学、力学以至十分抽象的数学世界里去。

这里，人们可以从最原始的耕耘看到靠电子计算机操作的农业；从遮天蔽日的森林，看到木材的伐锯、运输、加工的全过程。馆里还有座矿井，坐升降机下井之后，有矿工表演最现代化的掘煤技术。

实物总是比模型更吸引人。

1944 年 6 月，第二战场开辟的前夕，美国舰队在西非海岸“活捉”了纳粹德国的潜艇 U-505 号，并从艇上搜到纳粹海上指挥的密码，从而保证了诺曼底的安全登陆。十年后，这条二百五十二英尺长、二十二英尺宽、一千吨重的战利品，成为这个馆最引人注目的陈列品。

我随一帮学童从艇尾鱼雷室走进，穿过它的主舱，来到引擎室。一位黑人解说员逐一地介绍了舱里的复杂机件，然后穿过卧具齐全的船员寝室、燃料库，来到全艇神经枢纽的操纵间。孩子们争先恐后地从指挥塔的潜望镜里瞭望碧波万顷的密执安湖。

从孩子们的交谈和他们对解说员的发问中，我感到这艘 U-505 在起着双重的教育作用。它既能激发儿童们的爱国主义思想，（“是咱们海军俘获的！”）又用实物向他们介绍了国防科学的知识。一个孩子小声对他的同伴说：“将来你待在引擎间，我去放鱼雷好不？”

搞“四化”当然先要从学校教育着手。看来像博物馆这类社会教育的媒介，也不宜忽视。学校有学龄的限制，这个大课堂却还能容纳抱在怀里的娃娃，扶拐杖、坐轮椅的老人。

萌　芽

那天，纽约林肯中心的音乐厅俨然成了少年宫。坐在我这中国老头儿左近的，都是些节日打扮的少男少女。举目四瞩，场内稀稀拉拉也还有几位家长。

这时，我前边的两个娃娃正出神地翻看着夹在节目单里的附页：上端是莫扎特五岁时所写曲谱的手迹，这处女作旁边一行小字是他父亲批的一段嘉奖的话；下端是一幅蚀刻，用小手弹着钢琴的是七岁的莫扎特，站在他身后拉提琴的是他父亲，倚在琴旁捧着曲谱唱着的是他的姐姐。这张附页显然是对爱好音乐的少年们一种鼓励，也旨在启发和鞭策家长们。

纽约交响乐团的演奏家们陆续各就各位了。铃声一响，孟买出生、国际闻名的指挥朱宾·梅塔和音乐会主持人、纽约市歌剧院院长、著名歌剧演员贝弗里·西尔丝联袂登场了。节目是由莫扎特六岁时所谱的降 E 大调第一交响乐开始的。三个乐章奏完之后，西尔丝就富有风趣地对小观众们讲起有关的音乐史话了。当时德国有位音乐评论家曾预言莫扎特将闻名全世界。随后她问台下："预言应了没有？"小家伙们扯开了喉咙嚷："应了！"西尔丝笑了笑说："谁要是像两百年前的莫扎特那么勤奋，他也将驰名全世界。"

该演奏贝多芬的降 B 大调第二钢琴协奏曲了。梅塔从后台挽着一位穿了黑色礼服的小独奏演员出场了。这个有着东欧名字（古斯塔夫·罗摩洛）的娃娃走到台前，毕恭毕敬地向观众鞠了躬，又握了一下梅塔的手，然后屏息坐到钢琴凳上。他指法纯熟，同乐队配合得天衣无缝。观众鼓掌时，他拽住梅塔的手，执意要和他一道接受台下的喝彩。

西尔丝这时又把小罗摩洛拉到麦克风前，问他：“今年几岁？”回答是：“九岁。”又问他每天练习几个小时，回答是：“平时四小时，假日七小时。”于是，西尔丝转身问台下的小朋友：“每天练四小时的举手。”（人数不多。）“三个小时的？”“两个小时的？”她说：“小罗摩洛的成就是靠勤学苦练取得的，对吗？”台下又是一片“对”声。

第三个节目（鲍凯里尼的降 B 大调大提琴协奏曲）的独奏演员叫张雨亭。这个才七岁的中国男孩拉的虽然是把童用的大提琴，却仍高出他半头。他拉得沉着有力，娓娓动听。台下喝彩时，他不但挽了梅塔的手，并且邀首席小提琴手同他分享这份荣誉。西尔丝除了问他练习的情况，并且让他谈谈开头是怎样对这乐器发生兴趣的。

最后一个节目的独奏演员是十二岁的南朝鲜（今韩国）姑娘，演奏的是柴可夫斯基的降 B 小调第一钢琴协奏曲中难度颇大的第三乐章（快板）。这个娴静文雅的女孩弹奏起来，时而潇洒，时而激昂；琴音时而如雨打芭蕉，时而珠玉成串，真是变化万端。

谢幕时，西尔丝发现同这位小演员谈话不那么便当了。她不但羞涩，而且来美国还不到一年，英语说得结结巴巴。然而乖巧的西尔丝却利用这种特殊情况，使得台上的对话更饶有风趣。

即便对成年音乐家来说，到林肯中心在纽约交响乐团伴奏下去独奏，也是梦寐以求的荣誉。这些小音乐家们（不分种族肤色）要艰苦地通过层层选拔赛，才能攀登这个高峰。美国就是这样培养他们未来的音乐家的，而名指挥、名歌唱家也是满怀热情地参与此项意义重大的工作的。

河上笛手

马克·吐温在《密西西比河上的生活》里，把这条发源于落基山、注入墨西哥湾的大江比作一本书。“它不是那种读一遍就可以丢开的书，因为每天它都告诉我一个新的故事。”9月18日的黄昏，我就在河上听到一个耐人寻味的故事。

游艇共两层。开船后，上层甲板坐了不少人：有的倚着船舷对夕阳出神，有的守望着舵轮旋转时溅起的浪花。过一阵，河面秋风渐起，这些从世界各地前来参加衣阿华国际写作中心的作家们就相继到下层甲板上去了。那里，一端是酒吧和冷餐，另一端是舞池。乐队奏得很起劲，兴致高的就纷纷起舞了。

忽然，写作中心的主持人聂华苓站到乐队前面宣布：现在请从纽约赶来的一位青年民族音乐家独奏。接着，这个年龄在三十左右、颧骨略微隆起、双眼炯炯发光的青年，就向大家鞠了个躬，然后吹起一支欢快活泼的广东曲子。

这时，旁边有人小声向我介绍说，这个青年原是一名中国红卫兵，如今在纽约开出租汽车，吹笛子是他的副业。登时，我的兴趣就从对那曲调的欣赏转到他的经历上了。待他拉完二胡谢了场，一股老报人的本能就驱使我凑近他。攀谈几句之后，我们就溜到空无一人的上层甲板了。

他很爽快地告诉我，他原是广州音乐学院的学生。“文化大革命”掀起后，他出于革命热情，确实当上了红卫兵，后来还被推为一个革命组织的头头。可是1969年的一天，正当派性大为发作的时候，对立面贴出一张大字报，硬说他那当了一辈子木匠的爸爸是“历史反革命”。他明白实际上揪的是他本人。眼看就要来抄家抓人了，他们父子商量了一阵之后，他就决定泅水逃往香港。他在冰冷刺骨的水里浮了五六个钟头，游到岸上的时候已经失去知觉。醒来发现是在拘留所里。释放时，里边有个难友塞给他几张港钞，他就用那钱买了支笛子。不久，居然成了香港岛的民族音乐家。几年前，他又随一个香港演出团体来到纽约，并且定居下来。眼下他平时开出租汽车，有时也被请去吹笛子。

“先生，我可是地地道道的中国人啊，”他紧紧拉住我的手说，“我的爸爸现在还住在台山。中国是我的母亲。我不甘心在外边这么流浪下去。我死也要死在中国的土地上……”

他的肩搐动着，哭湿了我两条手绢。

忽然，我轻轻托了他的下巴问道：“倘若我能带你回去，你跟我走吗？”

这下把他愣住了。他一边抽噎，一边在寻思。过了好一阵子，他才摇头对我说：“不成啊。我正在申请美国籍。联邦调查局已经找我谈过两次话了。等我拿到美国籍，我随时都可以回去。”

“那为什么呢？”我问他。

又沉吟了好一阵子，他才回答说：“我不放心。万一……万一再来一场呢？”

在船靠岸之前，他又吹了一次笛子。吹的大概还是广东曲子。只记得它声调悲凉，如泣如诉，流露出一种烦乱不安的心境。

桥 梁

在圣迭耶戈一次家宴上，女主人指着生菜里的西红柿片骄傲地对我说，这可是我弟弟的“发明”。我听了有些莫名其妙，她朝坐在我身旁的一位朴实文静的年轻人努了努嘴，示意要他讲给我听。

扭捏了一阵，他才低声告诉我说，几年前他从农业学院毕业后，就到加州一家菜籽公司的试验所去当一名普通的研究员，他发现在蔬菜中间，数西红柿不好对付。由于它容易腐烂，所以既不好贮存，运输起来损耗又大。于是，这位寡言多思的青年就埋头钻研，终于栽培出一种水分特别少的西红柿——少到往墙上摔、往地上丢都不裂口。这样，就攻克了美国食品工业中的一道难关。

过去，一提到旅美华侨，脑海里总闪现出开洗衣店的老板或餐馆里的厨师。四十年来，美国华侨的素质起了不小的变化。他们中间不但有获得诺贝尔奖奖金的科学家，各行各业都涌现了出色的人才。文学艺术方面，有在世界名城展览过作品的画家（“假如我不能在北京开展览，我就算不上是个画家”），有著作等身的学者。在我们访问过的东西海岸及中西部的大学中，不少华人在担任着东亚语文系主任或图书馆长。在比较文学方面，尤其人才辈出。他们用西洋方法剖析着中国古典及现代文学。已故女作家林徽因的胞弟林桓，如今是有两万名学生的俄亥俄美术学院院长。他创作的陶瓷作品是博物馆争相收藏的珍品。这些海外同胞既熟悉中国传统，对美国又拥有第一手的知识，是中美文化交流的理想桥梁。

威斯康辛大学[1]今年将举行红学家座谈会，芝加哥大学计划在明年纪念鲁迅百年诞辰。他们都热切地向国内发出邀请。美国先后出了巴金、冯至、沈从文和萧红等作家的评传，有人在研究苏曼殊、郁达夫和徐志摩，有人在搜集抗战期间沦陷区文艺的资料，有人在专攻瞿秋白，有人在探讨鸳鸯蝴蝶派小说。这些，有的是我们的空白点，有的可以互相补充。在外国文学（尤其美国文学）的研究和介绍方面，可以共同做的事更多了。仅仅消除隔阂是不够的。在整个文化领域里，海内外都存在着广泛合作的可能。

对中国从一个地理名词一跃成为举足轻重的太平洋国家，成为世界和平的重大支柱，他们感到自豪。然而内心深处，他们也有一种深切的痛苦：跨在台湾海峡两边的祖国，至今还不能统一。这种分裂使他们起码感到尴尬为难。他们希望破镜能早日重圆，因为他们感情的根子扎在祖国大陆，同台湾又都有着千丝万缕的牵连。

去年衣阿华举行“中国周末”的晚上，女主人聂华苓饭后放了陕北民歌《兰花花》，放了台湾民歌《阿里山》。当她放起《我的家在东北松花江上》时，一位来自台湾的中年作家在客厅的一角哽咽起来。熟稔的曲调勾起了这位40年代流亡学生的回忆。

民族的纽带很自然地把我们紧紧连在一起了。相见后，只有拥抱，没有隔膜。大家共同的强烈愿望是：一定要在我们这一代拆除人为的篱笆，让我们的子子孙孙生活得更安全、幸福，更有保障。

（原载1980年3月17日至19日《人民日报》，
收入《海外行踪》，湖南人民出版社1983年版）

[1] 也译作威斯康星大学。

欧战杂忆

开场白：1939 年，在我国抗战全面爆发两年之后，欧洲那边的战火也燃烧起来，我刚好从头到尾都在那里，既在后方挨过炸，又以战地记者身份跟着看过点炮火。今年 5 月 8 日是欧战停战日（VE Day）四十周年。我多想写一篇——甚至一本完整的欧战回忆录啊！但是 1939 至 1946 年间我记的那几本日记，全毁于 1966 年 8 月那场大火了。现在硬要回忆，我只能这么东拉西扯地想到哪儿写到哪儿。既不按时间顺序，也不讲究什么蒙太奇。

一　乐极生悲

1945 年欧战停战日那天，我正在旧金山采访。那晚，全市欢腾，到处人们都在狂舞着。记得人行道上一个完全不相识的老妈妈看到我胸前佩着联合国的徽章，就突然把我抱住，在我颊上使劲亲了一通，然后醉醺醺地对我说：“这下可好啦。我的乔治快回来了，我的小杰夫也不必再去当兵啦。”一边说着，一边就扶着橱窗，晃晃悠悠地踱去。

我目送着她那背影，仿佛望到了一颗饱经忧患的母亲的心。可那天，我还欢不起来，因为半个中国还沦陷着，亚洲东部还在冒着浓烈的硝烟。但我能理解他们的狂欢。

那天晚上，从广播中听到一个十分不幸的消息，加拿大东海岸哈利法克斯市的居民，狂欢得过了头，一些醉鬼竟然闹起事来，混乱中，十几个人被踩死。真所谓乐极生悲，死得可太惨太冤了。

人逢特大喜讯，往往不能自持。不但西方人如此，前些年我就听说国内有人在知道自己的问题得到改正或平反的消息后，一兴奋，心脏病犯了，就倒下来断了气，确实令人遗憾。

二　棋子

倘若不是当时的香港《大公报》胡霖社长的坚持，1939 年我很可能就不去英国了。

伦敦大学东方学院聘请信中的条件太苛刻了：年俸才 250 镑，还要交一大笔所得税，路费得自筹，而且合同只订一年。即便我能借到那笔旅费，满了一年万一合同不续订，我不也得背一屁股的债，哪辈子才能还清！去过英国的朋友那时都劝我去不得，还是在家吃馒头吧，那面包吃起来太玄乎。

不知怎的，胡霖听说英国人请我这件事了。他把我叫到二楼那小间办公室去，满口答应我：旅费由报馆先给你垫上，以后用通讯来还嘛。可多么不巧，半夜里那笔旅费又被贼偷去了。我急得满头大汗，心想：这下可真去不成了。他却神色泰然地说：叫财务科再给你补上一份。对于赴英这件事，他比我急切多了。

临走时，他对我说：欧战是打定了。报馆要你去，就是在那里先放上颗棋子。我听了，当时很不是滋味。嗬，拿我当棋子！日后才认识到，搞事业就得像一名棋手那么精明，要干着今天，想着明天。

其实，照常规来说，他不但不会鼓励我出去，而且还会留难一番呢。《大公报》一向重视副刊，我一走，要撂下个不小的摊子。但他着眼在大的方面。

在由谁来接替我管副刊的问题上，他又表现出少有的远见。馆内上层几大金刚当时属意的是一位教授。我坚决推荐的是杨刚。为这件事，报馆里争论很大。因为不知是谁告诉他们，杨刚是共产党员。

胡最初举棋不定。我向他分析杨刚如何能干，如何胜任；馆内上层却提醒他杨刚入馆会影响报馆在国共之间“不偏不倚”的地位。

记得最后一次同他谈此事时，我只说了句：倘若把那位教授请来，会失去刊物目前的大部分写稿人和读者，刊物必然又恢复到吴宓主编时的学院派老样子，哪里还像一份抗战时期的报纸！在上海时他曾对我说过，《大公报》的文艺副刊就是为了吸引青年读者的。我这个警告大概对他起了决定性作用，第二天，他对我说，给杨刚打电报，请她马上来。

1943年他参加访英团，特意到剑桥来，劝我放弃学位去当战地记者。他还对我说，杨刚可真是一把能手。她不但能编副刊，还经常跑战地，是个很在行的军事专家呢。

搞报馆，搞什么，都需要点远见，包括克服政治上的成见。短见（时髦术语是“本位主义”吧）对事业最是不利。把人当棋子并不一定就坏。那样，在用人上就会有个全局观点了。

三　海员

在持续六年的反法西斯战争中，英国商船队的功绩并不亚于海军。它保证了岛国上几千万居民不至饿肚皮，同时，还向北非等战场运送军需。商船队是抵抗纳粹运动中的大动脉。船队经年累月地在海上同纳粹潜艇搏斗，伤亡也很惨重。以中国海员来说，仅利物浦一个港口，那时就有十万中国海员，其中十分之一都葬身海底。说来这也是我们对欧洲那场大战的贡献。

我曾几次赴利物浦，访问那里的中国海员。他们大都是在船底添煤的火夫，船一旦被纳粹潜艇的鱼雷击中，生还的希望最小。那时纳粹的鱼雷也不断翻新，如磁性鱼雷的发明就很厉害，它能从水下追逐上面行驶的船只。

那些海员个个都有一本血泪史。他们几乎都是通过中国沿海码头上一些把头（相当于人贩子）上的船。开头一两年，每月都得从工资中拿出可观的数目去孝敬把头。

海员等候就业期间，把头还动不动就殴打，有个海员就这样活活被打死。那个海员年幼的儿子当时小小心坎上燃起怒火，立志长大后要替父报仇。为此，他也当上了海员，到处跟踪那个把头。

1942 年的一天，他终于在利物浦找到了当年杀害他父亲的那个凶手——这时已当上了海员俱乐部的负责人。他就佯说有要事同那个凶手谈。他们是在会客厅里见的面。我赶去时，看到会客厅的墙上还满是血迹。原来会见时，他掏出一把尖刀，攮进了冤家的胸膛。记得有一家英国报纸评论此事时，还替复仇者讲话，提到了中国人讲求孝道的民族美德。

另一次，我访问一位林姓粤籍海员。他持有海上遇难后，乘筏子漂浮最久的世界纪录。他的船是在葡萄牙海面亚速尔群岛附近被纳粹鱼雷击沉的，在海上漂了将近一百八十天，才在巴西海面上被飞机偶然发现遇救。他告诉我，最关键的一点是不论多么渴，也不能喝海水。筏子上起先还有两个欧籍海员，他们就是因为喝了海水，不出几天就相继死去。他则一面咬牙不喝海水，一面又琢磨出个窍门—— 他学会了从鱼腹的尿泡中吮水来止渴。孑然一身，白天晒，夜里冻，随着波涛忽上忽下地颠簸，始终也不放弃求生欲望，这是怎样坚强的生命意志啊！

几年前听到一位朋友50代初期在政治生活中遇了难，一下子去茶淀劳教，一下子去江西劳改；有时单独监禁，有时甚至上了手铐脚镣。但他始终相信自己的无辜，始终相信有昭雪的一天—— 而且，果真终于昭了雪。当时我就联想起在海上遇难的那位坚忍不拔的海员，同时想到：我们这个民族有一种可贵的气质，或者说品质，就是经得起摔打，逆境中能保持乐观，咬牙到底。

四　旅途

我是1939年8月31日在九龙登上开往马赛的客轮阿拉米斯号的。去买票的那天，船公司挤满了人—— 但几乎都是退票的。那时的欧洲，真可说是战云密布。记得杨刚送我上船那天早上，报上已登出华沙被炸的消息，一条颇为豪华的客轮空空荡荡。船上的欧籍乘客，一个个垂头丧气。

起航的第三天，就听到了英法相继对德国宣战的消息。船仿佛是笔直朝着一片熊熊烈火驶去。

刚到西贡，那条船就被法国海军征用了。我们在那块殖民地当了七天的囚徒。后来公司另派了一条船把我们接走。开到新加坡，大部分中国旅客都改变了主意，不想再往西走了。只剩下两个中国旅客还硬着头皮继续西行：一个是我，另一个是在荷兰阿姆斯特丹开饭馆的老板。我们都各自有骑虎难下的原因。他要是不回荷兰，饭馆交给谁？我当时的考虑很简单：回香港，那双份旅费我拿什么来赔？

生活中，有些决定是客观因素促成的，事后也大可不必来冒充英雄。当时，我就像个在山洞里朝前摸索的盲人，一点也不知道“未来”这只葫芦里卖的是什么药。

讲起来，在茫茫大海中，只有我们两个是黄皮肤的，理应特别亲热才是，然而不是那么回事。一路上，每逢船靠码头，我们少不得都要上去走走。但是我们的兴趣太不同了。最可笑的是我们两人在巴黎分手的情况。他不知去过多少趟巴黎了，而我却是头一遭。一到巴黎，他就热心地要充当我的向导，他带我去了大百货公司，还要带我去玻璃房子（妓馆）。我拒绝了。我想请他领我去巴黎圣母院，去国家歌剧院。他说他可从来也没听说过这个圣母院在哪儿。我们一路上用结结巴巴的法语向人打听，好容易才摸到那座我在书中读到过的大教堂。他说，那有啥看头？他不肯进去，非要站在教堂大门外头等，并嘱咐我进去探探头就出来。

我是平生第一次见到那么庄严肃穆、那么巍峨动人的西洋建筑呢。一踏进教堂，我好像就步入了中古的欧洲。我只顾出神地欣赏那些精雕细琢的石像，嗅着那香中带点发霉的气味，一下子忘记了时间，更忘记了等在门外的伙伴。等我走出圣母院时，那位老兄早已不见了踪影。

我一直后悔事先没向他要荷兰的通讯地址。共过一个多月患难的旅伴，临了就这么不辞而别，真令人怅然。

每逢听到谁的婚姻由于双方生活旨趣不同而触礁时，我就想起我那位旅伴。要是兴趣、生活方式合不来，而又非得在一起生活不可，那真是苦事。

五　身份

从法国西北角的加来港上船，跨过波涛汹涌的英吉利海峡，就来到以雪白峭壁闻名于世的多佛港—— 由法入英境的主要港口。

在移民局前排队时，我才发现大部分旅客都是听到战讯，中断了在大陆上的度假，赶回老家的。唯独我这个东方人，却是前来要在战火中执教鞭的。战局当时虽然还很沉寂—— 史学家通称那段日子为“莫名其妙的战争”，但英国毕竟不能不考虑到，今后的日子怎么过呢！一个食物不能自给的岛国，平时靠着老大帝国的派头，什么都从殖民地运来。如今，有的商船征为军用了，能用于海上运输的，也得去冒挨潜艇鱼雷炸沉的风险。哪能再让外国人入境呢！所以当那位移民局官员皱起眉头来回翻着我的护照，犹豫不决时，我一点也不怪他。然而我的护照里又明明夹着伦敦大学发给我的聘书，老远来了，拒绝我上岸总说不过去。英国人真会折中，他终于还是在我的护照上打了个大图章，旁边注上：“暂准入境两月，以后如何，请内务部裁夺。”就这样，他把矛盾上交了。

后来，那两个月就变成了七年。

我至今不解，何以我—— 以及所有那时旅英的中国人，都被划为“敌性外侨”。有人向我解释说，加了这么个“性”字，可大大不同了。没有那个字，就得进拘留营里。然而作为“敌性外侨”，晚上6点以后就不许出门，不许到离海岸三英里的地方去——因而我始终没能见到我仰慕多年的女作家伍尔夫夫人。她那时住在南海岸的苏塞克斯郡。等我的身份随着珍珠港事变而改变了时，她已投河自尽了。我是在她死后九个月才去她的故居的，由她的丈夫陪同，到曾经结束了这位卓绝艺术家的生命的那条河去凭吊。

谈起身份改变，来得也真是突然。珍珠港事变的第二天，英美忽然发现原来中国老早就在极其艰苦的情况下，同东方的法西斯作战了。一夜之间，我就从一个“敌性外侨”变为“伟大盟邦的公民”了。

那天坐在公共汽车上，我忽然感到后颈上一股酒臭气。一个中年乘客在我耳际大声嚷着：“嗨，你押错了宝！你押错了宝！”我猛地意识到，他是把我当成日本人了，就回过头去向他解释说：“先生，你弄错了，我是中国人！”

这个醉鬼听了，马上挪到前边来，紧贴在我身边坐下。他至少也喝了大半瓶威士忌，满脸通红，额上青筋凸起。他不是军人，可先向我敬了个礼，然后扯着嗓门嚷道：“啊，中国，孔夫子的中国！”说完，就硬要我同他握手。

接着他又嚷：“啊，中国，发明了火箭的中国！”话音未落，又抓住我的手，死死握了一通。

他滴溜溜地转着眼睛，看来是在搜索枯肠地想着有关中国的名堂。“啊，中国，万里长城的中国！”随后，又抓住了我的手。

看得出，他是要无止无休地这么搞下去了，而那股冲向我的浓重酒气快使我窒息了。我赶快在下一站提前下了车。

然而我不能不佩服那位醉鬼知识之渊博。

六　配给

去警察局报到后，立刻就领到食物和衣服的配给证。

英法两国虽是紧邻，在战时配给上，却各有特点。即便在那样艰苦的时刻，法国的配给也包括一瓶红酒和几两咖啡—— 事实上，真咖啡早已绝迹，发的是把橡子烤焦后磨成的末末。英国的配给没有咖啡，也没有酒，却有茶和糖。茶是锡兰（即今斯里兰卡）出的那种涩得要命的黑茶，所以非放糖不可。

英国人不但讲究每天下午四点吃茶，而且还喜欢轮流举行茶会。开战以来，尽管茶和糖都实行配给了，茶会还是照常举行。这也是一种对希特勒的挑战吧。几乎每个星期我都得赴一两次茶会。最常去的是研究中国科学史的李约瑟家和 20 年代曾访问过我国的哲学家罗素那儿。那时，去赴酒会，总设法买上一瓶酒带去。赴茶会则带上一小包糖和一小包茶叶。主人收下时，照例说一声：“你想得真周到。”

后来当了随军记者，在战地上经常发一种“K 配给”。我始终不知道 K 这个字母代表什么，反正它很像今天在飞机里发的那种餐盒，里面有饼干、巧克力，还有香烟。1944 年巴黎解放后，我请友人钱能欣夫妇去歌剧院看表演，每个人膝头上就各放了那么一匣“K 配给”。

听说近些年来，英国大抓农产品自给了，鸡蛋甚至还出口。甩掉了“大英帝国”这个包袱后，英国也自力更生起来。当帝国还未解体时，英国人吃的大多靠海外，去副食品商店买鸡蛋时，店员会问：要爱尔兰的，丹麦的，还是中国的？牛油和干酪，不是来自加拿大，就是新西兰。英国人喜欢草坪。在苏格兰内地旅行，有时一整座山都归私人所有，而且尽管打仗，草坪上什么也不种。在德国潜艇闹得最凶，也就是英国商船被击沉的比率最高时，丘吉尔亲自抓战时农业了，特意在距唐宁街十号一箭之遥的议会方场中央种起土豆，作为一种提倡。

其实，战时食物配给只迫使下层社会勒紧了裤带，真正有钱的人在高级餐馆里照样什么都能吃到。每次去伦敦，我总到中国饭馆去饱餐一顿。老板一见是自己同胞，也格外照顾。我坐下来就对服务员说，来吧，什么肉多，给我来什么。

平时，一个月也吃不上一斤肉。天天是鳕鱼，都吃怕了。

1945 年 3 月，我同一批外国记者乘护航轮跨过大西洋，去旧金山采访联合国大会。一上岸，我们都一溜烟儿钻进最近的餐馆。我记得摆在我盘子里的那块猪排，简直像砖头一样厚。一边狼吞虎咽地嚼着，一边赞赏，恰似一群灾民。

从加拿大一路吃起，芝加哥、盐湖城，走到哪里，吃到哪里，恨不得一下子解了六年的馋。到旧金山时，肚子里就厚厚的有了层油水。在宴会上，又文雅得像个绅士了。

七　轰炸

在伦敦我经历了大规模的轰炸。

开战后，我任教的伦敦大学东方学院立即疏散到剑桥基督学院去了。那时，战争确实有点莫名其妙。西线一点动静也没有。法国士兵还在马其诺战壕旁种起玫瑰呢。不断谣传说：就要停战了。

1940 年 6 月，伦敦大学搬回了伦敦。那年春夏之交，希特勒的坦克部队长驱直下，已经占领了整个西海岸。至今我也不理解大学里那些书呆子当时是怎么考虑的。反正搬回伦敦没多久，大轰炸就开始了。纳粹那时搞的是“饱和式轰炸”。一个晚上就派来几千架次。像英国中部的考文垂，一夜之间几乎被夷为平地。

那时我住在伦敦西北郊一家公寓里。老板娘和英国首相同姓，我们称她作丘吉尔太太。当时在伦敦找个接纳“有色人种”的公寓还真不大容易，丘太太的公寓里住的全是亚洲人。有三四个中国来的，有个学提琴的锡兰姑娘，还有一个从新加坡来的印度青年拉贾拉南——后来当了新加坡主管外交的副总理。听见警报，我们来得及，就到附近地铁站台上去过夜。如果来不及，也就是说，警报一放，周围高射炮立即响起，说明敌机已临上空，我们就只好立刻就地隐蔽。1983年去新加坡，与拉贾拉南旧友重逢，他还同我一道追忆往事。那时，我俩同住一层楼，有时躲在同一张饭桌底下。其实，要是命中了，躲到哪里也是白搭。我们躲的主要是爆炸后四下飞起的、比刀子还锋利的碎玻璃碴。

有一回，我到著名的社会改革家佛莱女士家去度周末。她住在离伦敦足有四十英里的艾利斯伯莱，属白金汉郡，满以为可以睡一宿好觉。汽车到达后，我看到周围十分空旷，还有座小山。可是天一黑，敌机却轮番不停地轰炸，而且离我住的地方很近，所以震耳欲聋。就这样，一直闹到天明。后来才知道，英国人在山麓下搭了座假工厂，故意露点亮光，于是，敌机就把山坡当作轰炸的重点。

1944 年 6 月初，希特勒搬出他的“秘密武器”了。先是飞弹，也叫作Ⅵ，其实就是现在的导弹。以后又来过些火箭，叫Ⅶ，据说是由挪威山里发射到上空六七十公里后，落到预定地点才爆炸的。这两者不但没为他赢得战争，甚至也没能推迟第二战场的开辟。我同Ⅶ没打过交道。然而有一阵子，飞弹的威胁要比 1940 年的大轰炸更为严重。

当时，伦敦的空防主要靠高射炮、气球和战斗机。1940 年，纳粹轰炸机白天还不敢来袭，飞弹则昼夜不停地来。一则它里头没有人，二则它造价低，据说一架战斗机的钱可以造几十颗飞弹。那一阵子，伦敦满天都是这种凶恶玩意儿。我们常站在高坡上看，就像一群群大雁似的。它先是在天空一打转，然后扎下来，落地就爆炸，破坏力相当大。1940 年大轰炸中幸免的一些建筑，却被飞弹炸中了。

伦敦居民对这玩意儿有些怕，可又好奇。最初，不少人都驻足观看，等它在天空一打转，再找地方掩蔽。希特勒也真会开玩笑。后来，他把飞弹的规律改了：它在天空打个转儿之后，接着又往前飞去，指不定几个回合才往下落。

我住的地方挨过炸，但当时我早下地铁了。只有一次，我到别人家去度周末，主人夫妇出去赴晚宴，留我看家。刚刚上床，就放了警报，敌机随即飞临上空。我穿着睡衣就连忙躲到底层楼梯下面。只听见那幢三层小楼一声巨响，原来它中了烧夷弹。顿时楼上一片火光，四下里黑烟弥漫，令人窒息。

在浓烟中，我被民间自行组织的救护队员背出火场，一直送到附近的救护站。

在惊恐中，我喝到一生最美味的一杯热可可。

八　友情

大轰炸中，朋友之间的交往并未中断。

那时，我住在汉姆斯台德一幢四层楼公寓的地窨子里。那间房子足有四十来平方米，一头是床，另一头算是起居室。我的伴侣是一位希腊朋友送的一只猫，叫瑞雅—— 就是 1957 年被人编造成神话的那只。

有一天，听到叩门声。原来《印度之旅》的作者 E.M. 福斯特来看我了。他也爱猫。他家那只叫汤姆。一进门，他就饶有风趣地说："我代表汤姆看望瑞雅来了。"接着，他打开一个手帕包，里面是一点猫食。

战争期间，连猫食也缺了，市场上出现一种人造猫食，看起来有点像咱们的麻碴子。那天福斯特为我的瑞雅带来的，正是这种新产品。我当然立刻把瑞雅抱过来说："瞧，福斯特先生老远给你带来汤姆的礼物，快来尝尝吧！"

岂料我那只猫胃口很刁。它先抬头望望微笑着的福斯特，像是赏脸似的弯下身，把鼻孔凑近礼物闻了闻，然后扭头不屑地踱开了。

这可使我狼狈了。福斯特心里大概也不那么对劲。他还是很体贴地说："瑞雅恐怕还不习惯。也许等我走了，它就会吃啦。"我连忙说，想必是如此。

我去剑桥王家学院做研究生，就是福斯特和英国汉学家阿瑟·魏理二位推荐的。他们都是那个学院的校友。

魏理的中文真可以说是自学的。他告诉我，20 年代丁文江赴德国路过伦敦时，曾教了他十几天中文。那时魏理在英国博物馆负责保管中国图章。打那以后，他就动手翻译中国古典文学，从四书、老庄、唐诗——特别是白居易，到《红楼梦》。他还译过日本的《源氏物语》和《枕草子》。

打仗的时候，像他那样过了兵役年龄的自由职业者，照样也得为战争服务。他供职新闻部，负责检查中文信件。因此，那时我给《大公报》写的大量通讯，都经他检查过。

文人显然不大会保密。他时常露馅儿。有一次他对我说："昨天你那篇文章，头上可给我剪掉了。”更糟的是，他在英国一份重要文艺刊物《地平线》上，发表了一首“仿中国诗体并赠萧乾”的诗，题名《检查》。经过十年动乱，我那本《地平线》，自然早已不存在了。

1979年访美时，在聂华苓家看到那年10月11日的台湾《联合报》，副刊上登着香港中文大学余光中教授的译文。诗曰：

我做了检查官一年又三个月，
办公的大楼已四度被炸，
窗上的玻璃、木板、糊纸，
依次被炸碎，只剩下残框。
洗澡、保暖、饮食都困难，
有时更短缺煤气和水电。
检查官的守则难以奉行，
半年之中竟有一千条“作废”。
空袭法规逐日在变更，
官方的命令也颁得不分明。
可以提海罗，不可提德黎跟汤姆；
可以说起雾，不可以说下雨。
薄纸上乱涂一气的日本，
字迹潦草，读来真伤眼。
一间斗室装十架电话和一架录音机，
我怎能专心，
用蓝笔删改不过是儿戏，
卷宗的纠结并不太难解。
外国的新闻也不难检查，

难的是检查我今日的心事——

难的是坐视盲人骑瞎马，

向无底的深渊闯去。

译者余光中在注释中说：“魏理诗末用了《世说新语》的危言来形容欧洲的局势，盲人骑瞎马可以指希特勒，也可以泛指人类。”

今天读来，觉得它不但透露了一个检查官的矛盾心境，也描绘了当时伦敦政府部门在大轰炸中的景象。

九　战时广播

战争一开始，大概是为了防空的原因吧，英国立刻就把电视停了，然而广播却一直也没有停过，而且由于灯火管制，很多人夜晚不大出门了，收听率大大高出平时。

那时英国的广播电台除新闻之外，有几个特别受欢迎的节目。一个是“广播大夫”，是固定由一个人来播的。他语调亲切，声音沉着老成，而且富于风趣。估计实际上有个医生小组负责研究听众提出的问题，由这个人来作答。

还有个节目叫“智囊团”，每周一次。参加者有教授、记者、议员等，大多是全国知名人士。由主持人提问，然后一一作答，办法类似学生口试。问题事先概不透露，考的是机智和知识面。因属突然袭击，经常出现十分有趣的局面。座中有位哲学家，找到了个窍门：他专好编造一些妙句，硬作为引自我国孔子。反正也没有汉学家在场，无从对质，只好随他去了。

节目中收听率最高的，还是丘吉尔首相每星期一晚上向全英国人民谈话。讲稿估计是出自高手，他本人又耍过笔杆。每次都从战局谈到家常，亲切、幽默，娓娓动听，有时还十分感人，是最好的战时动员。后来罗斯福总统也采用了这个同广大民众促膝谈心的方式。记得他的讲话是放在星期五，节目就叫“炉畔恳谈”。

英国人在战时，还收听另外一种广播：纳粹德国为了瓦解英国人心，由一个投敌分子威廉•齐伊思用英语来播。他自称是哈哈贵族，语调尖酸，声音可憎。英国政府从未禁止收听那个敌台。收听的人越听，越对纳粹一伙加深仇恨。声音是哈哈贵族的，内容和语调显然是戈培尔的。

十　亡国恨

我很幸运，生平没在沦陷区待过一天，可是柏林攻克后，我却目睹了战败德国的惨状。

一开进德境，联军最高统帅部就下了一道命令：不许与敌国人有任何交往，违者一律以军法惩处。那时，在部队路过的休整站，服务员照例都是些德国战俘。他们穿的仍旧是希特勒发给他们的墨绿色军服，只是去掉了标志军级的章。当他们毕恭毕敬地端上咖啡时，我们倒想问问他们是几个星的将军呢！

当然，没人敢那么问，甚至也不敢正眼望望殷勤地替我们服务的人，因为到处都写着：“无论战俘为你做什么，一律不准道谢。”这实际上大大违反西方社会的习惯。那里，每个人一天五十声“谢谢”也打不住。如今，硬得把“谢”字咽了回去。

我心想，战火又不是这些战俘放的，何必拿他们撒气！所以当一名战俘弯下腰去替我擦完皮鞋之后，我总用眼睛朝他表示一下谢意。

波茨坦会议之前，我们暂时驻扎在柏林西南郊兹林道夫一个老百姓家里。现在回想起来，说不定屋主还是一位卓绝的艺术家呢！一回我上厕所，一个身材矮小、留着络腮胡子的中年男子鬼鬼祟祟地尾随进去。他偷偷地从上衣前襟里掏出一小幅水彩画，画的仿佛是湖景。他用蹩脚的英语吞吞吐吐地问我，可不可以换给他点香烟（战后一个时期，美国香烟几乎是西欧的通用币）。

画，我只瞟了一眼，没敢接；香烟，尽我身上带的十几支，悄悄地全递给了他，就赶紧走了。

去秋我重访联邦德国时，在慕尼黑看到揭露纳粹的展览会。我思忖道：德国人恨希特勒，应该不在他人之下。一个自尊心那么强的民族，一时间竟沦为亡国奴，他们怎能不恨！

然而当年德国人也真挺得住。在被轰炸过的柏林街道上，我看到男男女女整齐地排成长队。他们不是在抢购什么短俏物资，而是在把烧焦了的砖头一块块地从废墟上递出来。我望着他们那严肃认真的面孔，心里说：这个民族是亡不了的。

1985 年 4 月

（原载 1985 年 5 月《北京晚报》，

收入《负笈剑桥》，三联书店 1987 年 10 月版）

达豪余生

慕尼黑，曾经被德国作家托马斯·曼称作欧洲文明的一座灯塔，被美国作家托马斯·沃尔夫比作天堂的这座名城，半个多世纪前偏偏被歹徒希特勒看中了，成为他那个黑帮的发祥地。这么一来可为它招来灾祸，在第二次世界大战中受到七十几次大轰炸，三万多名市民粉身碎骨，一半建筑物化为废墟。

1945年我是踏着瓦砾在它的街头徜徉的。在被炸过的博物馆附近，地上还滚着破碎了的古希腊雕像，文艺复兴时的名画也埋在坍塌了的梁柱之间。那时，慕尼黑市民是低了头溜着墙根走路的；挎个篮子，一路拾着美军丢下的烟蒂，寻找着聊以果腹的吃食。

真没想到三十九年后，我又来到这座巴伐利亚首府了，也真没想到，慕尼黑重建得这么漂亮：在具备了新式设备的同时，还保存了它那典雅的中古风貌。那条幽静的鲁德维希大街打扫得一干二净，踏访它时，再也不必怕踩着什么定时炸弹了。12世纪的市议会楼顶上，哥特式的尖塔也依然矗立着，在它那刻着雕像的山墙上，却依稀还看

老司机恍然大悟了。他热情地向我伸出一只毛茸茸的大手，我感觉他的手有些发颤。他用结结巴巴的英语对我说："先生，你们要去达豪，让我开车送你们去吧，因为我曾经是那里的一个犯人，我可以替你们做向导。"

他这么一说，倒引起我对他的浓烈兴趣了。想想看，80 年代，在慕尼黑街头遇到一个曾经被关进达豪的人！太巧了！太妙了！我认为这是此行难得的奇遇。

"现在就去？"他急切地问。

看看表，已经 3 点多了。去趟达豪需要半天时间，而我们已约好 7 点钟同慕尼黑大学校长共进晚餐，当天无论如何是去不成了。

洁若提议明天早晨去。

"中！"让我借用冀东人用来首肯什么的字眼来翻译他那声"Ja"（这个德语"是"，读作"呀"）吧。这要比"可以"甚至"成"都更能表达他那纯朴、亲切而又热烈的语调。

我问起他被关进去的原因，问起他的身世。司机感动极了。可是这么一感动，他的英语更不好懂了。

我一看表，该回旅馆去准备晚间的活动了，就灵机一动，问司机明天早晨可不可以早一个小时来，同我们在旅馆一道吃早餐，并请白君也来，帮助翻译。

这个提议可能出乎他意料之外，但也似乎大大缩短了我们之间的距离。他笑着又"中"了一声，就把我们送回旅馆去了。他毕恭毕敬地替我们打开车门，行了个军礼。他脸色红润，高颧骨，浓眉大眼，棕色头发，是个满魁梧的老汉呢。

我下了车，紧紧握了握他那只青筋暴起的略带颤抖的大手。

我先报了自己的年岁，接着问他多大年纪。

他回答说："我是 1907 年生的，比您大三岁。"

原来他已是七十七岁高龄了！

次晨，按照约定，我们于七点半下楼，走出电梯，远远就望到老司机和白君已经在大厅软椅上坐候了。

道过早安，我们就一道走进餐厅。我随即留意到老司机今天换了一套笔挺的灰色服装，打着红领带，腋下还夹着个小手绢包。

人家都说英国早餐丰盛，德国的其实一点也不逊色。这家旅馆的早餐采用自助方式。有香蕉、葡萄等各种水果，也有蜜饯、干果。饮料有橘汁、菠萝汁、西红柿汁和冷热牛奶。接着是香肠、奶酪、火腿、咸肉和鲱鱼。鸡蛋有煮的、摊的，也有炸荷包蛋。据说德国的面包有近二百种。

我们四个人都把托盘装得满满的，就找个僻静角落坐下。金发碧眼的女服务员马上过来问："茶还是咖啡？"在家里有时候挺稀罕咖啡，出来倒想喝茶了。

老司机没顾上吃喝，就先把手绢包打开了。原来是几张旧照片。

他名叫鲁道尔夫·维尔德。二十岁上，他从乡下来到慕尼黑，想在大宅第混个园丁的差使。一个人在大城市里太孤单了，他就参加了一个叫互助会的工人组织—— 是个只解决工人实际问题，不带任何政治色彩的组织。当时，工人最头疼的是住房问题。一点点工资，哪出得起大笔房租！互助会就把工人们组织起来，盖起一幢可以住八百人的大楼。那阵子，鲁道尔夫一下班就去搬砖搬瓦，辛辛苦苦地盖成了。1933 年那年，希特勒的突击队却勒令互助会立即把房子交出来。有些工人怕事，缩着脖儿搬出去了。有些就不服气，起来抗争，鲁道尔夫就是其中的一个。

官司打到法院。那时法院也是"卐"字号的，有什么理可讲！鲁道尔夫先是被判三个月徒刑。关进监牢后他仍没服气，于是又要把他送往达豪。半路上他跳车逃跑了，这下，他成了黑户口。一家出租汽车公司老板同情他，供他吃住。一年半以后他又被捕，结果还是把他关进了达豪。

这时，我就把话题扯到他的身世上。他的眼睛发亮了。他骄傲地告诉我们，他母亲是位牙科医生，本世纪初，一个妇女能够拿到行医执照，可不简单哪。但由于未婚就生下了他，娘儿俩被自己的家庭赶了出来，迫于无奈，母亲将娃娃送给一位好心的农民去抚养。至今他还保留着她的一张照片。

他情深意浓地说："这就是我妈妈。"随即递给我们那张照片看。照片已经发黄了，但仍看得出这位日耳曼妇女仪态万方，有着一对神情凝重的大眼睛，浓密的头发盘在脑后，穿的是老式高领长衫。另外三张分别是把他拉扯成人的那对农民夫妇和他们自己的几个子女的合影，救过他的出租汽车公司老板以及他本人年轻时的军装照。

在集中营里，私生子这个身份也构成了他的罪名，因为"既然说不出你爹的名字，那么你就必然有犹太血统"。

暴政下的逻辑，从来就是以假设代替事实。

1938 年，希特勒要打仗了，需要壮丁。这时，忽然又宣布鲁道尔夫身上没有犹太血液了。于是，又把他从集中营里拖出，送进国防军。

在暴政者手里，"真理"就像魔术师手中那根棍子一样，甩来甩去，运用自如。

整整七年的工夫，鲁道尔夫充当着希特勒战争机器的一颗小螺丝钉。先是攻打丹麦和荷兰，1942 年又调到东线，从波兰一直打到乌克兰。多少伙伴都战死了，他却活了下来。只是 1945 年战争快结束时，在一次战役中，他的腹部被炸得连肠子都掉了出来。他住了五年医院，手术以后，他丧失了生殖能力，所以就打了一辈子光棍。

50 年代，他在农场当过季节工。后来到慕尼黑找到当年救过他的那位老板，才开起出租车来。

这分明是个没家没业、孤苦伶仃的老人！然而他自己却连一点自我怜悯的情绪也没有。照规定，他六十三岁就该退休，靠养老金度余年了。但是他不肯。老人也有他的一套人生哲学。他认为人能多干一天，就应该干一天。

“我最大的快乐就是开车。满城转看，天天使我看到各式各样的人，有时也能结交有意思的朋友……”他朝我们笑了笑说，“像你们。”

他这番话令我肃然起敬。一时间，我觉得他比餐厅里所有那些口叼雪茄、身穿黑色礼服、大腹便便的富商都要高贵多了。

然而他毕竟是个奔八十的人了。我并不是担心自己的安全，而是出于对他的关怀，情不自禁地问道：“你都这把岁数了，不能找个轻闲的差事干吗？开车这玩意儿总要冒点险吧！”

啊，这话好像有些触恼了他，或者说，向他提出了挑战。

他放下刀叉，站起来，双手叉腰，带些自豪神情地说：“可慕尼黑你找不到一个更好的司机了。我的眼力、听力（边说边指）都是头等的。每年考执照，我的成绩都赛过那些二十来岁的小伙子们。”

我本来就有些后悔，于是赶紧连连点头，并且向他伸了伸大拇指。其实，我赞赏的远不止于他的驾驶技术。

住在豪华旅馆里完全理会不到外面的天气，走到旅馆大门口，才发现天色昏灰，而且在哗哗下着雨。

老司机真是有心人，他连忙跑回他那辆出租车去，自己撑开一把伞，并且抱来三把给我们。

我对白君说，当年我去达豪，也赶上个雨天——天也在哭，现在天一听说咱们要去达豪，它又哭了。

鲁道尔夫可能没听清楚我这话，他一边给我开车门，一边用坚定的语气说：“我永远也不哭。”

这话我完全相信。

达豪集中营位于慕尼黑西北部二十二公里的地方。南德的乡间是恬静的，秋雨把公路两侧的树丛和田野洗涤得更加翠绿，时有牛群在坡地上吃草。据鲁道尔夫说，这里本来就地广人稀，纳粹党羽在盖集中营前又强迫附近的老百姓迁走，所以直到战后，周遭的人才知道真相。

环着达豪集中营的高墙，仍旧是那道壕沟，只不过而今已干涸。四角那几座杀气腾腾的瞭望塔依然存在，营墙上的铁丝网也保留在那里，当年，那是通着高压电的，不知多少企图出逃者在那一带丧了命。

集中营如今变成让千百万人认识法西斯暴行的博物馆了。尽管旅游旺季已过，又逢上雨天，参观者仍络绎不绝，也有不少拖儿带女的。大门内竖立着一块醒目的告示，要父母对十二岁以下的儿童负责。其实，当年最使我感到恐怖的小院（在那里，歹徒每次放出十八条狼狗活活把囚犯咬死）已拆除，原来犯人住的一排排营房如今也不见了。今天，如果不是营房地基还保留在那里，它真像个足球场。记得1945年，是一个瘦得像骷髅的波兰人领我去踏访那些空荡的营房的。他是少数幸存者之一，由于亲人已经死绝，无家可归，获得自由后就还留在那里当向导，混口饭吃。床是上下四层，很像鸡舍。他边走边告诉我营房里施过哪些酷刑。墙上，手指抠的血迹还历历在目。

我们依照指示牌，朝南端那座陈列馆走去。

鲁道尔夫把车停好后，就到馆门口来同我们会合了。他脸上顿时泛起痛苦的表情，朝那营房地基狠狠地瞪了两眼，想说点什么，喉咙哽咽了一下，就径直领我们走进陈列馆。

这是一座长方形的展览厅，有着一排排的木隔扇。只是挂在白色木板上的，不是美术作品，而都是些有关集中营的巨幅照片。有剃光头的囚犯清晨列队点名的，穿的一律都是白底蓝条纹囚衣。犯人从事苦役的照片比比皆是：一个个都瘦成皮包骨，有龇牙咧嘴地推着巨大石碾在筑路的，有在山里凿岩石的，也有造军火、往子弹壳里填火药的。集中营的大门上还赫然悬着木牌，上书 Arbeit Macht Frei——工作使你自由！

鲁道尔夫指着照片上那个戴着骷髅肩章、手执钢鞭、一脸凶相的看守，半控诉半解释地告诉我们说，当年就是这种家伙把他双手倒绑在营地的一棵树上，先让他踩着一条板凳，然后把板凳踢开，他就两脚悬空了。

“幸亏一个来小时后，把我放了下来。三个小时可就送命啦。”

接着，他又指着自己的鼻子说，鼻梁骨也是被他们打断的，同时还打掉了两颗门牙。

此外，还有拿犯人当豚鼠做种种实验的照片，有的实验经过多少小时才能把人活活冻死，有的实验光灌盐水看犯人究竟能活多久。照片上，一个个犯人面目表情都极端痛苦，有的已奄奄一息了。

有的照片是成堆的死者的牙齿和头发——在纳粹参谋部账目上，那也是“战略物资”。堆得更高的，是死者的鞋——男的，女的，还有儿童的。

在纳粹统治下成百所这样的杀人工厂中间，建立于 1933 年 3 月的达豪是第一所，也是设备（例如拿犯人做各种实验）最齐全的一所。到 1945 年纳粹垮台为止，不下二十万人曾被押送到这里，活下来的，还不到三万。

我们还参观了毒气室和焚尸炉。当年，炉旁堆着装满骨灰的大麻袋，如今四壁已粉刷一新。

看完一场达豪集中营的记录片之后，我们又怀着沉重的心情，绕着集中营大院凭吊了一番。北端行刑场上，而今盖起基督教堂和犹太教堂各一座。悬在十字架上的耶稣，身上穿的就是过去达豪的那种白地蓝条纹囚衣。面部带着痛苦表情的雕像俯瞰着整个集中营。

回去的路上，我们都只望着车窗外铅色的天空发呆，谁也打不起精神来讲什么。

知道我们次晨要飞往西柏林，鲁道尔夫坚持还是由他开车来送我们去机场。他还带来一架照相机，在机场入口与我们合影留念。我们送给他一套从北京带来的民间剪纸作为临别纪念。他紧紧地握着我的手，两眼闪着泪花说：

“我希望有一天到中国去，中国没有达豪。”

我告诉他，不，我们也有过。1949 年前有过。但是我们决心再也不让禽兽得逞了。我们要同你们一道，把达豪这种人间地狱，永永远远从地球上消灭掉。

1948 年 10 月 18 日

（原载《中国》，1985 年第 1 期）

茶在英国

北方人常说，好吃不如饺子，舒服不如倒着。英国人在生活上最大的享受，莫如在起床前倚枕喝上一杯热茶。40 年代在英国去朋友家度周末，入寝前，主人有时会问一声：早晨要不要给你送杯茶去。

那时，我有位澳大利亚朋友——著名男高音纳尔逊·伊灵沃茨。退休后，他在斯坦因斯镇买了一幢临泰晤士河的别墅。他平生有两大嗜好：一是游泳，二是饮茶。游泳，河就在他窗下。为了清早一睁眼就喝上热茶，他在床头设有一套茶具，墙上安装了插销。每晚睡前他总在小茶壶里放好适量的茶叶，小电锅里放上水。一睁眼，只消插上电，顷刻间就沏上茶了。他非常得意这套设备。他总一边啜着，一边哼起什么咏叹调。

从二次大战的配给，最能看出茶在英国人生活中的重要性。英国一向依仗是庞大帝国，生活物资大都靠船队运进。1939 年 9 月宣战后，纳粹潜艇猖獗，英国商船要在海上冒很大风险，时常被鱼雷击沉。因此，只有绝对必需品才准运输（头六年，我就没有见过一只香蕉）。然而在如此艰难的情况下，居民每月的配给还包括茶叶一包。在法国，咖啡的位置相当于英国的茶。那里的战时配给品中，短不了咖啡。1944年巴黎解放后，我在钱能欣兄家中喝过那种“战时咖啡”，实在难以下咽。据说是用炒橡皮树子磨成的！

然而那时英国政府发给市民的并不是榆树叶，而是真正在锡兰（今斯里兰卡）生产的红茶，只是数量少得可怜，每个月每人只有二两。

我虽是蒙古族人，一辈子过的却是汉人生活。初抵英伦，我对于茶里放牛奶和糖，很不习惯。茶会上，女主人倒茶时，总要问一声：“几块方糖？”开头，我总说：“不要，谢谢。”但是很快我就发现，喝锡兰红茶，非加点糖奶不可。不然的话，端起来，那茶是绛紫色的，仿佛是鸡血。喝到嘴里则苦涩得像是吃未熟的柿子。所以锡兰茶亦有“黑茶”之称。

那些年想喝杯地道的红茶（大多是大红袍）就只有去广东人开的中国餐馆。至于龙井、香片，那就仅仅在梦境中或到哪位汉学家府上去串门，偶尔可以品尝到。那绿茶平时他们舍不得喝，待来了东方客人，才从橱柜的什么角落里掏出。边呷着茶边谈论李白和白居易。刹那间，那清香的茶水不知不觉把人带回到唐代的中国。

作为一种社交方式，我觉得茶会不但比宴会节约，也实惠并且文雅多了。首先是那气氛。友朋相聚，主要还是为叙叙旧，谈谈心，交换一下意见。宴会坐下来，满满一桌子名酒佳馔往往压倒一切。尤其吃鱼：为了怕小刺扎入喉间，只能埋头细嚼慢咽。这时，如果太讲礼节，只顾了同主人应对，一不当心，后果真非同小可！我曾多次在宴会上遇到很想与之深谈的人，而且彼此也大有可聊的，怎奈桌上杯盘交错，热气腾腾，即便是邻座，也不大谈得起来。倘若中间再隔了数人，就除了频频相互举杯，遥遥表示友好之情外，实在谈不上几句话。

我尤其怕赴闹酒的宴会：出来一位打通关的勇将，摆起擂台，那就把宴请变成了灌醉。

茶会则不然。赴茶会的没有埋头大吃点心或捧杯牛饮的。谈话成为活动的中心。主持茶会真可说是一种灵巧的艺术，要既能引出大家共同关心的题目，又不让桌面胶着在一个话题上。待一个问题谈得差不多时，主人会很巧妙地转换到另一个似是相关而又别一天地的话料儿上，自始至终能让场上保持着热烈融洽的气氛。茶会结束后，人人仿佛都更聪明了些，相互间似乎也变得更为透明。

在茶会上，既要能表现机智风趣，又忌讳说教卖弄。茶会最能使人学得风流倜傥，也是训练外交官的极好场地。

英国人请人赴茶会时发的帖子最为别致含蓄。通常只写：

某某先生暨夫人

将于某年某月某日下午某时

在家

既不注明“恭候”，更不提茶会。萧伯纳曾开过这类玩笑。当他收到这样一张请帖时，他回了个明信片，上书：

萧伯纳暨夫人

于某年某月某日下午某时

也在家

英国茶会上有个规定：面包点心可以自取，但茶壶却始终由女主人掌握（正如男主人对壁炉的火具有专用权）。讲究的，除了茶壶之外，还备有一罐开水。女主人给每位客人倒茶时，都先问一下“浓还是淡”。如答以后者，她就在倒茶时，兑上点开水。放糖之前，也先问一声：“您要几块？”初时，我感到太啰唆。殊不知这里包含着对客人的尊重之意。

我在英国还常赴一种很实惠的茶会，叫作“高茶”，实际上是把茶会同晚餐连在一起。茶会一般在四点至四点半之间开始，高茶则多在五点开始。最初，桌上摆的和茶会一样，到六点以后，就陆续端上一些冷肉或炸食。客人原座不动，谈话也不间断。我说高茶“很实惠”，不但指吃的样多量大，更是指这样连续四五个小时的相聚，大可以海阔天空地足聊一通。

茶会也是剑桥大学师生及同学之间交往的主要场合，甚至还可以说它是一种教学方式。每个学生都各有自己的导师。当年我那位导师是戴迪·瑞兰兹。他就经常约我去他寓所用茶。我们一边饮茶，一边就讨论起弗吉尼亚·伍尔夫或戴维·赫伯特·劳伦斯了。那些年，除了同学互请茶会外，我还不时地赴一些教授的茶会。其中有经济学大师凯因斯的高足罗宾逊夫人和当时正在研究中国科学史的李约瑟，以及20年代到中国讲过学的罗素。在这样的茶会，还常常遇到其他教授，他们记下我所在的学院后，也会来约请。人际关系就这么打开了。

然而当时糖和茶的配给，每人每月就那么一丁点儿，还能举行茶会吗？

这里就表现出英国国民性的两个方面。一是顽强，尽管四下里丢着“卐”字号炸弹，茶会照样举行不误。正如位于伦敦市中心的国家绘画馆也在大轰炸中照常举行午餐音乐会一样。这是在精神上顶住希特勒淫威的表现。另一方面是人际关系中讲求公道。每人的茶与糖配给既然少得那么可怜，赴茶会的客人大多从自己的配给中捏出一撮茶叶和一点糖，分别包起，走进客厅，一面寒暄，一面不露声色地把自己带来的小包包放在桌角。女主人会瞟上一眼，微笑着说："您太费心啦！"

关于中国对世界的贡献，经常被列举的是火药和造纸。然而在中西交通史上，茶叶理应占有它的位置。

茶叶似乎是 17 世纪初由葡萄牙人最早引到欧洲的。1600 年，英国茶商托马斯·加尔威写过《茶叶和种植、质量与品德》一书。英国的茶叶起初是东印度公司从厦门引进的。1677 年，共进口了五千磅。17 世纪 40 年代，英人在印度殖民地开始试种茶叶。那时可能就养成了在茶中加糖的习惯。1767 年，一个叫作阿瑟·扬的人，在《农夫书简》中抱怨说，英国花在茶与糖上的钱太多了，"足够为四百万人提供面包"。当时茶与酒的消耗量已并驾齐驱。1800 那年，英国人消耗了十五万吨糖，其中很大一部分是用在饮茶上的。

17 世纪中叶，英国上流社会已有了饮茶的习惯。以日记写作载入英国文学史的撒姆尔·佩皮斯在 1660 年 9 月 25 日的日记中做了饮茶的描述。当时上等茶叶每磅可售到十英镑—— 合成现在的英镑，不知要乘上几十几百倍了。所以只有王公贵族才喝得起。随着进口量的增加，茶变得普及了。1799 年，一位伊顿爵士写道："任何人只消走进米德尔塞克斯或萨里郡（按：均在伦敦西南）随便哪家贫民住的茅舍，都会发现他们不但从早到晚喝茶，而且晚餐桌上也大量豪饮。"（见特里维林：《英国社会史》）

茶叶还成了美国人抗英的独立战争的导火线。这就是历史上有名的"波士顿事件"。1773 年 12 月 16 日，美国市民愤于英国殖民当局的苛捐杂税，就装扮成印第安人，登上开进波士顿港的英轮，将船上一箱箱的茶叶投入海中，从而点燃起独立运动的火炬。

咱们中国人大概很在乎口福，所以说起合不合自己的兴趣时，就用“口味”来形容。英国人更习惯于用茶来表示。当一个英国人不喜欢什么的时候，他就说：“这不是我那杯茶。”

18 世纪以《训子家书》闻名的柴斯特顿勋爵（1694—1773）曾写道：“尽管茶来自东方，它毕竟是绅士气味的。而可可则是个痞子、懦夫、一头粗野的猛兽。”这里，自然表现出他对非洲的轻蔑，但也看得出茶在那时是代表中国文明的。以英国为精神故乡的美国小说家亨利·杰姆士（1843—1916）在名著《仕女画像》一书中写道：“人生最舒畅莫如饮下午茶的时刻。”

湖畔诗人柯勒律治（1875—1912）则慨叹道：“为了喝到茶而感谢上帝，没有茶的世界真难以想象——那可怎么活呀！我幸而生在有了茶之后的世界。”

1989 年 9 月 12 日

（原载 1990 年 1 月 3 日—4 日香港《大公报》，

收入《八十自省》，上海文艺出版社 1991 年版）

汉城[1]见闻

一座城市倘若有一条大江穿过，风景准差不了。汉城正是这样。住在半山的旅馆里，清晨边嚼着火腿鸡蛋，边眺望江景。汉江像一匹半散开的乳白绸子，兜了个弯，又向东北流去。江上时有汽艇向上游急驶。大桥以南，就是奥运会的设施：深灰色赛场等待着三周后的角逐喧嚣。奥运村一排排的楼房，挂着五色环的会旗。

整座城市都沉浸在迎接二十四届奥运会的喜悦中。在这整洁干净、秩序井然的城市里，每座建筑、每根电线杆子都贴了祝贺二十四届奥运会在汉城举行的标语，上空到处飘着彩色气球。奥运村周围草坪上竖立着来自各国的雕塑，其中有一只三米高的跷起的大拇指给我印象最深。

然而这片喜悦背后，也感觉出一种隐忧。尽管政府与各政党以及学运领导者之间似乎达到了“休战”的默契，然而矛盾在，危机感就

---

[1] 韩国首都，现称首尔。本文写于 1988 年，故保持原文。

消减不掉。

我从未受到过这么严密的保护。下了飞机，候机室大厅里旅客丛中，不断有身着黄绿色军装的巡逻兵来回穿梭。他们有的雄赳赳地提了冲锋枪，有的腰间别着手枪。开的是国际笔会，可进会场之前也得像机场那样要走过有电子设备的检查门，彬彬有礼的小姐还手持测验器，在你浑身前后左右晃个遍。旅馆过道，最初日夜常见有穿军装带枪的人在巡逻，后来索性对着电梯摆起一张桌子，随时都有三个武装人员在值班。

亚洲四只小老虎，我这是来到第三只了。南朝鲜的经济，正如其他三只小老虎，是在六七十年代起飞的。最突出的印象是南朝鲜人爱用国货。闹市街头不但看不到日立、索尼的广告，连外国牌子的车也很少见到。我们睁大了眼睛找了九天，才只看到一辆。电梯、浴室设备等等，到处都是南朝鲜自产的，感触很多啊！想当年，中国人何尝不曾提倡过国货，抵制过洋货？可如今，社会上普遍心理是越洋越可自豪。走过王府井，日本货的广告比比皆是。

说起用国货，我想到两点。（一）国货不过硬，光靠爱国心来推销，也不灵。九天来，南朝鲜的大宇、现代和起亚三家牌子的车子我们都坐过，还在郊区驰骋过，可没抛过锚，未出过一点点故障。南朝鲜自产的浴室设备同西方的一样好使。电梯开动起来平稳灵便，不比西方的逊色。（二）南朝鲜部长以身作则，以坐国产车为荣。光大声提倡不中用，上边得身体力行。

从饮食起居到文化，我感到南朝鲜人都珍视礼仪之邦的中国传去而中国本身却已丢弃的一些宝贵的东西。首先是礼貌。从机场、旅馆到大街上，人们无不文雅有礼。埃德加·斯诺的朋友玄雄先生邀我们去古朴雅致的“君子餐馆”吃了顿典型的南朝鲜饭。侍者殷勤麻利，照顾可谓无微不至。走进汉城的奉恩寺，看到熟稔的四大金刚和大雄宝殿以及殿旁那些汉文匾额，宛如身在灵隐。香客们见到我们就笑吟吟地打起扪心。翻看中央精神文化研究所的图书卡片，标明“古文”的净是汉籍。檀国大学校孔德龙院长一见面就告诉我们，他是孔子七十七代孙，一心盼望能去曲阜拜祖。《中央日报》一位记者告诉我们，他的先人是唐朝时由大陆去南朝鲜的。另一位告诉我们，他的祖籍是山东临朐县，先人在明朝来朝鲜，协助抵抗过清朝。

在五十二届国际笔会上我做了《中国文学界的改革与开放》的演讲。大会规定只用朝、英或法语讲，我用的是英语，带有朝、法语的同声翻译。汉城的报纸天天都有关于我们（以及苏联作家）的报道，然而准确性很差，如说柯灵跟毛泽东长征过，冯牧是赵紫阳下面大员，说我曾两度坐牢。

南朝鲜与胶东半岛仅一水之隔，如今贸易往来十分频繁。多次谈话中，南朝鲜人士都向我们表示，南朝鲜渴望同中国建立友谊，首先还不是为了贸易，而是希望通过中国，能推动南北关系的缓和，乃至实现某种形式的统一。

使我十分惊讶的是，南朝鲜汉学家对《在延安文艺座谈会上的讲话》的熟稔。据说那里文艺界以对《讲话》的态度为分野，主流派拥护，另外也有反对派。

这一次，台湾派了十八位代表，团长姚朋（彭歌）以及王蓝等其他团员，对我们均十分亲切友好。《京乡日报》组织了一次我与台湾林海音女士的对话，由汉学家许世旭主持。一开头，许说，希望我们以和解的精神对话。我说，用不着和解，我们根本没吵过架，对话只是为了沟通。林海音接着说，沟通也不必要，我们相互都了解。然后，她就滔滔不绝地对《芙蓉镇》《烟壶》等大陆文学作品表示了赞赏，我也称许了张爱玲、白先勇在作品中对中国传统小说的语言及手法的运用。当主持人问起我们对朝鲜南北分裂的现状有何看法时，我们一致说，这是你们之间的事，但同时又表示相信：朝鲜终有一天会统一起来，正如海峡两岸的中国不会长久分裂下去一样。

我们谈的最多的是北京城。林海音出生于台湾，很小就被带到北京。她在西城和南城住过。关于北京，她问得十分仔细。我说百闻不如一见，欢迎她回来看看。她说她个人很喜欢邓丽君带童音的歌，又问起为什么邓丽君的歌和琼瑶的小说在大陆那么风行。我说："台湾的歌曲和作品在大陆风行，首先是因为那是来自宝岛的啊。正如《城南旧事》中，你不是也抒发了对大陆的怀念吗？"

台湾代表团是先我们一天走的。在大厅里，我绕过大堆行李，赶上前去同他们告别。我说："欢迎你们来北京。"他们说："你访问台北的愿望迟早有一天会实现。"

1988 年 9 月 6 日，于香港

（原载《求是》，1988 年第 8 期）

矛盾交响曲

当我认真画这幅“英格兰”时，我反而不知怎么落笔好了。宇宙果真永是阴阳两面，战争又具有放大作用。我知道在游览上我遭受着不少可憾的损失。但十二个月来，我观看着善与恶、忧与喜的交流，少年的激奋，中年的镇定，一个民族的灵魂各面，如走马灯般晃着，如怒潮般澎湃着。你问我英国好吗？伟大吗？不好吗？我答不出。这没有军舰吨数来得省事。而且，这是怎样一个时代！一颗炸弹丢下来，12 世纪名教堂钟楼顶上的天马坠了地，一辆汽车可震上了屋顶。这是 9 月 25 日的事。一个叫约翰·雅各布的男子盼着入伍，可是投效无门。他有个糊里糊涂的母亲，糊涂到出生后把他登记为女性。妇人当时不过一时疏忽，但她不久即下了黄泉，如今这遗孤找不到谁做证人，来改回原来的记录。一个裁缝店老板被主顾控告，但他制成的那件值十三基尼[1]的衣服确实埋在炸毁的店里了。法院判

[1] 英国旧货币名。

主顾手工钱照付。过两天，那原告要求缓付，因为他的家也给炸成了废墟。

这是什么时代？这是英雄的时代。一座平民住宅眼看倒下来，十个壮汉用胳膊硬托住了三层楼，让救护队在瓦砾中扶老抱少。一个戏班子巡行了两千五百哩[1]，为军队做义务表演，回程汽车周围落着炸弹，演员们在车里洗着脸上的油彩。空袭既制止不了生育，产婆也戴起钢盔。第一批就是两万顶，一个绰号叫老爹的义勇救护员，上次大战中他是炮兵，可是全须全尾儿由法国凯旋。这回他反而丢了只眼睛，是右眼，为了救他的邻舍。英雄不止属于七十高龄的老翁，某城防空壕里，就有一个四岁的管理员。

但这个时代还有另外的一面。征兵法案在英国刚一提出，婚姻登记所门前就挤得人山人海。二百八十二个男子想要速成为“已婚人”，以免被军役抽出。这是全民总动员的时代。苏格兰某城市议会有人提议，既然瞎子耳朵特别灵，不能任他们在战争中游手好闲。正好利用他们那敏捷官能监听来袭的敌机。孩子也不得光玩，他们既爱在林间打手棒，东岸某城的战时农业委员会就组织了一个“铲除麻雀团”，农家按只付酬金。北英国的树丛里常满地滚着无人收捡的羊毛，孩子们每捡十五磅，即获一份饽饽钱，毛织业也就多一把原料。全国三分之二的理发匠不久就应征入伍，现有的理发匠正在把手艺传授给各自的媳妇，大批女理发师即将出现。妇女在这战争中，除了维持家小，还做着一切男人能做的事。地道车站的脚夫，军用车的司机，以至驾飞机，开高射炮。一个牙医的太太，婚前在伦敦剧坛上颇享有盛誉。市议会出示征求开垃圾车的司机，专收废铁、

[1] 英制旧长度单位。

碎骨或烂纸。她应征了。谁都忙。坐落英国中部森林区的一个大修道院，有修士六十名。地方偏僻得警报达不到，修士们日夜在塔顶轮流守望敌机的来临。什么都忙。连威尔士靠近海岸的一条小河也忙起来。数十年来，除了春天的柳絮，秋天的枯叶外，连个玩具都没航过的小河，警察忽然在河畔贴起一张告示："此河今后严禁航船，违者重罚。"

英国人是个好幽默的民族。在危机中，他们喜欢用幽默来表现镇静、沉着。《泰晤士报》上有读者提议说，上届大战，法境战壕上种的是红罂粟、白菊花，本届他主张马其诺应遍种玫瑰，以示杀敌不忘自然美。6 月 23 日，即法国投降那个晚上，无线电广播完这可怕的新闻，由作家 J. B. 普利斯特利作时评。他第一句说："昨天我看了个电影。"敦刻尔克撤退那晚，他追忆起他曾乘过的一条小白船。新闻部发言人哈立德·尼科尔森向全国广播征捐书籍，以备军队阅读时说："未来的冬天，军营中势必无聊，枯燥得可怕。"在群情沸腾中，身边还有着无限闲情。屋顶为炸弹揭开，屋主说："这下子谜底揭开了，原来冬天苍蝇藏在那儿。"一个停车的空场落了个炸弹，炸出了个大坑。次晨，有人把碎砖排齐，坑缘上栽了几棵绣球花，旁题"戈林花园"。闲情不难寻。昨天威尔士朋友来信描写巴茂港的初秋，我们曾共看日落潮涨的山头。新近《泰晤士报》上还登了某贵族征求猎伴的新闻。就在纳粹对伦敦狂轰猛炸之际，女钢琴家缪拉·海斯等一批英国音乐家在市中心的国家艺术馆举办起一种"午餐时间音乐会"，入场券只一个先令。大家一边嚼着夹肉面包，一边站在那里（没有座位）听三重或四重奏的室内乐。我也是经常参加的一个。其实，外面炸弹与高射炮的"交响乐"音量太大了，与其说是去听音乐，不如说是一种精神上的示威运动。

太子剧院前，一个耳聋的街头卖艺人为门前排队买票的观客们演奏。警报鸣了，人们四散了，聋子还低首用帽子讨钱。一抬头，人不见了。他丧气地说：“嘿，票卖得可真快呀！”自从陆军部宣布军官禁挂腰刀后，七十六高龄的瓦铁尔先生，英国仅存的制刀剑匠人，也将发生面包问题。在战争中，你永不知道什么将告缺乏。不久，价值三十五先令以上的结婚戒指将由市上消失了。战时的戒指是划一的，越小，新夫妇越算爱国。但今天又发现缺一样东西，生理试验室里用的蛙大告恐慌。曼彻斯特大学动物学系主任说：对医学生，蛙的用处至广，最宜于研究心脏、肌肉、神经的构造。每年英国医学校的解剖室至少需要十五万只。去冬奇寒，冻死若干只。如今大陆（法、比）来源又断，医学势必受一大打击。

这是什么时代？这是慷慨解囊的时代。伯明翰出了一个古怪善人，他沿着几条穷巷按户往信箱里投金镑票，一镑的，十先令的，分别用橡皮筋缠起。在吉姆街、阿思顿街共投了一百二十三镑，在白灵顿社会服务所投了一百一十六镑，圣马丁教堂五十七镑。直到今天，没有人能查出这位善人的真名实姓。莱斯特一个老樵夫，每周末把工资中省出的十先令交给红十字会，不等人追问姓氏，抹头就跑。一个伤感的老太婆，1918 年为了庆祝停战协定，买了一瓶香槟酒。二十多年来她不忍碰那瓶塞，因为瓶上印着：“此酒担保确为大战时在法国兰斯酒窖中所酿，地距德战壕仅一哩。”如今，这瓶宝贝酒她捐给第二次大战的红十字会拍卖了。在这个时代，不但人与人之间有着温暖，人对畜生的爱怜也倍于往常。一个农夫硬要领着一匹栗色牡马进防空壕，警察和纠察员不准，这农夫哀求着：“她曾经是一匹好马，我起誓她是。她见过大场面。”人们围上来。警察更坚决了。这农夫的大粒热泪落了下来：“你们多不讲理，她要是有个三长两短，我可怎么办呀！”还有一个六十五岁的老太婆，坚持要住在东伦敦炸毁的残屋。楼顶透了天，窗户揭了盖。但她是百多只无家可归的猫儿们的寄母。同她一样，这些猫也留恋着它们成天爬的台阶，攀的屋角，它们熟悉这条街的鼠洞。老太婆每晚特地生起火来，喂完了它们，就带它们烤火。一只只猫舐着周身瓦石的碎碴儿，望着火焰出神。遇有警报，她照例躲到楼梯下面，她还有大批客人们也跟了来——它们是五六十只无家可归的灰鸽。它们的家原在教堂，但教堂也一样化为废墟。

对于同类，对于小畜生，人尚且变得如此仁慈，至亲的骨肉，恩爱的男女，自更要加重一分。多少母亲在轰炸下，把身子覆在她们儿女身上，情愿代为受难。在人岛拘留中的德、意籍侨民，每月一次准许会见囚在女拘留所的妻子。一个礼拜前，在做苦工之余，一个个便都采起野花来，预备在那甜美的一刹那奉献给自己心爱的人。前天泰晤士河里飘着一具男尸。捞上时发现他那肿胀的背上刺着“我爱娜拉”字样，和一颗用锁链缠起的心。

但这个社会也有冷酷的一面。被炸出的房客正彷徨在冷清街头，房东还拉长了脸催付房租。爱丁堡一个印刷局老板，因为巨厦里收容了三对难童难母，竟起诉说有碍他独居的自由。而《法学杂志》警告塔桥一个仗义扶贫的地方法官说：“只要合同未满期，无论房子全毁或半毁，房客须照付全租。如系每周合同，自可于周末退租。法律与人情绝不能混为一谈。”

我不是说过吗，这是个矛盾的时代，你有什么话可说！比方，下面这案子你怎么判：去年开战前夕，三条德国船载了值一千万镑的英国货。货在伦敦保了险。三条船在海上被英海军包围，自动沉了两艘，第三条逃回德国，保险商究竟应否负赔偿责任？这案子到一年以后的今日还未判决。案子明显到双方都不须证人，单由法官耗费唇舌。这案子的辩驳书已积逾五十万言。在罗马，古时用来囚基督教徒（令与狮搏）的土牢，如今是法西斯意大利的防空洞了。希腊被侵前，英、美考古学者刚发掘出一批古希腊文化的遗迹。战争爆发，考古老头儿们又赶快把发掘出的玩意儿埋回土里去了。

1940 年 11 月 14 日

第四辑

我的年轮

誓　言

中年与老年之间并没有一道有形的划线，从青年到中年，大概也是这样。总像是背着手在穿过人生这座公园——它是“公”园而不是花园，是人人都要走过的。有时徘徊，有时奔跑，一下子就来到人生公园的中央：一座花坛。再一张眼，就来到后门：死亡。

我是在1979年就望到那后门的。当时我大大地唏嘘了一阵：觉得自己的青年过得蛮欢势，中年过得窝囊到家了，如今一下子就望到生命的尽头。幸好我没被这股悔恨心情压倒，只对自己提了个并不响亮的口号：跑好人生最后一圈。“最后”当然就意味着死。我清醒地认识到我离这座公园的后门不会太远了（我是1949年走到花坛跟前的）。然而我那个口号所着重的并不是“最后”二字，而是要“跑好”。我自觉一生从没有像1979年以后那么勤奋过——我向来不勤奋。我的努力一半是由于意识到没有几年了，但更主要的还是对白白失掉的那段岁月的惋惜。

对于老，我首先是一个“服”字。既然老啦，就别硬充年轻。所以尽管我从九岁就骑车,可骑到七十(没撞过人也没挨过撞)我撒把了。从那以后，再没迈过大梁。80 年代我出访过十一趟，可一满八十，我就封箱了。外边怎么邀我也不去，其间美国一个学会非要我当评委，我请金介甫代了。只是对不是国外的台湾，我拿不准。春间台湾太平洋文化基金会执意要我去。他们不但请了洁若，后来甚至还让我带一位青年助手，并且答应派人赴港接应，可我终于还是因怕酷暑而打了退堂鼓。中国时报出版社（正在印我的《未带地图的旅人》和《尤利西斯》）又说明年 1 月派人来北京接我们，且看那时我的勇气了。

为了服老，我分别吸取了好几位老友的教训。一是不再熬夜（但《尤利西斯》有时不饶），二是不爬高（可家里那梯子有时还不免偷偷用一下），三是不感冒（这是大夫的命令，因为我的肾不允许我使用任何特效药）。

我在青年时过得热热闹闹，中年冷冷清清，晚年我只求活得充实。胳臂和腿需要舒展，神经更不能老绷着。多么忙，每天我都得浇我那几十盆花，听小儿子为我安排的激光唱片，一有相声或好的电视节目我绝不漏掉，有时我还蹲下来看我那两只乌龟抢肉渣：一旦叼住就再不放口，看着比自己吃东坡肉还过瘾！

这当然只是为了调剂。玩物也不一定都丧志。我是在服老的基础上拼命抗老，除了肾和心脏，在听力和视力上我不比青年们差。眼前的事倒是常忘，可提起往事却历历在目，更重要的是眼看就八十五了，思维力也并没衰退。

年轻骑车时，我有个习惯：在马路上喜欢盯住一个对象，使劲追上他并且跟他保持同步或超过他。在工作上我也喜欢在心里树立个标兵，把他作为楷模。然而在生活水准上，我总记住要向下看。这是明摆着的：向上看没有边，轻则自寻烦恼，重则精神上沉沦。自从

1979 年我又用上了抽水马桶之后，我就老提醒自己还有更多的人在蹲公厕。

真正使我头脑保持清醒的是八宝山——也就是死亡。那是每个人必然的归宿，而且到时什么也带不了走。无论在名还是利上，贪都是愚蠢的。过去历次的阶级斗争真给我们留下不少反面教员。某某当年多么威风啊！可如今，不但身子早已腐烂，名字也臭不可闻。

我心里并不是没有怕的。我老怕坐轮椅，更怕当植物人。我常幻想在我将要走到那一地步时，手边能有一瓶足以使我平平静静、舒舒服服地结束自己生命的“安乐丸”和一杯白开水，谁也不惊动，谁也不拖累地悄悄离去。

但是在那日子到来之前，我绝不停笔，因为那笔是在由我手里夺去二十余年之后才又回到我手里的。有它，就是幸福，因为它能使我与我同时代的人们心心相印。

1994 年 6 月 4 日

（原载 1994 年 7 月 7 日《解放日报》）

八十自省

一晃儿竟然成为一个八旬老人了，连自己都觉得难以相信。现在再下农场或干校去干活，估计肩不再能挑，锄头也抡不动了。可是精神上，我并没有老迈感。上楼梯我不喜欢别人搀扶，早晨闹钟一响，我还是腾地就爬了起来。听力、视力都未大衰退，脑子似乎和以前一样清楚：对身边和身外的一切随时随地都有反应；忽而缅怀如烟的往事，忽而冥想着未来。我有位老堂姐，她六十多岁就糊涂了，耳不再聪，眼不再明。我老是怕自己也会变得痴呆。谢天谢地，我还这么清醒着，但愿能清醒到最后一刻。

读外国文学时，我常留意他们对生命所做的比喻。有的比作浮在水上的一簇泡沫，有的比作从含苞到败谢的花。我大概还是受了"夫天地者万物之逆旅"的影响，总把生命看作一次旅行。有的旅客走的是平坦大道，有的则大路坎坷不平。回首这八十年我所走过的路：童年和中年吃尽了苦头，然而青年和晚年，却还顺当。晚景更为重要，因为这时期胳膊腿都不灵了，受苦的本事差了。我庆幸自己能有一个安定舒适的晚年。现在回顾这段旅程，认识到我算不上是胜利者，然而我很幸运。

人入老境，由于生理上的衰微，节奏自然就放慢了。三十岁以前，我喜欢蹦着走路。六十岁以前，我上楼梯时还经常一步上两个阶磴。如今，我不但一磴磴地上，而且还手不离扶手。尤其遇上摸黑—— 我住的这幢楼，过道总是漆黑一团—— 我就更加抓紧那扶手，生怕一失足成千古恨。

这也代表一种心态：一生跟头栽够了，就怕再栽。因为知道这把年纪经不起了，万一栽了，休想再爬起来。

70 年代末，老友巴金曾写信要我学得深沉些。另一老友则送了我八个大字：居安思危，乐不忘忧。我觉得这十年是变得深沉了些，也踏实了些。历尽沧桑后，懂得了人的际遇随时可以起骤变。在阶级社会里，座上宾和阶下囚随时可以颠倒过来。因而一方面对事物不轻率发表意见（有时甚至在家务琐事上，洁若都嫌我吞吞吐吐，模棱两可），但另一方面，自己也不会为一时享受的殊荣而得意忘形。

1978 年我曾发誓要跑好人生这最后一圈。如今，这一圈已跑了大半，离终点不会太远了。前年，重庆出版社要我就这十年的写作，编个选集。经过淘汰，竟然还剩下三十六万字。倘若加上回忆录《未带地图的旅人》（文联出版公司）那三十五万字，竟然又写了七八十万字。自己翻了一下：尽管一直铭记那些告诫，我对生活还是发了言，有的未必合口径。然而我居然能安然无恙至今，证明 80 年代的中国毕竟与五六十年代的还是有所不同。我庆幸自己在掌握分寸之余，还是坚持了言必由衷的原则，没写让自己事后脸红的什么。

这十年，生活水平是大大提高了。也许离死亡更近了，对有些——尤其物质方面，我看得淡了。春间龙应台女士来访，见到我的洗澡间，事后告诉朋友，说她在北京期间最难过的那一件事是我不得不住在这样的条件下度晚年。她走前又来告别，我便向她解释说，我目前的生活水平在知识分子中间是中等偏上的。领导曾再三表示要进一步为我提高，但我不想让自己的生活水平脱离国情。有些人尽量住得宽是为了留给子女和孙辈。至于我的子女，在他们幼小时，我尽到了心，长大了，他们应自己闯去。我是一个人闯出来的。

人之一生，要过许多关，其中之一是子女关。我看到不少人自己廉洁正派，可轮到为子女奔职业，奔这奔那时，就什么也不顾了。

尽管 1957 年后我们的处境很恶劣，我和洁若还是不遗余力地培育了孩子。尤其那困难的三年（1959—1961），对高级知识分子补贴的营养品我们都轮不上，洁若就把每月配给来的有限一点糖和油都尽量留给孩子吃，我也当然配合。“文革”期间我仍督促他们画中外历史纪年表和世界地图，启发他们对大小环境的认识。工资降了好几级，仅够糊口了，我们还省吃俭用，为他们买钢琴，买画箱、颜料和画板，带他们去音乐会听贝多芬，去公园写生。

当然，我们也感激他们。当我的右派身份在孩子面前暴露无遗，他们眼看着我挂了黑牌跪在自家院中挨斗时，他们非但没像旁人家的一些子女那样为了表示自己立场坚定，揭发、唾骂甚至殴打、背弃我们，而且个个都分担了我们的屈辱，骨肉之情始终也没割断过。如今，我高兴他们都是要强的孩子，各自走上人生的征途，没有依赖思想。

我一生在爱情方面，经历也是曲折的。十八岁在汕头教书时爱上一位大眼睛的潮州姑娘。当时她和我一样赤贫。我们并肩坐在山坡上，望着进出海港的远洋轮，做过一道去南洋漂泊的梦。这姻缘终于被曾经资助过她上学的一位大老财破坏了。二十九岁上，我又在九龙遇上一位女钢琴家，一见钟情。当时，我已同“小树叶”在一起了。斩不断，理还乱，我只好只身赴欧洲了事。1944 年巴黎解放后，我才晓得“小树叶”和女钢琴家均已各自同旁人结婚，并有了娃娃。我跌入感情的真空。1946 年又在江湾筑起一个小而舒适的家。然而这个家很快就被一个歹人拆散了。那是我中年所遭受的一次最沉重的打击。

在这方面，我总归是幸运的，因为我最后找到了洁若——我的索尔维格[1]。结缡三年，我就背上了右派黑锅。倘若她那时舍我而去，也是人情之常，无可厚非。但是她“反了常”，使得我在凌辱之下有了继续活下去的勇气。我在《终身大事》那十篇小文中，曾总结过自己的恋爱观。我觉得在政治斗争中，更可炼出真情。共福共荣容易，共患难共屈辱方可见到人与人之间感情的可贵。

把人生看作一次采访这一观点，在某种程度上能帮助人随遇而安。我认为这是生存本领的基本功。

有人以为 1957 年我被迫放下笔杆，发配到农场，赤着足在田里插秧拔草的期间，一定苦不堪言。其实，我大部分时间还是笑嘻嘻地活过来的。要了解人生，不能老待在上层，处处占着上风。作为采访人生的记者，酸甜苦辣都应尝尝。住在“门洞”的那六年，每晨我都得去排胡同里的公厕，风雨无阻。那些年月，我并未怀念抽水马桶的清洁便当。那公厕是一溜儿五个茅坑。我的左右不是蹬三轮的，看自行车的，就是瓦匠木工，还有北京飞机场的一位机械工。蹲在那儿听他们聊起来可热闹啦，有家长里短，有工作上的苦恼，有时也对“文革”发发议论。周作人译过日本江户时代作家式亭三马的代表作《浮世澡堂》《浮世理发馆》，作者通过出入于江户（东京旧称）一家澡堂和一座理发馆的男男女女的对话，反映了世态；我呢，那几年是把

[1] 易卜生的诗剧《培尔·金特》中的一个人物，她对培尔·金特忠贞不渝。

上公厕当作了一种社会考察的场地。

年轻时，有些朋友认为只有从军才能救国，于是投了黄埔。我老早就知道自己不是个军人材料。在辅仁大学读书时，每逢参加军训，我站队总也站不齐，开步走时，常分不清左右。1932 年，一位西班牙朋友从《辅仁杂志》上看到我英译的《王昭君》，就和我通上信，后来他提议同我搞点商业。他寄给我一批刮脸刀，要我给他寄去几副宫灯。他那里赚了钱，可我的刀片却统统送掉了。我知道自己也不是经商的材料。1934 年傅作义将军听说我是蒙古族，又有体验草原生活的愿望，就邀我去内蒙古当个小官，而且当官之前还得先加入国民党。这下可把我吓坏了，就赶紧进了无党派的《大公报》。同样，1947 年南京的中央政府通过《大公报》胡霖社长邀我去伦敦，接替叶公超任文化专员，我也是死命不干。幸好，胡老板那时也不肯放。

在色彩当中，我更喜欢素淡，讨厌大红大绿。在政治运动中，我倾向于站得远一些。然而革命家要的就是旗帜鲜明。我能理解革命小将那时的激情，1925 年北平学生抗议英国巡捕在上海南京路上枪杀中国工人和学生时，我何尝不也那么激烈过。可是经过这几十年对人世的体验，我对人对事宁愿冷静地分析，而不喜贸然下结论。像这样强调冷静客观，注定了我不是个革命家的材料。

就是在文学上，我对自己的才具也还有点自知之明。30 年代一直想写写长篇。1938 年《梦之谷》脱稿之后，我就发誓不再写长篇了。我自知在一块小天地里还能用心经营，却驾驭不了大场面。但我总尽力把自己的职业文字写好。我高兴 1935 年踏访鲁西水灾时写的《流民图》至今犹有人看，有的还被选入教科书。十五年间（1935—1950）在《大公报》上发表的大量通讯特写，尽管不少是在鸡毛小店的油灯下或大军行进中赶出来的，但我都灌注了自己的心血。

我平素喜读讽刺小说。1946 年至 1948 年在上海时，试写过一些。1949 年以后，我翻译了讽刺小说《好兵帅克》《大伟人江奈生·魏尔德传》以及加拿大里柯克的一些小品。但每当我手痒想自己写写时，我总立刻把它管住。然而至今我仍认为一个没有讽刺文学的社会，犹如一位闺秀手里没有一面镜子。那样，尽管她的脂粉可以抹得老厚，却看不到鼻间耳际的污垢。

写讽刺文学经常要冒为新社会抹黑的危险，正如寓言难免有影射的嫌疑。我原希望自己的一个孩子学地质勘探，但他还是选上了文学。我说，非要搞文学不可，就搞古典文学。

我很尊崇诗歌，认为那是文学的精髓。然而我很早就发现自己缺乏诗才。我喜欢读诗，但平生没写过一行。我认为诗应比小说散文更高深洗练，更有余味，绝不是分了行就成为诗。从一开始写作我就告诫自己：要使自己的抒情文字多些诗味，可千万不要用分行来冒充诗。

我曾对西方的现代派文学下过点傻功夫，但有些尖端，依我看是死胡同。我是 30 年代在文学研究会的影响下开始写作的。在文学上，我是个保守派，但我希望永不做顽固派。我不赞成设禁区，主张允许一切新的探索。

我最引以自豪的，就是自从走上创作道路，我就彻底否定了自己有什么天才，懂得一切都只能靠呕心沥血，凭着孜孜不倦的努力。

我经历过十分恶劣的社会环境，但 1935 年走入社会后，尚懂得洁身自好。单身汉时，宿舍里颇有些吃喝嫖赌的风气。当时我们四个大学毕业生却抱作一团，业余只踢踢足球，沿着马场道散散步。麻将我不会打——1939 年在赴英的轮船上，一位热心的法国乘客怎么教也没把我教会。

当然，我也有不少癖好。自 1942 年起，我就迷上了西洋古典音乐。“文革”中，最伤心的是我从国外辛辛苦苦搜集来的数百张唱片被一股脑儿抄走。现在，我的枕畔、书桌前、饭桌旁，均放着收录机。我也有几盘欧洲歌剧的录像带。闲时还敲敲洁若三年前从东京给我带回来的电子琴。

说起这些癖好，我不能不感谢 1978 年以来这里所发生的巨变。“文革”十年中，听外国音乐就是洋奴，养花草就是修正主义，打太极拳更是活命哲学。当然，1978 年的巨变还远远不仅在准许养花听音乐上。对我来说，尽管失去的年华找不回来了，我却恢复了人的尊严，重新获得了艺术生命。同时，三十年来被当作毒草踩在脚下的全部作品，都重见天日。对一个搞了一辈子文字工作的人来说，这确实是一次翻身解放。在这方面，我可以说是塞翁失马。倘若我没从 1949 年就被打入冷宫，而也成了红人，想必也会奉命写下不少使自己今天看了都脸红的货色。在这方面，我是幸运的。

常有人用假定的语气问我：平生有什么可悔恨的。我这人太讲实际，一向认为悔恨是一种徒然的——甚至是没出息的情绪。人生就是在白纸上写黑字。若用铅笔写，还可以擦掉，然而不可能老用铅笔写，而且那样的人生也太乏味了。总有些场合非用毛笔写不可。一经写下，就再也擦不掉，拙劣地糊上一层纸，痕迹也依然留在那里。有些人喜欢往上糊纸，左一层右一层地糊。我不。因此，我对于一生在十字路口上所做的选择，从不反悔。

青少年时，我也有过“大同世界”的理想，仿佛一旦把地球上一切反动阶级、反动势力都打倒之后，一个人人丰衣足食、个个自由平等的乌托邦就将出现在地平线上。从此，地球就变成了乐园。那时也曾以为地球尽头有像佛教的极乐世界那样一座乐园。那里再也没有剥削与压迫，煎熬与流血；人人都无忧无虑，自由平等。

人到老年，幻梦少了，理想主义的色彩淡了。然而我仍坚决相信这个世界总的趋向是会前进，不会倒退。它前进的路程是曲折的，有时或局部上还会倒退。但整个人类历史向我们表明，社会总是从不合理走向合理，从少数独裁走向多数的民主。凡迫使世界倒退的，终必一败涂地。

我就是靠这一信念活下来的。

1990年元旦

（原载1990年《随笔》第3期，

收入《八十自省》，上海文艺出版社1991年版）

透过活物看人生

每当有人读了 40 年代我在伦敦写的系列通讯，问起我怎么会在报道纳粹闪电战时，却还不忘记写写大轰炸下的猫狗？[1]我总解释说，新闻通讯的内容也得多样化，硬的软的都得照顾到。我当时报道的不仅是战争，还包括战时的英国社会，只能多方面着手，而且从侧面着笔，以小的事物反映大的方面，有时会更真实生动。

其实，我谈得很表面。当年我那么关心大轰炸下的猫狗，还是由于我一向——可以说自幼就喜爱活物的缘故。小时，没有人给我买玩具，更不会有人带我去逛公园。我就在东直门和朝阳门之间的那片郊野里寻到了自己的乐园。那里，高粱地、苇塘和窑坑中，有的是活物供我捕捉。

我曾说过，除了苍蝇和屎壳郎，当时凡是活物我都玩。事实上，苍蝇我也没饶。只要捉到苍蝇，我就搓些捻子，恶作剧地插入它们的

[1] 指《活宝们在受难》一文。

腹部，然后撒开，任其满屋飞。它们是我的“飞艇”。我的拿手好戏是捅马蜂窝。一听说马蜂在门前榆树或槐树上搭了窝，我就弄根竹竿（有时太高了够不着，就在一根长的上头再接根细而短的），踩着石头，踮起脚尖，硬是把马蜂费了好大劲才搭成的窝，捅了下来。这下可把在树荫儿里纳鞋底或缝外活的街坊大娘们害苦啦。本来拿个马扎在树底下一坐，既能做活计又好乘凉。除了三九天，那是左近街坊们聚在一起聊天的大好场所。如今，被捅了窝的马蜂没有了着落，流离失所，就几天几夜成群围着那一带嗡嗡地飞。不消说，谁撞上，就会给狠狠地蜇上一通。这样，一连多少日子都没人再敢在那树下待。胆小的，甚至都不敢走过那一带。难怪他们要跺着脚骂：“缺德带冒烟儿！”

最残忍莫如抓田鸡。那时，当然还不懂得为了庄稼应当保护益虫，只知道田鸡既好抓，后腿肉又细嫩可口。那些年我顿顿不是啃窝头就是啜玉米面糊糊。每餐添一碗大田鸡，就算打了牙祭。何况那正像猎人吃自己从深山野林打来的兽肉一样，嘴里嚼着分外香。我总是挎个口袋到城外阴湿处如苇塘里去抓。蛤蟆的不幸是太喜欢自我表现。老远老远就听到它们呱呱地叫。遇到一只两只单叫，倒还好辨识方向。但是蛙类最喜合唱，而且总是在苇塘里此起彼伏地轮唱，这样反而不好下手。

回想起来真是罪孽深重啊！回来之后，把捉来的青蛙从口袋里倒出，接着就用劈柴的钝刀一只只地剁掉后腿，往旁边一扔。十几只甚至几十只后腿被剁下的田鸡，身子哆哆嗦嗦，还在痉挛着。也许由于气恼，肚子也一鼓一瘪的。一会儿就丢成一堆。1945 年第一次去达豪集中营看纳粹对犹太人所施的各种惨不忍睹的酷刑时，我联想到了自己童年时对青蛙的伤天害理。

我最熟悉的昆虫是蛐蛐儿和蝈蝈儿，另外，还有金钟和油葫芦。十来岁上，我每年夏天必养一些。那时我有几个泥制的蛐蛐罐，也自编过几只蝈蝈篓。1950 年我代表《人民中国》杂志去北京饭店访问苏联作家爱伦堡时，看到他屋里摆着个特大号的蝈蝈笼子，里边足足放了三十来只蝈蝈儿，真是羡慕极了。它们的合唱不时地打断我们的谈话。我曾同已故诗人闻捷在八大处作协招待所一道写作，发现那位同行不但诗写得好，而且有一套高超的捉蝈蝈儿的本领。他能很快地从叫声中辨认出蝈蝈儿所在的方向，不管是藏在树枝上还是草叶底下，他都蹑手蹑脚地踅过去，一捏就是一只。我长他几岁，捉蝈蝈儿的本事已大大退化了。

早先，每提到什么人死了，我们就总说："他听蛐蛐儿去啦。"蝈蝈儿栖在草丛里或枝叶上，蛐蛐儿则躲到阴暗处：要么藏在碎砖乱瓦堆里，要么钻进地下。像蝈蝈儿一样，它们也挺敏感。老远听它们叫得很欢实，可是刚一走近，就鸦雀无声了。蝈蝈儿、油葫芦都没什么讲究，蛐蛐儿可够一门学问。首先是个头越大越珍贵。蛐蛐儿的身价取决于它是否骁勇善斗。它的吟声比不上油葫芦，更逊色于金钟，而且还有一种完全不会叫的哑蛐蛐儿，俗称"老米嘴"。大凡喂蛐蛐儿，都是为了斗，而斗往往又是一种赌博。

我倒并没用蛐蛐儿赌过什么，何况我喂的蛐蛐儿，从来就没剽悍过，不是临阵脱逃，就是被掐个丢盔卸甲，败下阵来。自然，难得地占一回上风，我也不禁感到扬眉吐气。

蜻蜓和蝴蝶曾最早培养了我一点审美意识。它们个个像时装表演会上的仕女那样，有着纤细的腰肢，浑身的色泽和图案千变万化。我虽到过云南大理，可惜没涉足那里的蝴蝶谷。我常冥想：那该是个多么五彩缤纷、美不胜收的梦幻世界啊。

然而，就对这样使人赏心悦目的昆虫，我也造过孽。那时还没有大头针，每当抓到一只好看的蜻蜓或蝴蝶，玩够了，我就找根锈针，把它钉在报纸糊的墙上，或压在书里——就像现在每年总压点花叶一样。动机并不坏：无非是想把它们的美永恒地保存下来，让它们不朽。可就不曾考虑那针扎进它们胸膛时的疼痛，以及从此再也不能自由翱翔的厄运。

很晚很晚，我才懂得一个道理：对于活物，不可任意去摆弄。最仁慈莫如让它们自由地生活着。鼓励它们去斗自己的同类，剥下它们的皮去装饰墙壁，其残酷并不亚于把它们的后腿剁下来饱餐一顿。也许正因为如此，1983 年我游美国圣地亚哥的野生动物园时，心情就较为舒畅，虽然我知道它们也并没有摆脱人类的控制。

我平生从猫狗得到的温暖和快乐是说不完的。我在一篇小文中说过：

……我喜欢猫，这同我早年的孤寂生活是相关联的。我出生之前就没了爹，十岁又没了妈。我既无兄弟，又无姊妹；小时孤身一人，寄养在一位暴戾的堂兄家里。堂兄净失业，因而家里常断炊。我有时空了肚皮还挨他的毒打。越穷，他越拿我撒气。

尽管家徒四壁，当时却还养着猫狗。猫叫“花儿”，因为它的毛是狸花的；狗叫“黑儿”。它们两个都是靠到左邻右舍去偷吃的来过活。偷完了，还回到那个穷家。黑儿的窝在院墙的一角——其实，也只是个破柳条筐。它时常因偷吃被人家打得皮开肉绽，然后夹着尾巴，耷拉着脑袋，痛苦地号叫着回到家来，倒在那破筐里。

花儿比它乖觉，是偷吃的能手，总是在夜晚才出去作案。好在堂兄家的门是用破木板钉的，上面窟窿有的是。花儿一向是三更半夜才溜回来，嘴巴腥腥的就往我被窝里钻。我总把它搂在怀里。它的毛柔软，身子暖和，对于孑然一身的我，是莫大的慰藉。

我在花儿和黑儿身上还感到一种可贵的品德，一种难得的友谊：在你倒霉的时候，它们不背弃你。[1]

接着我又回忆起关于猫的一段往事：

1936年夏天，记得那是法国国庆日，霞飞路上挂满了彩色小电灯，旗帜鲜花，一派节日狂欢的气氛。黄昏，我在马路上溜。忽然听到一阵尖叫声。我立刻想到花儿。我顺着那声音到处寻找，终于在一辆停着的汽车底下，发现了一只后腿被压伤了的猫儿。

我趴在地上，好容易才把它拽出来。是一只瘦得只剩一把骨头的猫，看来已经奄奄一息了。我把它抱回亭子间，替它洗净伤口，包扎了，又喂它几口吃的。不一会儿，它就在我床角上呼噜呼噜地睡了。

我正为着有了一个伴侣而高兴的时候，房东太太（一个十分凶悍的白俄女人）敲门了。她叉着腰向我咆哮着，勒令我马上把猫扔出去，不然就搬家。

第二天，我就搬了家。

[1] 《猫案真相》，见《负笈剑桥》第159页，香港三联书店1986年版。

40年代，猫狗同我的友谊更为深厚了。那时我不再是个寄人篱下的孤儿，而是个走南闯北、远渡重洋的记者。1940年伦敦大轰炸时，我正住在西北郊哈姆斯特德一座五层楼公寓的地下室里。那是一间足有四十平方米的大屋子，既湿且冷，只在角落里有个煤气炉。每塞进一枚六便士镍币，炉子就由白而变成粉红色，渐渐辐射出一丝暖意。只有坐得十分贴近，才能感到点热劲儿。

白天去东方学院教课，夜晚我就回到自己那冰窖。打开门，唯一迎纳我的总是我的瑞雅——希腊人送我的一只小猫。一天没见，它在我腕子上蹭啊蹭啊，一面轻声咪咪叫着，表示它对我的无限柔情。

我在《以悲剧结束的一段中英文学友谊》[1]一文中，曾提到过英国小说家福斯特到那地下室来专程拜访以及他对瑞雅的钟爱。在李辉所译的福斯特致我的四十封信中，我们二人关于猫的描述及致候，占了不小的比重。

在英国那七年间，经常有朋友邀我到他们府上去度周末。每一家都饲养着猫狗，它们往往也是半个主人。乍见面，它们对我莫测高深。但猫狗都有第六感觉，很快它们就能判定能否接受我做朋友。它们同我，一般总是有缘分的。

然而友情深处，仿佛隐藏着一丝占有欲。猫虽可以成为朋友，可是它独立性强，说走就走，不会总贴在你身边。高兴时，它会用爪子轻挠你一下，或在你跟前撒娇打滚，然而它不会像狗那样同你形影不离。你可以带着狗去散步，甚至远足；猫则只能在沙发上亲昵一阵子，它绝不会像狗那样紧紧尾随于后。同是宠物，它们各有各的脾气，当主人的也不可一律强求。

---

[1] 《世界文学》第284—292页，1988年第3期。——作者注

1942 年我在英国闹过一场神经衰弱症，脑袋上总像是套着个铁箍，昼夜疼痛不止，神志恍惚，记忆力也衰退了。经医嘱，我到北威尔士一个临海的小山谷里去休养。最初住在朋友苏珊家里，后来搬进一位牧羊人的茅舍。主人满口威尔士话，不谙英语。我最亲密的伴侣就是一条黑白花的牧羊犬，叫笛琪。它身子细长，有着一对机警而温驯的眼睛。我们很快就交上朋友。每天下午，它伴随我在长满绛紫色石楠的山坡上徜徉。它总是打头阵，宛若在替我探路。我就拄着根拐杖，跟在后面缓步攀登。每当我驻足朝着海峡彼岸的爱尔兰方面眺望时，它就也停了下来，用嘴巴在花丛里寻找什么。晚间，当我同主人一家子坐在烧着木柴的炉子周围谈天时，笛琪就卧在我脚旁似在昏睡，却又不时地支棱起耳朵。

我那怪病终于养好了。很难说在多大程度上要归功于那善体人意的牧羊犬。

1946 年至 1948 年我在复旦教书，住在徐汇村的一幢日本式小平房里。我原以为自己流浪半生后，终于建立起了一个安乐窝。最初，也的确是那样，老友辛笛还为我送来一只起名叫阿福的杂种狗。每逢我骑车去校本部讲课，阿福必跟在后面。临过马路时，我总得下车硬把它赶回去。那时美军的吉普横冲直撞。开学那天，一名一年级新生就被轧死在校门前。但阿福总是嗷嗷叫个不停，不甘心回去。

然而一年多后，那个家被人毁了。搬出校园之前，我只好替阿福另找了个家。阿福大概没料到，1957 年当我接受批判时，它也有幸曾不止一次地作为资产阶级生活方式的罪证被人提起。

在 1933 年秋天我写的第一篇小说《蚕》中，活物据了中心位置。

我确曾养过蚕，并且也曾让几条蚕在我和当时的女友高君纯的合照上吐过丝。那时一开春，我就向人讨蚕种—— 那恰似黏在一张白纸上的黑芝麻。经太阳一晒，那黑芝麻就会逐渐变成幼虫，奇妙地蠕动起来。单是这一奇迹就深深引起我对生命奥秘的兴趣。

孵出幼蚕之后，马上饲养问题就来了。随着蚕身变大，食量增加，这个问题就愈益严重。我一下学就得扛上根竹竿去打桑叶—— 往往只好去偷！因为桑树大多长在人家院墙里头。站在墙外去钩那搭在墙头上的桑叶，怎么不算偷！偷就难免会挨顿臭骂，有时还会追出来打。我呢，只好扛着竹竿撒腿就跑。万一被人揪住，还得连声告饶：“求求您啦，我的蚕都快饿瘪啦！”

我喜欢蹲下来仔细观察蚕的动作。脑际忽然闪过一个念头：倘若有个上帝的话，他同人类的关系，大概就像我同蚕的一样—— 眼睁睁地看着它们挨饿，可就是束手无策。从蚕的大与小、肥与瘦、生气勃勃与死样活气之分，我联想到人间的贫富不均以及弱肉强食。星期天做礼拜，洋牧师在台上宣讲上帝的博爱。可是礼拜完毕，排队穿过洋牧师们住的大院回校时，闻到他们厨房里飘出的奶制品和烤肉的香味，我就暗自问起：为什么等着我的却是窝头咸菜？倘若真有个万能的神，他为什么容许这种不平等？

至于《蚕》，起初我只是想写个恋爱故事。高君纯是福州人，但当时她还没到过自己的家乡。在小说里，我把她搬到我熟悉的闽江之畔。1932 年至 1933 年，我在福州英华中学教过书，校址就在闽江南岸的苍前山。我喜欢当时大桥上的花市，尤其钟爱土名“十八学士”的玉簪花。

故事既然以养蚕为中心，很自然地就勾起我对神的质疑来了。当时我所关心的并不是有神与否的问题。我只是认为，即便有神，它对人间的不平，也无能为力。它并不能支配祸福，左右吉凶。因而一切只能靠自己。这样，也就形成了我一生的座右铭：事在人为。我不相信天才，也不认为人的命运是预先注定的。我有自己的因果论，就是种什么收什么。人一辈子像是在同社会及自然的环境对局。每走错一步棋，就得承受其后果。这使我学会了得意时不忘乎所以，倒霉时不怨天尤人。

大约在十三四岁上，我同几十只瑞士奶羊打过一阵交道。《蚕》脱稿后，紧接着我又写起羊来了——这就是《小蒋》。

这里，我写了当年背着十六瓶羊奶一路送到哈德门[1]的经历，也虚构送奶伙计同掌柜的一场冲突。小说的核心却是小蒋同一只叫"鹿儿"的奶羊之间的友谊。重读此文，当"骑士和村女在晚风中残墙上的幽会"一段映入眼帘时，我脸红了：觉得要么那个写法过了火，要么我自己在感情上有些反常。我现在已记不起在羊圈里干活时，可曾对哪只羊偏爱过了。然而那是可能的。总之，这篇小说反映出早年我是个多愁善感的孤儿，一面把自己的感情寄托在动物身上，一面又从动物那里寻求温暖。

在小学及初中工读时，我还织过几年地毯：从杂毛、牛毛一直织到羊毛毯。就在刚刚织上土耳其凸花毯时，换了工种。但是我从来不喜欢回忆那段生活。唯一写到织地毯往事的，是《落日》。多年来，我却常缅怀看羊的那段日子。所以我把自己的出生地羊管胡同故意改为羊"倌"胡同。

唯一写到狗的，是《花子与老黄》。这里，我用的是第一人称：一位阔少爷，小时，我的朋友大多是穷哥们儿，可也有过几位阔同学。一位住在清河，父亲是那里织呢厂的总工程师；另一位在城里。我曾在他们家度过一两个寒暑假，从而体验了一下富家子弟的生活。他们

[1] 即崇文门。

家有厨师、奶妈、老妈子、拉车的和听差。那些“下人”口口声声称他作“少爷”。我写《花子与老黄》的主导意图是写那些“下人”生活的悲苦和毫无保障。刚好听人讲起疯犬症有多么可怕，于是，我就编了这个故事来鸣不平。情节虽是虚构的，但这样的不公以及比这更为不公的事，是完全可能发生的。

这篇小说一开头，我就描述了花子（“我的护兵”）的情态。写它的顽皮，对主人的媚态，以及对生人的凶劲儿。羊对人是一视同仁的，狗则爱憎分明。

我养过狗，也同旁人的狗打过许多交道——尤其是送羊奶时，每天都得同它们搏斗一番。每当我放下新奶，取走空瓶时，那些责任心过强的家犬总以为我偷了什么走，就死追着我狂吠。自然，我也曾有过自己的黑儿，对人犬之间的友谊，我并不陌生。

其实，我从未见过疯狗，只听说过。在写花子疯了时，我就没正面去描绘。我只写七少爷连疯狗都护着的执拗劲儿以及老黄的愚忠。故事结尾，我怀着愤愤不平的心情写了女主人的无情无义以及老黄的悲惨下场。

在小说《俘虏》中，我第一次写到了猫。

我为自己写东西定了个原则：“取法乎上，仅得乎中。”在写作时，朦胧间心里总有个楷模或追求的目标。然而写出来的东西通常要离那水准差得十万八千里。取法乎上，也许仅得乎下。不过，我总认为心里有那么个崇高的影子，会有好处。

写《俘虏》时，我竟然曾想到过莎士比亚的《仲夏夜之梦》。说来真有些不自量！并不是那故事，那人物，而是那扑朔迷离的气氛。

我现在还依稀记得，童年经常去玩耍的那个“大院”。东边通到我家所在的小菊儿胡同，西头有几家宅门，门前小土岗上是一排垂杨柳，靠北边是座土地庙。70年代中期，我曾骑车去那里重访过，不但庙和柳树不见了，“大院”本身也早已盖满了房屋。

然而在我的童年印象中，那个由破烂平房围起的、茅草丛生的“大院”是个魅力无穷的所在，就像是雅典郊外的森林。在这篇习作里，我着重作了两种练习：一是烘托氛围；二是试着写人物关系的变化。在小说中，我想再现黄昏时分“大院”里触及视觉、听觉和嗅觉的一切景象。天上飞来飞去的蝙蝠、草窠里唧唧悲吟的秋虫，它们边打盹儿边拍着蚊子，孩子们则满“大院”跑来跑去，做着种种游戏。小说的男主人公叫铁柱儿。1947年，当我第一次做爸爸时，我就用它给娃娃起了小名。女主人公叫荔子，后来这也成了我女儿的名字。

开头，我写铁柱儿和荔子的敌对。我把小时看的一些章回小说如《小五义》《七侠五义》里的绿林好汉的形象套在男主人公身上了。荔子对男性抱有仇视心理。这样的女孩我也见过。我想试写铁柱儿和荔子由对立到友好的过程。这中间，起媒介（或杠杆）作用的，就是一只叫咪咪的猫。

文洁若在她编选的《断层扫描·编者的话》[1]中，曾提到过咪咪。咪咪半夜回来，浑身带着露水舐舐小主人的指头那段，确实是出自我个人的经验。早年，夜间胡同里的叫猫声，也时常颤巍巍地飘进我们那小屋。起先总是苦苦哀求，后来就破口大骂起来。1938年春天过贵阳时，在旅店里又听到过一次。最初，由于口音不熟，听不出喊的是什么。很快就猜出是丢了猫啦。

在我的短篇小说中，《俘虏》是唯一不含任何社会意义的。我只

[1] 见《断层扫描·编者的话》第2—3页，花城出版社1988年版。

是借它来描绘自己最喜回味的一段童年生活。

散文《爱狗者》写的不是狗，而是人的自私。他爱的仅仅是属于自己的狗。对于一般的狗，倘若稍微侵犯到他的利益，他就凶得很哩。那阵子，我读屠格涅夫和高尔基的短篇，学着用不大的篇幅，鞭笞生活中某些不合理的方面。

我老早就为活物鸣过不平。“文化大革命”前家里还保存着初中时的作文本，有一篇的题目是《赛驴》，写骑驴人跨在驴背上，挥鞭大耍威风。驴累得浑身是汗，气喘吁吁，却分享不到胜利的光彩。1936 年春到上海，我在大世界楼下看到跑驴。那是在闹市中心一所游乐场的底层。地上铺着一圈黄土，看来是作为“乡野”的点缀。驴头上还系着红绸子。花上几只角子，就可以骑到背上跑几圈。

不知怎么，我又替驴子打起抱不平来。现在回想起来，深觉那时幼稚得可笑。驴也罢，马也罢，反正都是给人骑的。

当时我写的那篇为驴子叫冤的短文，收在一个集子里，可惜也已毁于“文化大革命”。此文反映出一个北平青年初到上海时的憨态。简直什么都看不惯，连大世界里的跑驴，也觉得不自然。也许那时我受了卓别林的影片《城市之光》一些影响，怀着乡下人对城市那种本能的敌对心理。这又使我记起 1935 年沈从文为我的《篱下集》所写的那篇“题记”。他在文中自称是乡下人，又把我也封为乡下人，并希望我永远做个乡下人。从“题记”来看，“乡下人”也就是“诚实人”和“老实人”的同义词，而城市人则“怕事，偷懒，不老实……相当偏见，凡事投机取巧，媚世悦俗……”

我一向不大同意京派海派之分。1933 年（也即是我写作的那年），郑振铎、巴金、靳以等相继来到北平，办起《文学季刊》和《水星》等刊物。平津新一代作家对启明老人所提倡的明清小品兴趣十分淡薄。当时占据全国青年人心思的是抗日救国，迎接大时代。在这情况下，并不存在京派与海派之间的鸿沟。沈从文那篇“题记”当然并不是针对京派海派而发。他只是把“乡下人”的意见同“流行”的观点对立起来。1935 年，我或多或少也是带着那种感情去的上海，替大世界的驴喊冤叫屈，也可能就是当时我那种情绪的反映。

《大象与大纲》是我借一件真人真事阐发一下自己的艺术哲学——或者不如说是我对当时教条主义式文艺领导的一点诤谏。这里，我拉进一头大象。在火车里，我确实听到一位青年工人活灵活现地谈论他在动物园里看到的那头象。估计在厂领导心目中，去谈大象就太轻浮、太言不及义了。我在文中想说的不外乎是：写东西离不开个人感受这个粗浅道理，从侧面，从细微处，照样可以反映大事物。在 80 年代，这也许是老生常谈了，可文章是写于 50 年代啊。

1936 年在上海，我还写过一篇关于养兔的散文，题名为《殇》。记我从内蒙古带回的一窝兔：白色的是公兔，母兔则是黑的，还有八只刚出生的乳兔。蒙古包的主人把它们用个蒲包一卷，就慷慨地送给了我。临别时，他一再叮嘱让兔娃娃自己睁开眼睛，千万不要动手去掰。

捧回蒲包之后，我就放在床底下。岂料我刚走开，就有人伸手摸了兔娃娃的眼睛。我急得嚷了起来。当时还不晓得会有什么后果。

第二天清晨，床角、桌下以及门前台阶上，到处都是被咬得浑身血肉狼藉的小兔。八只小兔，一只也没留，而咬死它们的，正是那位被触怒了的兔妈妈！

本来是欢欢喜喜的一个小家庭。那以后，公兔和母兔都闷闷不乐。只见母兔不怎么吃食了，很快它就踹了腿，丢下公兔这个无儿无女的鳏夫。也许由于过分愁苦，不久它就双目失了明。

这事使我深切感到，人类同活物打交道，切不可一意孤行，忽视它们自身的生活规律。

1949 年来到北京后，最初生活一直安顿不下来。那时对思想改造的理解就是全面否定自己。一晚，请了几位朋友到我在石驸马大街那间小屋喝咖啡。客人走时，其中一位去过延安的老干部悄悄地（而且肯定是十分善意地）提醒我说："可千万注意资产阶级生活方式啊！"

我心想：那么苏联人喝不喝咖啡？

咖啡喝不得，狗就更养不得了。抗美援朝后，为了防止细菌战，全市的狗一律由公家收走处理。当时一辆辆卡车开进胡同，挨家挨户地收。从那以后，除了外国驻华使馆人员及本国得到特殊许可的少数高级人士外，狗就在城市生活中绝迹了。

猫沾了除"四害"的光。既要消灭老鼠，总不能把捕鼠的猫也一道消灭吧。

50 年代初，我在宿舍里养过一只大肥猫。由于它恶习不改，净偷人家的鸡啦鱼的，只好把它扔掉了事。二十年后在湖北咸宁"五七"干校，桐儿捡来了一只被打伤的弃猫。我们替它把伤口洗净，包扎上。洁若打开一罐炼乳喂它，慢慢地居然把它救活了。我们给小猫起名花花，桐儿还在门旁替它挖了个猫洞。那是"五七"战士自己盖的土坯房，从北往南，一排排地盖，越盖规格越低。我们那一排在尽南端，房后是郁郁葱葱的树林，倒也不乏野趣。

谁知好景不长，花花突然失踪了。一天傍晚，桐儿又从草丛中将它抱回来。那时花花已奄奄一息，下半身血肉模糊，可能是被野狗咬的。这一次，炼乳也不管用了。

那是盛夏，眼瞅着伤口开始生蛆了。为了结束它的痛苦，我和桐儿便用件旧衫将它裹起，在屋后刨个坑埋了。洁若没敢去看。当时已是干校后期，大部分人都已调回京，我们一家三口（三个孩子中，老大在江西插队，老二回京当售票员，身边只剩下老三桐儿），前途渺茫，不知不觉就对弃猫起了共鸣。

如今，到了晚年，我自然巴不得身边有只猫狗，而且不断有朋友提议要送我猫——纯白的，狸花的。然而住在楼房，又都上了岁数，实在没有精力去养。于是，我只好养乌龟。

这还是 1958 年春间去武汉参加黄鹤楼笔会时，老友李蕤送的。当时带回来五只，其中有两只是甲鱼。甲鱼可没有乌龟那么老实。在火车里，深更半夜竟钻出篓子，一直爬到火车的甬道里。害得我光着脚把它们一一提了回来。

五年之间，一只乌龟莫名其妙地失了踪，我就守着剩下的两只。每天喂它们点鲜鱼，换一次水，隔天打扫一下卫生。夏天，它们喜欢在那白搪瓷盆子里泡澡，仰着脖儿，若有所思地望着周围一米见方的世界——阳台的一角。更多的时候是钻进一绿色塑料布底下睡大觉。一入冬，它们就干脆不吃不喝，一睡就是五个月。真会清静无为，修身养性。

我也闹不清何以从小喜欢小动物。兴许是因为早年生活太孤寂单调了。那些小动物确实丰富了我的童年，也给过我不少慰藉。这样，活物就自自然然地进入我的创作。我从它们身上得到过启迪，时或还联系到自己的生活和处境。

使我同活物的命运联系得最紧密的，是 1958 年 4 月中旬的一个晚上。当时，北京——也许全中国，在党中央一声令下，群起消灭麻雀。那时，北京城里大多还是平房。家家派人爬上房顶敲脸盆并用棍棒竹竿驱逐麻雀，赶得它们无处落脚。据说这样就可以一举消灭之。同一个夜晚，我挥泪告别家人，默默地扛起铺盖卷，前往唐山柏各庄农场。我同被列入“五害”的麻雀一样狼狈，也一样没有着落。

麻雀并没有消灭掉。后来也许不再那么叽叽喳喳了。我呢，一晃儿也活到了八十开外。

1990 年 9 月 18 日

（原载《新文学史料》，

收入《萧乾文学回忆录》，华艺出版社 1992 年版）

我的医药哲学

一入晚景，就和医药结起不解之缘。轻则筋骨酸疼，重则波及五脏。于是，打针吃药成为常事，桌边床头总排满了各色大小药瓶。打开报纸，最着迷的不是海湾战争，而是各种特效药的醒目广告。老朋友见面首先交换的也是彼此的病情。时而还有人为我抄来妙剂秘方。最近整理积信，发现我同一位友人之间数量可观的通信，内容净是两人近期尿频的次数以及各种对付的办法。六年前我们同去武汉开黄鹤楼笔会时，火车上同睡一个小单间。那晚他一连爬起过八趟。我只比他少了一趟。

一提医药，首先面临的问题就是：你究竟信中医还是西医。“绝对”不相信中医或西医的人我都遇到过，就好像中医个个是误人的郎中，而西医在缝伤口时，必然会连剪刀也一道缝进去。

我个人倒没那么绝对过。一则小时难得生病，二则就是生了病，家境也容不得我去挑这拣那。十岁以前，我喝过不少次兑水的香灰，还囫囵吞下过一只癞蛤蟆，活的！偏方往往就用这种歪门邪道来折磨人。后来进了洋学堂，每年总是由西医来做体检，阿司匹林又比煎汤药省事多了。至于针灸，更是不敢问津。所以我很自然地就把西医视为正统。何况去国七载，根本也不见中医踪影。我国传统医学在我心目中，越发没有了位置。

1948 年在复旦教书时，一次拔牙感染发炎，半个下巴肿成萝卜，疼痛难忍。那阵子南京路上有的是各种进口西药，阿司匹林不灵，我就拣贵的买。十几天来怎么治也不消肿。

有一天在教授休息室里，中文系一位老先生见到我那副狼狈相，动了恻隐之心。他问我可相信中医针灸。我捂着腮帮子凄凄惨惨地回答说，只要能消肿，我什么都信。

老先生连衬衫也没让我脱，只叫我挽起袖子。然后打开他那蓝布书包，掏出一个长匣子，里面放着几根银亮的长针。他先在我胳膊上扎一针，问我疼不疼。我摇摇头。接着，他要我张开左手，又在拇指与食指之间扎了第二针。第三针才扎在腮帮子上。进针后不一会儿，折磨我多日的疼痛便霍然而释。

1956 年举行鲁迅逝世 20 周年纪念活动时，中国作协外委会派我陪同两位德国诗人赴全国各地旅行。路线是从北京先到南京，在上海、杭州、绍兴转一圈，然后一直奔广州，再赴昆明，最后一站是重庆。岂料刚抵南京，我就大闹腹泻。这种病对于陪外宾可不相宜。南京友协和作协的朋友想尽办法为我医治，吃了种种药都不见效。我只好打个长途电话，请北京另派人接替我。负责人指示说了在上海治治看，实在不行再换人。

到了上海，朋友们安慰我说，请你放心，我们这儿有的是进口药。我就按照大夫的嘱咐服下去。哎呀，不得了！次数加倍了，我几乎离不开卫生间。

这时，我想起当年在复旦教授休息室里遇到的那位救星。我向东道主提出，可否让我去看看中医。他们马上就把我送到静安寺路一家不大的医院。好像还不是一家中医院，而只是医院里的中医科。大夫号完脉，开了几味药，另外还加服两粒藿香正气丸。

服下去不久，腹泻止住了，很快我就康复了。从此，我对中医佩服得五体投地。

50年代后期，我被送到渤海湾的盐碱地上一家国营农场去劳动。那里的水质也许差些。另外，我习惯于半夜起来解小手。当时我们十几个人睡一个大炕，起夜颇不得人心。有一回我解完手回炕，黑咕隆咚的，竟摸错了地方。劳累了一天，睡得正香，抽冷子脑袋被人用冰凉的手一摸，人家怎能不发火！为了不再惹乱子，从那以后我就干脆来个过午滴水不进。当时还颇为得意，以为可找到了窍门，谁知这就使盐碱地的水在我肾里结起一块块的碎石！

1961年回城，直到1978年，我看的都是中医，而每一位中医号完脉看完舌苔，无不断定我患的是肾亏。因而我喝了不知多少碗补肾的汤药，然而尿频的毛病始终也没见好。

1978年我因腹泻照了爱克斯光[1]，这才发现左肾有个阴影。经过进一步检查，原来长了一簇肾结石。最大的那颗已经有蚕豆那么大了。

这时，我省悟了：就医是为了治病，绝不能当中医或西医的忠实信徒。医乃为我所用。我顾的只是自家的健康，绝不去盲目崇拜哪派医法。良医必根据“病人”的症候和体质下药。一种药治不了病，就应该试另外一种。不然，就是拿性命开玩笑。

我对中西医都一窍不通，但由于久病，也渐渐悟出人体内部的一

[1] 即X光。

些规律。我认为要做个健康人，首先就得把五脏六腑理顺。1972 年我得了冠心病，中西医都请教过。当一位中医给我开舒肝理肺的药时，我告诉他，我的肝、肺都还好。他的一席话至今仍给我留下深刻的印象。他说，五脏是相连着的，行医最忌讳头疼医头，脚疼医脚。治病之道，其实就是把五脏相互关系理顺而已。

从那以后，我就不断琢磨这“理顺”二字，深感个中大有文章。要理顺，就得通畅。所以在便秘与腹泻之间，我更怕的是前者。人一旦便秘，体内各种毒素杂质就排不出去，最后必然死于中毒。反之，腹泻虽让人衰弱，丧失元气，而且肯定会使体内一些有益的营养也一道付之东流，难免觉得可惜。然而它毕竟把体内有害的沉淀倾泻出去。总比听任它继续积存在体内要好。更何况泻后只消点滴输液，吃点补品，体力仍能很快地恢复过来。

1956 年，一次腹泻。1966 年起又闹了十年的便秘。我并不喜欢腹泻，但我向往顺畅，顺畅，顺畅。那终将会使我们这个民族的肌体丰腴健壮。

1991 年 3 月 24 日

（原载 1991 年 3 月 24 日《新民晚报》，

收入《我的医药哲学》，花城出版社 1992 年 9 月版）

朦胧的敬慕

——悼念鲁迅先生

也许有人比我更怕死，我却不相信有比我再怕看死人的了。走在街上，我从没有胆子向寿衣铺里望望。夜半，即便从很远很远地方飘来的僧器或诵经声，也必害得我用棉被厚厚包起头来，直像那是什么符咒一样。

我曾见过三位死人，在我的记忆中，他们都将是我永不会忘记的。而且，我还该陈说我例外地不曾害怕过：一个黄昏，我的母亲死在我的怀抱里；小学时代，曾排着队去中央公园社稷堂瞻仰孙中山先生的遗体；最近，在鲁迅先生灵前，我又担任了两天的照料差使。

扶着那绛色帏幔，职务使我看见了数千张陌生的但是诚笃的脸，一个个脚跟都像坠了铅球，那么轻又那么沉重地向灵堂踱。低垂的头，低垂的手，低垂的眉眼和心。待踱到灵堂中央，冥冥中似有什么使他们肃然驻足了。敬慕和哀悼如一双按住的手，他们的身子皆极自然地屈下了。然后噙了一汪眼泪，用手巾堵着嘴，仓皇地奔了出来。

最感人的莫如一群小学生的吊唁。在那近三十位小吊客中间，我特别留意一个衣服褴褛、腿下微跛的，他肋下夹着的画册和石板说明了是刚刚放学，如今正是回家或在街头玩耍的时候，然而他却结伴迢迢跑到了这里。那个微跛的孩子，一拐一拐地，一直来到灵前，两只颇清秀的眼睛直直地凝视着鲁迅先生的遗体，然后，又放下肋下的画册，深深地鞠躬。我不信做了那么些纪念周，他还不知道“三鞠躬”的礼数，然而，当我数到第三次以后，他仍向下屈着小小腰身，他一连鞠了七个躬才红涨着脸，也红涨着眼睛，走出灵堂。

如果稍换一个情况，我将忍不住笑出来的，然而，我那时是用极大的崇敬心情替他掀开帏幔，一直目送他走下殡仪馆的台阶。

那个背影唤起我一点回忆。十多年前一个傍晚，如一切贪爱窗外景色的孩子一样，四点钟以后的时间对我变了滋味，换成鲜艳颜色。然而我放下了玩具，和同伴沿着朱色皇城走好长好长一段路去瞻仰一位“民国缔造者”的遗体。空着的肚皮充满着的一半是对“尸骸”的恐惧，一半是对“伟大”的钦仰。我们跨进那座御花园的大门时，紫禁城角的太阳已向下沉落了。我喘着气向陌生的大人打听路线，好容易才攀了一道高大石阶，在花圈花篮的簇拥中，我看到安息着的孙中山先生。

——我记得，当时我的心一点也没有跳！

我们环着那铜棺走了一圈，又蹑着脚步走了出来。

抬头，紫禁城角的太阳已经沉落下去了。我似乎打了一个冷战，然而，除了模糊的“伟大”，我并没有摸清死的是什么人，只是冥冥中，一种超乎孩子胸膛容量的衰戚或尊敬感觉梗塞在我喉咙间。我赶不掉它。

归途，我们放洋画的袋子里，每人都塞了一条传单：有工人发的，大学生发的，有国民党的，共产党的，说明孙先生的生平和抱负（这些我曾保留到六年前，直到一个朋友将我寄存的最珍贵的东西，如小学生时代的作文本，全当作烂纸卖掉了）。当时我们其实一点也不懂，但是当孙传芳乱批三民主义，张作霖满街捉革命党时，我却私下藏了一本《孙中山传》。

伟大的人格也许有一种潜移默化的力量，这力量在茫然无知的孩子心灵上时常比成人更深刻，更恒久。

我不知道如果鲁迅先生这时醒转过来，他将会怎样热烈地抱起那个微跛的孩子。

1936 年 10 月，上海

（原载 1936 年《中流》第 1 卷第 5 期，

收入《落日》，上海良友图书公司 1937 年 6 月初版）

我的年轮

曾经我想以“年轮”为题写一部长篇小说，因为我觉得只有长篇才能反映我所遭受的一切——那时我二十六岁。

然而这部长篇的构思以及为此积累的一箱资料，在十年浩劫中全部化为灰烬——如今我生命的年轮，已经画了八十四圈。

在夜深梦醒的时分，用回忆的眼凝视这些已逝岁月的年轮，我能看到它们或清晰或模糊，或灿烂或晦暗，或圆满或曲折……但毕竟是一圈又一圈，结结实实地画下来了。尽管在漂泊的生涯中我曾把自己的名字改成若萍，但我终究长成了一棵树。感谢生命，感谢给我生命的人，我真想对着依稀闪现的黎明叫声：妈，你可没白疼你的儿子！

妈是含着我第一次用稚嫩的小手挣来的一牙苹果撒手人寰的。那是一个初秋的黄昏，我十岁。从此我只能迈动一双小小的脚，艰难地孤零零地向茫茫人世走去。

我曾寄人篱下，在别人的矮檐下生活。世界对我是那样狭窄——以我所遭受的苦难，以我所见到的人的险恶面目，使我无法不怀疑生命是一个极大的谎言，使我没有理由爱我的同类。然而我不能拒绝我的血脉所承袭的一片阳光，一泓暖流；我依然爱，并且做着梦。在我的梦中生命如绚丽的红玫瑰在原野上怒放，灵魂像挣脱了绳索的风筝一样翱翔在无垠的晴空之下。为着我的梦我磨砺我的笑。我写下了长篇小说《梦之谷》，短篇小说集《栗子》《篱下集》以及散文集《小树叶》《落日》等。为着我的梦我不愿在一个充溢着愚昧、残酷、饥饿和野蛮的黑洞里挖一个小窟窿当作自己的出路，我要到阳光下去思索。我走向更广大的世界——我要采访人生。

我是一个不带地图的旅人。我的目光孤独又忧郁，我的微笑顽皮又快乐，而我的脚步，我的脚步呀，浪漫又执着。我那个伤痕累累的祖国母亲，在夕阳下，寒风中，在漫漫长夜和每一个赤裸的白昼，怀着温柔的热望，倾听我这个鲁莽游子的足音。我写了《平绥琐记》《鲁西流民图》《血肉筑成的滇缅公路》……作为《大公报》的记者，我梦想用我的滚烫的文字，暖一暖母亲的手脚。然而我自己的脚，在荆棘丛生的道路上，被刺得鲜血淋漓。我并没有驻足。蓬勃的永不安宁的热力在我的血管里奔流。我一步步向前走去。我走出了这片黄瘦破碎的海棠叶，我走到了世界的峰巅。在“银风筝下的伦敦”，在“南德的暮秋”，在装满炸药的军车上，在海域布满水雷的战舰上……我穿梭访问，追踪扫描——波茨坦会议、纳粹战犯的审判、联合国成立大会……无暇一抖军装上的征尘，但我感到精神在蓝天下飞翔的快乐。我看到了生长在另一片土地上的宽容、平等、自由和理性的绿草坪，我看到了根植在另一个民族中的勇敢、乐观、幽默和人类之爱的花朵。我没有地图。我用自己的脚一寸一寸地丈量世界的变异。在大战的烽火硝烟中，在死神张大的羽翼下，我弹奏着我生命的乐章。而我梦魂缭绕的，依然是我的贫弱的祖国。我的雪片样的电报飞向她，我的厚厚的一本《人生采访》，也是为她必将获得的强盛而作。像雨点扑向大地，像信鸽飞向家乡，我在旅英七载之后，又一头扎进了她的怀抱。

我依然画我的梦。我在我的《红毛长谈》中，描绘了二十年后的中国，将是一片怎样的文明富裕、自由平等的乐土，我没有想到等待我的是新的“矮檐”——不，棍棒甚至将我从“矮檐”下逐出，头顶上不给我一片瓦，风雨中没有我一个巢——在白茫茫的盐碱地上，我的肩上压了二百斤的大粪担。我蹒跚地踉跄地向前走去，不敢问一声这是什么地方。我变成了一只噤声的寒蝉，觅尽寒枝无处栖。至于在那幻想中的1966年的“乐土”到来之际，一切于我，唯剩下死亡是最美丽的诱惑了。我生命的年轮在这时好像一条飘忽的细线，我时时想着如何用自己的牙齿咬断它。

然而，当隆福医院的大夫为我冲洗胃里的安眠药时，我的坚强而忠实的妻子低下头来，悄悄地，用了另一个国家的语言对我说：“我们要比他们活得更长久，因为我们是人！”

“人”？我几乎忘了她，但这个美好而又庄严的名词穿过黑暗进入了我的心中。死亡使生命对我变成透明。在走出噩梦的早晨，我以我的笔做拐杖，又开始了我的人生旅行。我的手有些抖，我的脚步有些颤，但我心还能和五岁的孩子比年轻。那个曾经不被爱尔兰喜欢，最后成为自己国家——以至全世界光荣的乔伊斯屹立在我面前。几乎全世界都拥有了他那部以天才和学识向极峰探险的记录——《尤利西斯》。现在我和我的妻子，把这一份瑰宝，译成我们的语言献给了具有五千年文明史的中华民族——我相信这是我生命年轮中镌刻下的深深的一圈，但还不是最后。我仍坚持我的梦。我对自己没有地图的旅行无怨无悔，直至终极。

（原载1994年9月26日《上海法制报》）

从《老黑奴》说起

1985年5月，我去武汉参加“黄鹤楼笔会”那次，东道主湖北省文联曾邀请来自各地的作家们乘豪华的长江客轮，畅游三峡。我曾在秋天去过三峡。春日的三峡风光明媚，更加清丽可人。同船的还有个外国旅游团，是由抗战时在滇缅前线同我们并肩作战过的美国名将史迪威的女儿南西率领的。船航到神女峰脚下时，我们正在甲板上举行着一次联欢会。他们鼓掌一定要我们也出节目。为了表示友好，我们几个就凑在一起（记得有宗璞、荒芜、邹荻帆、绿原和黄裳）用英语唱了一首《老黑奴》，唱得当然十分蹩脚：声音既不洪亮，肯定还常走调。这是一支十分凄凉的歌曲，黑人厌倦了尘世，听到已死去的亲人的呼唤，渴望奔向另一世界。所以在叠句歌里就反复唱着：我来啦，我来啦。

这样充满悲哀情调的歌，与当时甲板上的欢乐气氛，实在很不协调。可是唱完之后，居然博得了美国旅伴们一阵热烈的掌声。我们这些平素伏案爬格子的对自己这一番反串，倒也颇有些飘飘然。我们得意的不一定是因为那掌声，而是对自己感到既愉快又吃惊：这么多年，竟然还没把它忘掉！

这首歌的歌词和曲调都同出自19世纪中叶美国作曲家斯蒂芬·福斯特之手。他出生于1826年，一共只活了短短的三十八年。南北战争打响两年后（1864），他就去世了。可惜我没读过他的传记，他肯定十分同情黑人并为他们抱不平的。我熟悉好几首他编的描述黑人生活的歌曲，像《双亲的家园》（1851），又名《斯旺尼河》《玛莎在冰冷、冰冷的土地里》。我还有幸在伦敦的一次音乐会上，听过著名黑人歌手保罗·罗伯逊唱过《老人河》。那次，他还唱了咱们的《游击队之歌》。

很奇怪，河的形象时常在黑人的歌曲中出现。像“远远的斯旺尼河上”。也许他们在美国南方那一望无际的旱地上干活，受着白人的虐待，心里渴望有一片水。他们甚至想象一道出现在《圣经》里的约旦河：“请告诉我，那个地方，我要渡过古老的约旦河。”这里，约旦河就成为他们所向往的理想世界了，好像到了河的彼岸，就不会再有屈辱和压迫。

天堂也经常在黑人歌曲中出现。“马车从天上下来，把我带回我的家乡”，或者“人人都在谈天堂，但就没人能去天堂”。处于绝境的人们就是靠这种幻想来解脱一些痛苦。

福斯特也有些歌写得轻快。像他的《苏姗娜》（1848）就描绘出一个歪戴宽檐草帽，无忧无虑的牛仔在追求着他心爱的姑娘。他在歌中除了抒发黑人在奴役中的痛苦之外，也亲切地描绘了他们的生活。像《我的肯塔基故乡》就富于泥土气息，真切生动地唱出了美国南方黑人的生活情景：“玉米穗成熟。牧场遍地花怒放；小鸟终日歌唱好悠扬，娃娃滚戏小农舍地板上。”不过歌曲仍是在忧伤中结束的：

莫再哭泣，姑娘，今天莫再哀伤，
我们唱一支歌，为肯塔基故乡，
为那遥远的肯塔基故乡。

当然，有些流传到中国的美国歌曲描绘的不一定都是黑人的生活。我记得有一支曲子是写铁路建筑工人的。这里也可以看到19世纪美国向西部开发时的艰苦。

同样流行于30年代的一首外国歌曲是《伏尔加船夫曲》。像咱们的四川号子一样，这里描绘的是在伏尔加河上拉纤的俄罗斯河工的苦状。他们背着纤绳，弯着腰，哎哟嗬、哎哟嗬地吆喝着，呻吟着。一把又一把地捯着，吃力地向前踏步，一路控诉着："穿过茂密的白桦树，踏开世界的不平路。"

这些外国歌曲那时在中国那么风行，当然是因为它们歌词朴素，曲调又朗朗上口，但我认为这还不是主要的。这里既包含着中国人民对于美国黑奴以及伏尔加河纤工的深切同情，同时，也抒发了我们自己在生活中的怨艾。当时的中国，也是喘息在列强的重压之下。北京东交民巷的围墙上还有对着市民的黑洞洞的炮眼，上海马路还有红头阿三在巡逻。正因为如此，在中国戏剧史上最早上演的外国话剧是《黑天奴吁天录》[1]。

歌曲的流行，往往是由于引起共鸣。

1958年，我同作家协会其他几位被错划为右派的朋友在柏各庄农场劳动。我一生再也没有比那三年更懂得歌曲的力量了。柏各庄是濒临渤海湾的一片白花花的荒凉盐碱地。那时，它就成了我的茫茫大

---

[1] 如今改译为《汤姆叔叔的小木屋》。

草原。附近一道小河很自然地就成了贝加尔湖。有一阵子搞菌肥，要轮流通宵达旦地值班。漫漫长夜，我都是在自己哼出的《三套马车》声中度过的。

（原载 1992 年 4 月 6 日《羊城晚报》，
收入《关于死的反思》，台湾业强出版社 1993 版）

脚踏车的哲学[1]

在我们这伙穷朋友里，我竟被封为有产者了。这头衔是在我买到一辆过手的杂牌车的那天颁给的。

这以前，我们同样的光头上顶着那有时冒火有时漏汤的天，脚下同样踏着崎岖而泥泞的地。奔驰的马，电掣的车，风一般地硬由我们这伙人当中驰过。恐怖过去了，我们一起攥紧泥污的拳头，向着那屁股后眨着两颗红妖眼的蠢物恶狠狠地骂一阵，然后，又踉跄地走进了破落的巷口。

自从我的脚不与那硬的石头和稀的泥浆发生直接磕碰以来，我享到了新的舒坦，可也感到失去了原有伙伴的孤独。

一个人被带到另一崭新世界后，惊奇自然不免，然而这是不能持

[1] 作者后来曾在文末加了附记：这是一篇带点象征意味的短文，原题为《路人》，收入《珍珠米》时改为此题。这是我那时对社会的一点分析，骑车者指中产阶级，人力车指劳动人民，骑车指军阀和国民党反动统治者。文中现身说法，对“世故”有所揶揄。

久的。跟着来的是如何把自己妥适地安置到这环境里。

记得我第一次骑在这双轮机器上，被自己与这东西合作的力量驱到马路上时的情景。我的前轮是多么和我一样地羞涩、一样拙笨呵！两只手撑在冰凉的车把上，颤巍得直要折断。每个转弯处我都多么地认真啊，像个才给收生婆洗过澡的婴儿，什么声音都能使我惊恐。

渐渐地，我的技术进步了。同时，我在马路上交了许多朋友。速度和身份使我的友谊既不能去高攀，也无从下就，恰好是和我一样拥有一辆脚踏车的人。结交不必由哪方采取主动，我们在感着同样的不便，也沾着同样的光。一辆英国三枪拐倒了一辆人力车，那时德国汉堡儿的同样有理由笑——而且胜利地笑。但对面冲来凶猛的汽车时，则大家同样惊慌。

这些友辈的脚踏车都各因其主人，有着不同的个性。像那税局科员的鹰牌，如果他由你身边骑过时，你会想到这人整天的时间都花费在这车子上了。电镀的前叉子亮得像银条，绿的走水绸斜扎在邓路普红胶皮的长喇叭上。他不容一粒尘土沾在轮盘上，因为他记得这一路要和多少漂亮的人擦身而过。可是这点顾忌锐减了他的速度，结果只配在马路上摆摆架子。

讲快，要算电报局的那位科员了，只要登上车，他便飞下去了。车身找不到一点装饰，但求轮带够硬壮，中轴有着润滚珠的油就成。条上纵然爬满了去年的泥疙瘩，他也不介意。他知道警章是给弱者定的。巡警用木棍指挥他，他会连木棒给撞掉。七十岁老太婆的命多半悬在他轮下，监牢也是他可能的栖所。

守分的车多半蹓在路边。他忌用炫目的颜色惹人注意，也不在侪辈的挑战后增加脚下的力气。他手指总勾在后闸的机关处，准备可以随时停下。每辆汽车的影子全能使他脸上泛出畏惧的表情，可是在无人知晓的时候，也会吐上几句对汽车的怨语。

其实，汽车并不一定都是可怕的，只要车主人懂得伤人要赔偿，要给报纸披露的道理。但如果车座里坐着的是位灰衣红肩章的将军，则马路上的一切行人的生命登时都脱离了本人的支配。遇到这样的情形，那电报局的科员是要吃亏的。

车主人纵使是位本分守法的人，如果那车的方向盘掌握在凶暴的司机手里，则这辆车也未必如上所说的文雅了。实际上这慈祥人的司机往往会不惜把车轮朝你腰间冲来，虽然当初这车夫也那么光头顶着天在马路上踉跄地走过。

有些骑车的感到骑在汽车前永远要受压迫，乃尾在这巨物的后面，任它去冲路，既迅速，又威风，特别在压过同伴的尸身时，但这种人向为侪辈所不齿。

还有些无能而又想做点动人事件的骑车者，在汽车离得远的时候，就骑到马路中心，做几个反抗汽车的姿势。只要在场弹压的警察向他一挥棒，就即刻躲到最安全的地带去了。这种人只能获到一个丑角应有的喝彩，永远不能为同伴所信赖，或为敌人所畏惧。

充当马路上一切骑车者的屏障的，是人力车夫。瞪圆了喷火眼珠子的汽车怒叫着驰来时，一切人都向人力车厢后面躲，独有勇敢的人力车夫，用挺着淌汗的胸脯去迎接这煞神。那巨物用喷火的眼珠子搜遍他每根汗毛，把他挤到无处可躲，发泄了一通坏脾气后，才气冲冲地开走了。

巨物去了，随着这种轻尘我们一辆辆脚踏车又春燕似的掠了出来。用轻薄、卑鄙的姿势由人力车夫的肩头擦了过去，一转眼都飞向欢乐的所在去了，抛下人力车夫等待巨物的再番到来，等待庇护后面同样没良心的骑车者。

我乍上马路，看着实在不顺眼，尤其遇到拉车的刚好是我当年的伙伴。

如今，我可算颇有些机智了。我能根据眼前的局势决定脚下的快慢。我能得心应手、运用自如地改变车的方向了，那么自然，连腰部都觉不出转动来。我懂得了在平坦的路上不妨狂奔，遇到艰险，却须缓缓地前进。我学会了在拐弯时由立在巷口行人的脸色去推测巷里的形势。我知道了自己力气微弱，甘愿忍口气，不再把对汽车的愤怒轻易地爆发出来。

我那些光着头，蹲在地上的伙伴呢？

1934 年秋，北平

（选自《小树叶》，商务印书馆 1937 年 6 月初版）